名著里的女人

李颖超◎著

新疆人民出版社

图书在版编目（CIP）数据

名著里的女人 / 李颖超著 . — 乌鲁木齐 : 新疆人民出版社， 2024.2（2024.11 重印）
ISBN 978-7-228-21276-7

Ⅰ . ①名… Ⅱ . ①李… Ⅲ . ①散文集—中国—当代 Ⅳ . ① I267

中国国家版本馆 CIP 数据核字（2024）第 028246 号

名著里的女人

MINGZHU LI DE NVREN

出 版 人	李翠玲		
责任编辑	宋江莉	装帧设计	陈　飞
责任校对	马鸿霞	责任技术编辑	那孜古丽·阿克山拜

出版发行	新疆人民出版社
地　　址	乌鲁木齐市解放南路 348 号
邮　　编	830001
电　　话	0991-2825887（总编室） 0991-2837939（营销发行部）
制　　作	非凡印艺图文设计工作室
印　　刷	新疆兴华夏彩印有限公司

开　　本	880mm × 1230mm 1/32
印　　张	8.75
字　　数	200 千字
版　　次	2024 年 2 月第 1 版
印　　次	2024 年 11 月第 2 次印刷
定　　价	28.00 元

题　记

《名著里的女人》是作者人到中年重读名著后的体验。

作者将重读的感悟聚焦在名著里那些不朽的女人身上，当简·爱、郝思嘉、一个陌生女人、雷纳尔夫人、茶花女、费尔米纳、欧也妮……从世界文学殿堂的深处向我们走来，那些不曾相识的心灵、那些深藏心底的美好，带我们穿越百转千回的文字，完成着一场愉悦而柔软的心灵对话。

目 录

万艳同悲——读《红楼梦》

若让我挑一本书，读的次数最多、受影响最大、最喜欢的，便是《红楼梦》了。上小学时，囫囵吞枣看完了小人书，因为画书上的人物太美。初中时略过许多不认识的字，读了原著，之后花“巨资”买了一套仕女图垫板，只为那一套彩色的金陵十二钗画像，一笔笔开始描摹时，只觉得金陵十二钗是那个暑假最美的风景。

第一个临摹的女子是林黛玉。年少时爱极了黛玉，一颦一笑，一串珠泪无不使人牵肠挂肚。多年以后，经过许多人生的体验，再读，似在每一个人物里都能读出自己的影子，比如黛玉、宝钗、王夫人、刘姥姥、赵姨娘……内心充满了悲悯。

纵然是齐眉举案，到底意难平

“唇不点而红，眉不画而翠，脸若银盆，眼如水杏”，二十岁时读她，简直就是那个“别人家的孩子”，完美得令人生厌。而今掩卷自问，换了自己是王夫人，挑儿媳，除了薛宝钗还能是谁？

都说要富养女儿，宝钗便是富养出来的大家闺秀。皇商出身，家里“珍珠如土金如铁”，这金枝玉叶般的人儿，平时非但不喜花红柳绿，连屋子里也是如“雪洞”一般，从居所到装束都极素净，给人一种淡雅的冷意，偏她遇事又极冷静，吃的药都叫作“冷香丸”，真正是个冷美人了。但她的冷不在脸上，在心里。这种冷缘于她没有童年，薛家虽然家大业大，却没个顶梁柱。父亲早逝，母亲没有主意，哥哥薛蟠不学无术，整天胡作非为，更被母亲溺爱得毫无担当。可怜一个豪门千金，从小就要学会应对家中大小事务，被迫成长。客居贾府时，她何尝不是同黛玉一样小心翼翼，她要学会自保，还得事事周全，体谅他人的难处，掩饰自己内心真实所想，她其实比黛玉更孤独，一直小心地收敛着自己的光芒。

时下流行的一句话，用在宝钗身上刚刚好：你这么成熟懂事，一定没有什么人疼吧。与黛玉相比，宝钗最终嫁给了宝玉，完成了所谓的金玉良缘。其实，宝钗的一生比黛玉更为悲戚，黛玉心里再苦，尚有怜她懂她的宝玉、忠心耿耿的紫鹃，至死也是遵从内心的自我了断。宝钗呢，若有人护她周全，爱她多一点，她原本不需要太懂事，她活得比旁人都累。

她曾和黛玉说过体己话：“我们是一样的，我虽有个哥哥，你也是知道的，只有个母亲比你略强些，咱们也算同病相怜。”

宝钗终其一生，任由生活这把钝刀一点一点切割掉青春。便纵有千种风情，更与何人说？

王熙凤说薛宝钗，不干己事不张口，一问摇头三不知。她毕竟是客，不愿意得罪贾府任何一个人。

她是“山中高士晶莹雪”，说她冷，是因为她有一双看透世情百态的冷眼。丫鬟金钏跳井，她对王夫人的一番开解让人心生寒意。就连她那混世魔王般的哥哥在柳湘莲出家后都哭得一塌糊涂，可她一滴泪都不曾落，因为薛家连婚房都给柳湘莲预备好了，做了自己该做的，她便觉得心安，突遭变故怨不得旁人。她一直活得很清醒。婆子们抄检大观园后第二天就以母亲患病为由搬出园子，真应了那句“珍重芳姿自掩门”。

虽然她的底子是冷的，却又是玲珑剔透的有心人。起诗社，史湘云没钱做东，她暗中为湘云摆螃蟹宴，解了湘云囊中羞涩的难题；她帮助家境贫寒的岫烟，为她赎回当掉的棉衣，又顾及她的自尊守口如瓶；连“情敌”黛玉她都暗里接济送去上等燕窝。大家行酒令时要求说一句诗和一句现成话，黛玉只顾怕罚，脱口而出：“良辰美景奈何天，纱窗也没有红娘报。”这两句出自当时的禁书《西厢记》和《牡丹亭》，被宝钗逮个正着。宝钗事后找到黛玉，开玩笑说：“你跪下，我要审你。好个千金小姐，好个不出闺门的女孩儿，满嘴里都说的是什么！”看黛玉一时蒙了，没有了平时的伶俐尖刻，宝钗便拉她坐下，深情款款地上了一碗心灵鸡汤，使黛玉不禁对她“心下暗伏”。感动道：“你素日待人，固然是极好的，然我最是个多心的人，只当你心里藏奸。从前日你说看杂书不好，又劝我那些好话，竟大感激你。往日竟是我错了，实在误到如今。细细算来，我母亲去世得早，又无姊妹兄弟，我长了今年十五岁，竟没一个人像你前日的话教导我。怨不得云丫头说你好，我往日见她赞你，我还不受用，昨儿我亲自经过，才知道了。比如若是你说了那个，我再不轻放过你的，你竟不介意，反劝我那些话，可知我竟自误了……”

宝钗行事周全。送礼物，连平日里不被待见的赵姨娘都有份，使得大观园里人人厌憎的赵姨娘都夸她识大体："怨不得别人都说那宝丫头好，会做人，很大方，如今看起来果然不错。他哥哥能带了多少东西来，她挨门儿送到，并不遗漏一处，也不露出谁薄谁厚，连我们这样没时运的，她都想到了。"

薛蟠被柳湘莲打了以后，薛姨妈着急地要下人们找柳湘莲报官，宝钗劝说："这不是什么大事，不过他们一处吃酒，酒后翻脸是常情，谁醉了，多挨几下子打，也是有的。况且咱们家无法无天，也是人所共知的……今儿偶然吃了一次亏，妈就这样兴师动众，倚着亲戚之势欺压常人。"一席话让薛姨妈消了火气。

尤二姐被凤姐甜言蜜语诓进大观园，大家都看不明白，以为凤姐转了性子贤惠起来，纷纷给凤姐点赞，替尤二姐担心的只有两个人，一个是宝钗，另一个就是黛玉。

元妃省亲时，姐妹们作诗。宝钗和黛玉交了稿后，看到宝玉苦思冥想，黛玉索性替他作了一首。宝钗瞥见宝玉正作"怡红院"一首，起草内有"绿玉春犹卷"一句，便急忙回身悄推他道："她因不喜'红香绿玉'四字，改了'怡红快绿'，你这会子偏用'绿玉'二字，岂不是有意和她争驰了？况且蕉叶之说也颇多，再想一个字改了罢。"宝玉见宝钗如此说，便拭汗道："我这会子总想不起什么典故出处来。"宝钗笑道："你只把'绿玉'的'玉'字改作'蜡'字就是了。"宝玉道："'绿蜡'可有出处？"宝钗见问，悄悄地咂嘴点头笑道："亏你今夜不过如此，将来金殿对策，你大约连'赵钱孙李'都忘了呢！唐钱珝咏芭蕉诗头一句'冷烛无烟绿蜡乾'，你都忘了不成？"宝玉听了，不觉洞开心臆。

其实，在对待宝玉的心思上，宝钗不亚于黛玉，只是宝钗藏得更深。或者说，黛玉深爱着宝玉，宝钗喜欢着宝玉。喜欢和爱的区别是，喜欢可以隐忍可以没有眼泪，爱是用泪水浇灌的。纵使挂有一把錾有“不离不弃，芳龄永继”的金锁，与宝玉随身戴的通灵宝玉上所刻的“莫失莫忘，仙寿恒昌”是金玉良缘的一对，到头来也是恨无缘，所以，曹公别有深意地让她住在蘅芜苑。

宝钗的花名签上画着一枝牡丹，题着“艳冠群芳”四字。下面又镌有一句唐诗：任是无情也动人。她是金陵十二钗之冠，唯有牡丹真国色，花开时节动京城，即使生在现在，世人喜欢的也大多是宝钗，她优雅从容，善解人意，事事俱全，也只有牡丹才配得上她。

记得那曲《寄生草》，“赤条条，来去无牵挂”，“一任俺芒鞋破钵随缘化”。其实，宝钗对俯仰自得、抱朴守真的生活也很向往，可惜女儿之身困住了她。

湘云说：“谁也挑不出宝姐姐的短处！”这话没错。但宝钗最大的短处，就是没有短处啊。

她最让人诟病的是“春日扑蝶”。这一天“时交芒种节”，大观园的姑娘们都出来玩耍，独不见黛玉，宝钗到潇湘馆去找黛玉，后来见宝玉进了潇湘馆，宝钗想黛玉素习猜忌，好弄小性儿的，此刻自己也跟了进去，一则宝玉不便，二则黛玉嫌疑。罢了，倒是回来得妙。刚要寻别的姐妹去，忽见前面一双玉色蝴蝶，大如团扇，一上一下迎风翩跹，十分有趣。童心大发去扑蝶，一直跟到大观园滴翠亭外，恰巧听到亭内宝玉的丫鬟红玉与坠儿在说贾芸捡了红玉的帕子又托坠儿还给红玉之事，男女私相授受可是大忌。宝钗听到心中吃惊，心想道：“今儿我听了她的短儿，一时人急造反，狗急跳墙，不但生事，而且我还没趣。”想要避开时，已来不及了。于是使了个“金蝉脱壳”的法子，故意喊：“颦儿，我看你往哪里藏！”还问红玉坠儿：“你们把林姑娘藏在哪里了？”

宝钗的做法的确有失厚道，但也是无心之过。情急之下的灵机一动罢了，脱口而出“颦儿”，只能说明黛玉是真正令她认可的竞争者。往往，旗鼓相当的两个人，争强的同时也有一份惺惺相惜。

若论黛玉葬花、宝钗扑蝶、湘云醉卧的场景，我还是独喜扑蝶的宝钗，那一刻一定是宝钗生命中最接近自然最本真的时刻。

一个是阆苑仙葩，一个是美玉无瑕。一个太理性，一个太感性。太理性会错过，太感性会受伤。

一场红楼梦，宝玉才是最圆满的那个人——与林黛玉谈了一场生死之恋，与薛宝钗洞房花烛，看尽春花秋月后，落发为僧。果然，一个是水中月，一个是镜中花。宝钗的结局，比李纨更凄凉，李纨尚有母凭子贵的一天，她呢，一日日，一年年，任凭寂寞从头到脚把一颗心都冻硬。说什么“空对着，山中高士晶莹雪；终不忘，世外仙姝寂寞林。叹人间，美中不足今方信。纵然是齐眉举案，到底意难平”。其实，所有的辜负都是不够爱。若是真爱一个人，怎么忍心让她心里盛满苦水？如果真如高鹗所续，宝钗与宝玉成婚都是假借黛玉的名儿拜天地的，以宝钗的睿智，怎肯受如此的屈辱，这样的婚姻，她是一眼就能看到头的呀。一生隐忍，留个清名给谁看？若换了黛玉，那是宁死也不从的，黛玉身上最最可贵的便是真性情，宁为玉碎不为瓦全。因为不将就，才是对自己最大的尊重。

这世间看得透的女人，大都不会生活得太快乐，她们扛起了太多的得与失。

白茫茫厚地高天，小丫鬟红玉倒看得明白：“千里搭长棚，没有个不散的筵席，谁守着谁一辈子呢？不过三年五载，各人干各人的去了。那时谁还管谁呢？”

薄命司的正册上，早绘就那一支孤独金簪。飞鸟各投林，当白茫茫大雪来临时，任你姹紫嫣红开遍，也只能零落成泥碾作尘。

据说读红楼的人会随着时间推移而改变喜好。年轻时多喜黛玉嫌恶宝钗，年岁渐长后会厌烦黛玉转而喜欢宝钗，等到老了，又会重新喜欢回黛玉。

这就是了。曾经以为只要是真性情就是好的，一切圆融的世故的，都是虚伪的可厌的；等到成熟一点，行过一些路吃过一些亏，明白了一些人情世故，知道个性是双刃剑，便喜欢中庸的老好人；待到风景看遍，历尽沧桑后，始觉这世上最美的品质是率真，而与率真共存的那些尖锐，因为心境的宽容早已忽略不计了。

三春去后诸芳尽，各自须寻各自门

一入红楼梦难醒，“都言作者痴，谁解其中味”，于读者又何尝不是。每每翻看《红楼梦》，读完一个月了，人都缓不过来。像是散场的盛宴，宾客离席，最后留你一个人在不舍地收拾残局。

《红楼梦》第一回，青埂峰下的石头在回答空空道人时说了一段话：“至若佳人才子等书，则又千部共出一套……竟不如我半世亲睹亲闻的这几个女子。”

贾家的四位小姐——元春、迎春、探春、惜春“四春”，这“元迎探惜”四个字是谐音“原应叹息”。元春很早就入了皇宫，后来晋封贤德妃，才貌品行都是国母的风范。她葬送自己的青春，站在凛冽的峰顶，为贾家撑起一把遮风挡雨的大伞，殊不知，雨露是君恩，雷霆也是君恩；二小姐迎春在曹雪芹的笔下是个“木头人”，为人懦弱糊涂，连自己屋里的丫鬟婆子都降服不住，嫁了人，被虐待殴打而死；三小姐探春虽是庶出，但兰心蕙质；最小的惜春性情凉薄，后出家为尼，与青灯古佛相伴。

这四姐妹中，我最欣赏的是三小姐探春。探春精明能干，办事公正，内心强大有决断，有“玫瑰花”之名，又娇艳又有刺，连凤姐都让她几分。曹雪芹对其余的女子，有爱有怜，有叹有恨，唯有对探春最仁慈，想让她的运气配得上她的达观。给了她“杏韵”，也是“幸运”——让探春远嫁，成了贾府的第二个娘娘。

贾政有两个妾室，一个赵姨娘，一个周姨娘。赵姨娘在贾府是很招人嫌弃的存在，正经主子瞧不起她，她又不肯安分守己，总想着兴风作浪，妄想让贾环取代宝玉。亲生母亲这么不成体统，探春的处境是极其尴尬的，她不齿母亲的行为，一心想与她撇清关系，却无奈血缘无法改变。

在这样的环境中成长，探春居然把一手烂牌，打得极其漂亮。

自尊要强的探春，每一次流泪都是让人心疼的。庶出的身份压得她喘不过气，一肚子的委屈没有人去说。母亲那么不堪，每每生事，让她按下葫芦浮起瓢，成了探春心里的一根刺。正因如此，她反而最恪守阶级礼法，对尊卑之分，比别人更加介意。

书中五十五回，凤姐因为生病无法管理家事，王夫人托付于儿媳李纨，可是李纨并无管理才能，面情又软，镇压不住。王夫人便让探春协助管理，另有宝钗出谋划策。下人们想着她们三人平时也很平和恬淡，便都趁机偷懒懈怠。

想不到第一个跳出来闹事的，偏偏是赵姨娘。赵姨娘的弟弟死了，几个媳妇婆子推说不记得旧例，巴不得探春多发些银子，想拿这事拿捏她。探春头脑清醒，严格按照规矩只发银二十两。并对管事婆子正色道:“你办事办老了的，还记不得，倒来难为我们。你素日回你二奶奶也是现查去?”最后臊得老奴满脸通红，领教了探春的厉害。

糊涂的赵姨娘却当着众人的面，指责她管了家，亲娘居然捞不到一点好处。探春是这样回答的:“依我说，太太不在家，姨娘安静些养神罢了，何苦只要操心。太太满心疼我，因姨娘每每生事，几次寒心。我但凡是个男人，可以出得去，我必早走了，立一番事业，那时自有我一番道理。偏我是女孩儿家，一句多话也没有我乱说的。太太满心里都知道。如今因看重我，才叫我照管家务，还没有做一件好事，姨娘倒先来作践我。倘或太太知道了，怕我为难不叫我管，那才正经没脸，连姨娘也真没脸!”一面说，一面不禁滚下泪来。赵姨娘只好偃旗息鼓地回去。

一个人的出身和成长环境是不能以个人意志改变的，但你以后想成为一个什么样的人，是由自己决定的。

贾母带刘姥姥一行人逛大观园，潇湘馆斑竹成林，孤寂悠远；蘅芜苑雪洞般素净清冷；在探春屋里，隔着纱窗看外面，贾母说，“后廊檐下的梧桐也好了，就只细些。”想来这棵梧桐树是有深意的。

“才自精明志自高，生于末世运偏消。清明涕泣江边望，千里东风一梦遥。”这是金陵十二钗正册里给探春的判词。

探春同时拥有出世的情怀和入世的能力。我最欣赏探春的是她处理事情的清醒明智，人格的独立以及个性的果敢。

一众婆子本想着三只软柿子管家，都乐得清闲。只刚过三四日后，几件事过手，探春该罚则罚，该赏则赏，该怒则怒，一并按原则，不分偏倚，硬是震慑住了一并闲杂人等。众人这才渐觉探春精细处不让凤姐，只不过平日里不显山露水而已。

探春冷眼旁观凤姐理家，早已看到了贾府的弊病，对于贾家，探春是有远虑的。她担心府里如此吃穿用度，不加以节制，王公贵族持续不过百年，再如此下去，怕存亡难保。她不仅裁撤了很多不合理的支出，而且把大观园内的花草果木和池塘“承包”给个人，深得众老妈子欢喜，亦有盈余为府里上供，做到了开源节流。

她想用“兴利除弊”的改革来挽救颓势，虽无济大事，也可见其格局非同一般。就连眼里放不进人的凤辣子也极看好探春，甚至为她感到可惜。

凤姐说：“真真一个娘肚子里跑出这个天悬地隔的两个人来……也不知哪个有造化的，不挑庶正的得了去。”

探春虽为庶出，却性格刚烈，不畏强权。众婆子抄检大观园，探春为家中颓势感到万分愤怒与悲凉，她“令丫鬟秉烛开门而待”，并说：“我的东西倒许你们搜阅，要想搜我的丫头，这却不能。我原比众人歹毒，凡丫头所有的东西我都知道，都在我这里间收着，一针一线她们也没的收藏，要搜所以只来搜我。你们不依，只管去回太太，只说我违背了太太，该怎么处治，我去自领。”既维护自己的尊严，也护手下人的周全。

邢夫人陪房王善保家的不知轻重，仗势要搜探春的身，探春当众给了她一记耳光，让站在一边的凤姐都暗自叫好。

那一记响亮的耳光，打得真漂亮。

人活到一定年龄，才会明白以牙还牙的痛快。探春的远见洞察无人能及，因而才会第一个说出：“你们别忙，自然连你们抄的日子有呢！你们今日早起不曾议论甄家，自己家里好好地抄家，果然今日真抄了。咱们也渐渐地来了。可知这样大族人家，若从外头杀来，一时是杀不死的，这是古人曾说的‘百足之虫，死而不僵’，必须先从家里自杀自灭起来，才能一败涂地！”

和迎春的糊涂、惜春的凉薄形成鲜明对比的，也是在查抄中。探春感慨：“咱们倒是一家子亲骨血呢，一个个不像乌眼鸡，恨不得你吃了我，我吃了你！”

虽然宝钗圆滑、黛玉孤高，但探春却更欣赏黛玉。“林黛玉焚稿断痴情，薛宝钗出闺成大礼”那天，别人都忙着锦上添花，独她和李纨陪在黛玉身边送她最后一程。

探春在长辈面前，也是最懂事最孝顺的孙女，宝黛虽然深受贾母照拂，但已被宠得只顾及自己心中的杯水波澜。中秋之夜，酒尽人酣，留在贾母身边承欢陪侍的只有探春。她对长辈不仅有发自内心的尊敬，更有着深深的理解。也正因此，贾母对她始终是高看一眼的。南安王妃做客选妃，想看看姑娘们，贾母令人请了钗黛湘琴四位，自家的姑娘，只叫了探春。而探春这一亮相，真就成了王妃。

探春的命运在《红楼梦》中是用风筝来象征的，猜灯谜时她写道：“阶下儿童仰面时，清明装点最堪宜。游丝一断浑无力，莫向东风怨别离。”

探春放凤凰图案的风筝时，突然和另一只风筝交缠到了一起，这时，一只更大的风筝把两个风筝的线弄断了，慢慢地都飘到了远方。这印证了判词中的远嫁，也和探春在“寿怡红群芳开夜宴”中抽到的花签相呼应。竹签上是“瑶池仙品，日边红杏倚云栽”的杏花占词。开在太阳边的杏花，这里可是好意象，当时众姐妹就笑道：“我们家已有了个王妃，难道你也是个王妃不成？”一语成谶，一切原是命中注定。

探春出嫁前，宝玉得了消息赶来探视，见探春在誊写海棠诗社的诗句，问起缘由，探春垂头道："把这些句子誊在纸上随身带着，日后见了便仿佛见了姐妹们一样。"轻描淡写一句话，含了多少不舍与无奈。探春这样的女子，无论置身何种境地，皆能不疾不徐，笃定以待，即便内心再波澜起伏，她都能深藏好情绪，从容出发。

第一百〇二回如此描写："次日，探春将要起身，又来辞宝玉。宝玉自然难割难分，探春便将纲常大体的话说得宝玉始而低头不语，后来转悲作喜，似有醒悟之意。于是探春放心，辞别众人，竟上轿登程，水舟陆车而去。"

最记得 1987 版《红楼梦》的那一幕海疆送行，华丽的富贵场面，掩不住骨肉分离的悲凉。除了南安太妃，贾家女眷个个眼含热泪。更有可怜的赵姨娘，几欲流泪扑出，被凤姐拿眼瞪回。探春满面泪痕，一一目视过亲人，盈盈跪别。那一条通到江边的红毯似那风筝线一般，将探春带去远方。

"一帆风雨路三千，把骨肉家园齐来抛闪，恐哭损残年。告爹娘休把儿悬念，自古穷通皆有定，离合岂无缘，从今分两地，各自保平安，奴去也，莫牵连。"真是字字啼血，声声催泪。

探春远嫁他乡，最终印证着"三春去后诸芳尽，各自须寻各自门"的悲歌。

贾府四艳，正如上元佳节各人所作的灯谜：元春所作爆竹，乃一响而散之物；迎春所作算盘，是打动乱如麻；探春所作风筝，乃飘飘浮荡之物；惜春所作海灯，一发清净孤独。贾政看完，心内自忖道："小小之人作此诗句，皆非永远福寿之辈。"果然，白茫茫，空落落，胭脂浓处成污血，粉香绿玉变衰杨。

告别锣鼓喧天，生出真心欢喜

因为对《红楼梦》的热爱，相关的书、电视剧、电影都不曾落下。一日，看见一款游戏，回答几十道题后，看你是红楼梦中的哪个人。我兴趣盎然地一道道题做下来，心中暗自思忖：自己的性格像黛玉多一点还是宝钗多一点呢。答案揭晓——我居然是红楼梦中的平儿。一时愕然，原来是个丫鬟命。但细细想来，一个女子，若能做到平儿那样，也算圆满了。

平儿是王熙凤从娘家带过来的陪房丫头，是王熙凤最得力的心腹助手，贾琏的侍妾。她对待贾琏的态度永远保持不远不近，单独待着，也保持着“一个窗外，一个屋内”的距离，从不与王熙凤争风吃醋，不献媚争宠，这才让王熙凤放得下心，容得下她。平儿聪慧、干练、心地善良，她的能力不在王熙凤之下，但人品超出王熙凤几条街。一边是淫俗的贾琏，一边是精明的凤姐，在这样的夹缝中生活，她能够从容应变，上上下下都认可，实在难得。

大观园里，美女众多。贾母在选孙媳时不止一次说过，模样要好，再就是脾气秉性。那么平儿长什么样呢？贾母说过平儿是美人坯子；宝玉夸她是极聪明、极清俊的女孩儿；李纨赞平儿好体面模样，不知道的人，谁不当作奶奶太太看；刘姥姥初进荣国府，险些把平儿当成了二奶奶凤姐，只觉得平儿长得如仙女一般。

模样好的女子大都有些骄纵，丫头们也是如此，比如晴雯。所以美丽又低调的平儿便很难得了，若还善良、还有能力，堪称完美。

许多人都是从六十一回“投鼠忌器宝玉瞒赃，判冤决狱平儿行权”这一章，喜爱上了平儿。

事件起因是王夫人房里丢了玫瑰露、茯苓霜，二小姐迎春的丫头司棋为吃一碗鸡蛋羹而未能如愿，便带领小丫头大闹厨房，在厨房里又砸又摔，并将厨房主管柳家的私藏一瓶玫瑰露的事情揭发出来，有人怀疑是柳家女儿柳五儿偷的。凤姐闻听，跟平儿说：“柳家的打四十板子，撵出去，永不许进二门。把五儿打四十板子，立刻交给庄子上，或卖或配人。”至于王夫人屋里的丫头，凤姐说：“把太太屋里的丫头都拿来，虽不便擅加拷打，只叫他们垫着瓷瓦子跪在太阳地下，茶饭也别给吃。一日不说跪一日，便是铁打的，一日也管招了。”

平儿应承下来后，首先审问当事人，柳五儿说出玫瑰露的来由。平儿一听是袭人送她的，便夜访袭人，一条线挨个查下去，才弄明白这玫瑰露是王夫人的丫头彩云偷的，而彩云又是受赵姨娘之托为了贾环做的。

玫瑰露案发，贼和赃都明摆着，却不好处理，只得掩盖。平儿明知赃物在贾环处，起赃也容易，只是怕伤着探春的颜面。所以平儿说，不能为了打老鼠（赵姨娘）而伤了玉瓶（探春）。

两难之时，宝玉说，这事我来背。平儿于是遮掩着回了凤姐。凤姐一听就明白了，宝玉不定是替哪个丫头顶缸呢，便想要借机好好惩戒一番。平儿劝凤姐：“‘得放手时须放手’，什么大不了的事，乐得不施恩呢。”平儿说话很有分寸，劝人也劝到了点子上，这才使柳家母女和众丫头免去了一场灾难。要不然，不定还掀起什么风浪呢。

一件事就表现出平儿的善良和异乎常人的才干。她那种细致取证、设身处地为他人着想的品性和处事能力，让她成为大观园里最受尊敬和喜欢的丫头。

下人们也夸她："为人很好，虽然和奶奶一气，她倒背着奶奶常做些个好事。小的们凡有了不是，奶奶是容不过的，只求求她去就完了。"

平儿借着凤姐的权力，地位在一步步地提升，若心存恶念，不知会害死多少人。但她遇事总是息事宁人，大事化小。她也有内心无告的悲苦，但这份苦她从来不会转嫁给别人。

平儿的判词为："妄曲维持会转旋，福田长此种举年。知卿自是屠龙手，瘁海波平养月圆。"

第五十六回，凤姐生病，探春代理家政，平儿陪侍。那些管家媳妇见探春年轻，又是庶出，以为她办事没有经验，想着看笑话，连她生母赵姨娘也来惹是生非。碰到此类事情，平儿一样能应付自如，处置得体。探春指出园里存在的种种弊端，平儿反对也罢赞成也好，不是得罪探春便是开罪凤姐。而她，先是一叠声夸赞探春的主意好，接着又说出凤姐早就想改而一直未改的牵绊及理由，既不伤探春，又保全了凤姐的面子。当探春计划把园子"承包"给众婆子时，平儿道："这件事须得姑娘说出来。我们奶奶虽有此心，也未必好出口。此刻姑娘们在园里住着，不能多弄些玩意儿去陪衬，反叫人去监管修理，图省钱。这话断不好出口。"

引得宝钗过来摸着她的脸笑道："你张开嘴，我瞧瞧你的牙齿舌头是什么做的。从早起来到这会子，你说了这些话，一套一个样儿，也不奉承三姑娘，也没见你说奶奶才短想不到，也并没有三姑娘说一句，你就说一句是。横竖三姑娘一套说出，你就有一套话进去。总是三姑娘想得到的，你奶奶也想到了，只是必有个不可办的缘故……她这远愁近虑，不亢不卑，她奶奶便不是和咱们好，听她这一番话也必要自愧地变好了，不和也变和了。”

这便是平儿，知世故而不世故，才是真善良。

巧姐出痘，贾琏从俗搬出家一段日子，却又不甘寂寞，和生性轻浮的多姑娘私通，回来平儿收拾他的物件，从枕套中抖出一绺青丝，但她没有向凤姐露一丝口风，避免了一场风波。

贾琏偷娶尤二姐，平儿得知后告诉了凤姐。尤二姐貌美懦弱，深受贾琏钟爱，又怀有身孕，这是凤姐深深忌讳的。所以她要煞费苦心地将尤二姐置于死地。

凤姐亲自出马到了贾琏金屋藏娇处，说了一番动情话:“还求姐姐下体奴苦心，起动大驾，挪到家中，和我姐妹同居同处，彼此合心谏劝二爷慎重世务……住的、使的、穿的、带的，你我总是一样儿……只求姐姐在二爷跟前替我好言方便方便，容我一席之地安身……”这一席话，把个尤二姐感动得泪花闪闪，立马跟着凤姐进了大观园。

暗地里，凤姐唆使被尤二姐退婚的张华去告贾琏，告他仗势依财，强迫退亲，停妻再娶，又调唆公公送的侍妾秋桐百般羞辱尤二姐。并以此事为由大闹宁国府，把个尤氏一家骂了个狗血喷头，哭闹中不忘点明自己为了平息官司、打点官府用了五百两银子。尤氏忙不迭地赔银子了事。凤姐气也出了，银子也得了，把尤二姐的名声也弄臭了，还辖制了尤氏，再不敢为娘家出头。

这需要怎样一种深细的“心机”和周密的谋略！

再看平儿，尤二姐进门，虽然为妾，不管怎么说是半个主子了，是姨娘了，平儿还没到这身份呢，她若嫉恨也是常理。但是平儿却非常同情尤二姐，看她被骗进荣国府，凤姐“每日只命人端了茶饭到她房中去吃，那茶饭都系不堪之物”，平儿悔不该将这事告诉凤姐，总是想法给尤二姐送吃送喝，或是陪她到园中逛逛。可以说，平儿给了尤二姐生命尽头最后的一丝人间温暖。

尤二姐自尽以后，平儿为她一掬同情泪，贾琏给尤二姐办丧事，凤姐推说没有钱置办，把个贾琏恨得直跺脚。平儿偷拿出二百两银子给贾琏，让贾琏办了尤二姐的后事。

在尤二姐这件事上，同样是两个受伤的女人，对待另外一个不幸的女人，凤姐和平儿的人品高下立判。

凤姐死后，平儿悉心照料她的女儿巧姐，当巧姐的舅舅王仁和贾环商议着要把巧姐卖给藩王时，是平儿护送巧姐逃出魔爪。

后来，贾琏把平儿扶了正，成为正房夫人。这时候的贾琏，历经劫难，阅尽春色，愿意收心过细水长流的平淡日子，也懂得了珍惜眼前人。无论贾琏爱过多少女人，最后留下来的，一定是那个让他心里踏实的人。平儿于贾琏，像空气、像大地。她融入你，但不干涉你；看穿你，却不揭穿你。历经沧桑的两个人，此刻正好抱团取暖。

女人间最悲哀的场面，莫过于在大街上撕打成一团。你家的狗，跟着路人跑了，你要做的是拉回来或者索性扔了。最不堪的，是露着獠牙厮杀谩骂。平儿做不到死缠烂打，冷眼旁观花开花谢，最终博得个地久天长。

凤姐那样精明，尤二姐那样妩媚，秋桐那样骄矜，谁都没料到，不争不抢的平儿成为贾琏这个浪子的终结者，也是金陵十二钗副册中有个好归宿的女子。

想那大观园中曾经百花盛开，莺啼燕语，一众女儿们纯真美丽，天真烂漫，真正是这世上最动人的女儿国。可，赫赫扬扬的，蕙质兰心的，才华横溢的，风华绝代的，全是温柔富贵乡的一场梦。钟灵毓秀一干痴儿女，却是逃不过天地归空的命数，桃红柳绿再美，终有那衰草枯杨的一日，试看春残花渐落，便是红颜老死时。真正是一朝春尽红颜老，花落人亡两不知。

荣华花间露，富贵草上霜。眼看他起高楼，眼看他宴宾客，眼看他楼塌了……

曹公，用一支犀利笔，让世间每一位读者在自己的惊涛骇浪中，仍不忘为那些消失在时光洪流里的女儿们模糊了双眼。

无情诗人多情诗——读《西厢记》

她出身高贵，不仅有倾国倾城之貌，而且针织女红，诗词书算，无所不能。这样的女子，是能让人一见倾心的。果然，在她最美的年华，遇见了风流多情的他。

每个男人，都想拥有一个崔莺莺

她是相国之女，名崔莺莺，因同母亲一起送父亲灵柩回家乡安葬，途中暂住河中府普救寺。这一天上香之时，与赴京城赶考，欣赏普救寺美景的书生张君瑞偶遇，四目相对，秋波流转。爱情如一树桃花在书生心中灿烂绽放。

"兰麝香仍在，佩环声渐远。东风摇曳垂杨线，游丝牵惹桃花片，珠帘掩映芙蓉面。"惊鸿一瞥，美人如玉，那边伊人已去，书生依旧如痴如醉，她的一颦一笑，她眼角眉梢的风流烂漫仿佛将书生的魂魄勾了去，张生自此茶饭不思，患上了相思病。真正是为伊消得人憔悴，一分一秒都无处逃逸。他想尽办法赖在寺中借宿，住进了西厢房。

张生从小和尚那里打听到，崔莺莺每晚都会去花园内进香。夜深人静，月朗风清之时，张生悄悄来到后花园内，偷看美人焚香。随即吟诗一首："月色溶溶夜，花阴寂寂春；如何临皓魄，不见月中人？"这么文艺又这么大胆的男子令少女心中一动。便和了一首："兰闺久寂寞，无事度芳春；料得行吟者，应怜长叹人。"

这一吟一和，把两颗心给系住了。

城外一草寇听闻崔莺莺有沉鱼落雁之容，率五千人马，将普救寺层层围住，欲抢她做"压寨夫人"。老夫人与众家丁一筹莫展，危急中发愿说，不管是什么人，只要能杀退贼军，就将小姐许配给他。

张生一听，喜不自禁，自己的拜把子兄弟可巧是镇守蒲关的大元帅，统领十万大军。于是，张生用缓兵之计先稳住贼寇，然后写了一封书信求救。

小和尚下山去送信，三日后，救兵到，贼人散。

老夫人在答谢宴上疑似得了失忆症，说好的以身相许瞬间变成了结拜兄妹，并赠给张生好些金银聊表谢意。

郎情妾意的两个人傻了。一个五内俱焚病倒在床，一个以泪洗面容颜憔悴。小丫鬟红娘见二人不胜其苦，便做了传信搭桥的可人儿。

从听琴到探病，闺房千金揣着一颗热乎乎的心，恨不得立刻捧到那个让自己"每日价情思睡昏昏"的人面前。最后那一步，莺莺闭眼跨了过去，自此两人一往情深，她成为张生的"娇羞花解语，温柔玉有香"。他们度月如日，连空气都是甜的。

待老夫人得知一切，亦是木已成舟，只得吞下一口恶气。在《拷红》中，她气骂道："罢罢罢，谁似俺养女的不长进。红娘，书房里唤那禽兽来！"老夫人输给了张生，但她还要辱骂几句才解气，最后不得不忍痛将女儿许配给"那禽兽"。条件是：张生如果想娶莺莺，必须进京赶考取得功名才行。

临别时，莺莺在十里长亭摆下筵席为张生送行，再三叮嘱张生休要"停妻再娶妻"，休要"一春鱼雁无消息"。

结果当然是花好月圆。张生得中状元，莺莺凤冠霞帔与意中人终成眷属。

读者都可以替他们想象一下此后的日子，多么地快乐而恣意，浓得化不开的幸福感，流淌在秋千、薄酒、花钿间……

那该是一生中最欢愉的时光吧，两个人月下酌酒，花前对诗，红袖添香。永远的姹紫嫣红，你侬我侬，真乃神仙眷侣。

如果日子可以这样一路走下去，那么，她这一生，真正是得偿所愿。只是现实比传奇更忧伤、更冷酷。

红颜未老恩先断

很多人不知道，这故事改编自唐代元稹创作的小说《莺莺传》，那里面，她的结局让人唏嘘不已。一个团圆美满，一个始乱终弃。《西厢记》的大团圆是中国文人永远的才子佳人梦。童年时，看到王叔晖的彩绘小人书《西厢记》，爱不释手，心心念念，不知动了多少脑筋，卖了多少废铁牙膏皮，熬了多少时日，才将那本小人书买回家。从听琴开始临摹，莺莺的模样从此在心中活色生香。

如果，人生注定喜乐参半，一半明媚、一半忧伤，那么，在王实甫的《西厢记》中，给了她岁月静好，而在元稹的小说中，她命运多舛。

把这凄凉故事告诉我们的，正是那个著名的负心人元稹。在《莺莺传》中，元稹的字里行间藏不住得意扬扬——你们看这么优秀的女子，她是这么爱我！

元稹的原配夫人叫韦丛，贤淑早逝。元稹在韦丛死后，给她写过许多催人泪下的诗句。因为这个女人陪他度过了最艰难的日子，还因为走得早，尚未厌倦，因此难忘。最记得那句“惟将终夜常开眼，报答平生未展眉”尤为感人，而“曾经沧海难为水，除却巫山不是云”更是令人动容。

只是这思念既不影响他续弦，亦不影响他纳妾。而且，元稹刻骨铭心的初恋，是给了一个小女子的。她当然不叫崔莺莺，更不是相门之女，若是，元稹也不会在金榜题名之后巴结权贵韦夏卿，断然抛弃才貌双全的她。

在元稹的心灵深处，一直没有忘记她，那个叫小迎的少女。日后便以崔莺莺为主人公，创作了小说《莺莺传》，并且以张生自居。

原著小说里描述，张生见了莺莺后，惊为天人。想各种办法请她的丫鬟红娘帮自己递纸条传消息。红娘起初被他吓了一跳，不禁纳闷问道：“何不因其媒而求取焉？”

张生表示，自己一向矜持，一般人都看不上。“昨日一席间，几不自持。数日来，行忘止，食忘饭，恐不能逾旦暮。若因媒氏而娶，纳采问名，则三数月间，索我于枯鱼之肆矣。”意思就是我自见了你家小姐后，这世上就再没有旁的事了，如若不能快快见到她，便要出人命了。

可是，爱一个人，怎么可能连媒人都没有时间请？怎么舍得不许她一个未来？又怎么可能连三四个月都无法等待？如果一个男人在追求意中人时压根没想过求婚，那么以后结婚的可能性有多少？

善良的红娘还真的给张生出主意说，我们小姐出身名门，性格孤傲，钱财之物断断砸不动她，况且你一个穷书生，也没有这样的大手笔。不过小姐也有弱点，她是个女文青呀，感情丰富，你试试写点什么没准能打动她。

张生大喜过望，风月文字是自己的拿手戏啊。果然，两首《春词》就打动了莺莺的芳心。

有人说，女人是靠听觉在恋爱，男人是靠视觉在恋爱。其实，女人是靠感觉在恋爱。

她回复张生："待月西厢下，迎风户半开。拂墙花影动，疑是玉人来。"

张生知道这首诗是约他相见的，第二天晚上便爬树翻墙，进了她的房间。没想到她一脸正气地把他一通数落："非礼之动，能不愧心？特愿以礼自持，毋及于乱！"一句话——请你自重！

说完，转身走了。剩下张生一个人呆立。

到这里，她以为，张生会知难而退了，自己也好收心。却想不到，书生使出了最后的杀手锏——要死要活地生了一场病。久居深闺的她哪里见过这阵势，愁肠百结之后，想想他到底救过自己，豁出去探病吧。

走出了第一步，这第二步便由不得自己了，她忘我地勇敢了一次。背弃束缚自己的礼教，选择去爱，去毁灭，去重生。

于是乎，这西厢探病一来二去便成了"红绡帐底卧鸳鸯"。张生本人"性温茂，美丰容"，又那么会说情话，怎不让深闺女子春心萌动。她对未知的将来既期待又恐惧，她知道自己的行为是不容于礼法的，所以才在第一次张生翻墙时严词拒绝他，那一番话其实是在警告自己不要迷了心智，否则将万劫不复。她何尝不是想给自己一个了断，亲耳听到自己对这段感情的宣判。可是，她这样一个大门不出、二门不迈的大家闺秀，除了父母之命、媒妁之言，今后到哪里得遇这样玉树临风的才子？她嘴里说着拒绝，心中却是万分不舍。在无尽的犹豫与纠葛之中，她一步步滑向张生的怀抱。

在她最寂寞最孤独最无助的时候，爱情来了，天大的事情都没有这份情重要。或许崔莺莺的血液里奔流着冒险的因子，所以会为了爱情不顾一切，哪怕被抛弃被鄙夷被万夫所指为天地不容，也在所不惜。这样一份情，有谁能够挡得住呢？

她和张生缠绵缱绻，只在天明将别的时候，呜咽哭泣。她内心有多么矛盾呀，良宵，她是那个买醉之人，不想清醒也不愿清醒。她明知道自己在做一件错事，却无法控制内心对于张生的情意，她宁愿在一种迷醉的状态下委身于自己的爱人。在这段关系中，她是被动的，带着满腔的欢喜和迷茫，她哪里知道命运的另一个名字叫出场顺序，她是第一个却不是最终那一个，这才是真炎凉。

看到终日魂不守舍的女儿，老夫人渐渐察觉出端倪，先是拷问红娘，再是怒女不争。而莺莺顶着所有压力，给出唯一的答案："我爱他。"

然而，她看错了这个人。

她要的天长地久，张生给不了。耳鬓厮磨了月余，忽然急着要去长安了。

男人是很现实的，对自己要娶什么样的妻子，永远比女人更清晰。张生苦读诗书的终极目标是走仕途，而在那个年代，读书人想平步青云，结一门有权有势的姻亲就像拿了一手好牌。对于张生来说，婚姻无疑是第二次投胎，而她一个过气的相国之女，已经不是一条通天的捷径了。

有很多事情，当事人最明白。对于张生而言，与莺莺到了这个地步，不给她一个交代，也要给老夫人一个交代。既然不想求婚，就只能说去长安读书或赶考了。莺莺也不是寻常脂粉，知道张生心里打着小九九。既放不下身段来求他，更不会寻死觅活地缠住他。那种“等我考中后再来接你”的鬼话，冰雪聪明的她看得真真亮亮的，除了满脸愁怨，她不发一语亦不相送。

也许她一直觉得，妥协一些，容忍一些，可以让一颗坚硬的心变得柔软。但当她把底线放到最低，得到的亦是更低的结果。

几个月后，张生再回蒲州，还是只求温存，不提婚事。“拚将一生，尽君一日欢。”等到他再次离去时，莺莺含泪说：“始乱之，终弃之，固其宜矣，愚不敢恨。必也君乱之，君终之，君之惠也。则殁身之誓，其有终矣。又何必深感于此行？”这真正是把自己低到了尘埃里。既已失身，她的命运，就只能由张生决定。

她完全看透，张生当初不肯为她而留下，以后也不会为她归来。

这是怎样的一种心痛呢？假如仅仅是个人情感的失败也就罢了，但是其中还隐含着整个家族的衰败和老母最后的一丝期望。人很多时候并非为自己而活，所以最不能承受的并非自身的失败，而是自身的失败给至亲之人带来的伤害。

张生使尽浑身解数吸引崔莺莺，被吸引后的莺莺只能做一件事——留住他。但张生决绝地走了，留给她抹不掉的羞辱和风雨。

想当年，初相见，以为这个男人可以为自己遮风挡雨，不曾料到，此后所有的风雨，都是他带来的。

张生应试不中，滞留京城，闲暇时又写信撩拨她。收到他送来的书信、花粉，她回信不卑不亢，有对爱情的渴望，有对自己一念之差的懊悔。然而言辞中仍小心翼翼表露出对张生的情意，对于爱情，她还抱有一丝希望。她寄上玉环、青丝等物以示对爱情的忠贞，期望张生能够被感动，回心转意。多少会有这样的期盼吧，希望对方回一句“我懂你”。总想着，自己将终生托付给了张生，他怎么舍得让她输。

只是，她再也想不到，在长安，张生将她的书信拿给朋友们看，把她的这份真情到处炫耀。众人作诗取乐，他们俩的情事居然成为当时文化圈里茶余饭后的八卦谈资。

张生还无耻辩白说，之所以放弃她，是因为“大凡天之所命尤物也，不妖其身，必妖于人。使崔氏子遇合富贵，乘宠娇，不为云，不为雨，为蛟为螭，吾不知其所变化矣。昔殷之辛、周之幽，据百万之国，其势甚厚。然而一女子败之，溃其众，屠其身，至今为天下僇笑。予之德不足以胜妖孽，是用忍情”。大家叹口气，深以为然，居然没有人指责张生的负心薄幸。

舌上有龙泉，杀人不见血。分手，最检验人品。交好时的百般热烈，都不如分手时不出恶言。

那个叫小迎的女子，在元稹的小说中被比作“尤物”，红颜祸水。自己与这样的女人断绝关系，也算悬崖勒马了。原来少女那赴死般的爱恋，只是一个男人犯的小过错。

女人的深情托付错了人，收获的便是心碎。遗憾的是，覆水难收。

说什么“君不见满山红叶，尽是离人眼中血”。

完全不知道，那个和他青梅竹马的小迎如何面对她以后的人生。元稹之于小迎，是生命中的希望；而小迎之于元稹，只不过是一场艳遇。

论才情，元稹是天下人熟知的“元才子”。传世诗作三百八十多首，就连流放荆蛮之地写的诗篇，文人雅客也争相传阅，一时纸贵。他的才名远播朝野，宫中嫔妃都喜欢以元稹的诗谱曲。

在元稹志得意满、欢娱畅快之时，小迎独自走过自己的寒冷与深渊，嫁人了。后来元稹偶然路过她居住之地，想象着：才子元郎今又来，桃花依旧笑春风。元稹这样才华横溢的男人，都容易犯一个错误，认为曾经爱过他的人定会永远铭记着他，无论多久，他一回头，她还如当年那般奋不顾身。他以表兄的身份求见，小迎坚辞不见，赋诗谢客。她硬着骨头咬着牙写下：“弃掷今何在，当时且自亲。还将旧时意，怜取眼前人。”话说到这份儿上，我们知道，这个让她如上天堂如坠地狱，让她品遍甜蜜尝尽哀伤的男人，她是完完全全地放下了。任前方山高路远，从此与君绝。

没有执手相看泪眼，没有原谅，只是放过了自己。

真是为小迎庆幸，若真委委屈屈嫁了元稹，能过什么样的日子？背叛的人，会一次又一次地背叛，被践踏的底线，会一次又一次地打破。据说，古时犯人被推去菜市口行刑，会想法给刽子手一些钱，恳请把刀子磨锋利一些，来个痛快。可多少女人，却终生忍受着钝刀子的折磨，一刀一刀，看不到尽头，也没有希望。还不如挥剑斩情丝，纵然是“红颜未老恩先断，斜倚熏笼坐到明”，又如何？！

反倒是元稹，多少次曲终人散，梦残酒醒，终其一生都不能释怀。小迎早已化为了诗人心口的一枚朱砂痣，挥之不去。

叶知秋说过：“这么多扇门进进出出，其实没有什么不同，某人会以宿命的脸孔在房间等着你来相会，但没有一个房间可以让你停留一生一世。如果走过了太多扇门，似乎会忘记最温情的一间是在何时何地。”

唯有时间了解爱，也唯有时间才能证明不爱。

“半欲天明半未明，醉闻花气睡闻莺。猧儿撼起钟声动，二十年前晓寺情。”人到中年的元稹回忆年少风流之时，在那古寺的西厢，那个散发着鲜花一样香气的女子，用鸟儿般婉转的声音对他低语:“钟声响了，想来我也该回去了。”

那一夜的经历对于元稹来说是如此地深刻，以至于很久以后依然清楚地记得那天的日期，那夜的月色。元稹在《会真诗三十韵》里清晰地描写了一夜缠绵的经过，在千年之后的人们看来，那诗依然香艳露骨，荡人心旌。“微月透帘栊，萤光度碧空；遥天初缥缈，低树渐葱茏……低鬟蝉影动，回步玉尘蒙；转面流花雪，登床抱绮丛；鸳鸯交颈舞，翡翠合欢笼；眉黛羞频聚，朱唇暖更融；气清兰蕊馥，肤润玉肌丰；无力慵移腕，多娇爱敛躬；汗光珠点点，发乱绿松松……”

人们在意的永远是自己，自己的回忆，自己的遗憾，自己的青春时光。

终有弱水替沧海，再无相思寄巫山。

一生偎红倚翠，宦海沉浮，无论经历多少时间流逝，多少世事沧桑，元稹的内心深处始终有一个角落，贮存着一个花季少女对他最初的爱，也是最好的爱。

我们常说，今天是昨天的果亦是明天的因。

真的怀疑元稹的“曾经沧海难为水，除却巫山不是云”到底指哪一位，是莺莺，还是韦丛，抑或是薛涛？

多情薄意，自然不能完全责备元稹之流的才子文人。中国传统观念中，好男儿志在四方。儿女情长不过是人生一时的华筵。女人只是古代文人墨客失意之时的寄托，爱情并非两个平等个体生命的互补，而是人生的一时之需。

许多人的现实生活里，找不到“爱情”这两个字。对于爱情的向往，或许只存在于看戏的那段辰光中。

当年，元稹的理智战胜了情欲，只好在文字里去凭吊感情，所以才为我们贡献了很多脍炙人口的情诗。

正所谓：人瘦尚可肥，士俗不可医。

愿有情人都成眷属

“愿有情人都成眷属”这一美好的愿望，不知成为多少文学作品的主题。莺莺和张生一波三折的爱情故事，虽然被历代统治者一再列为禁毁之列，但其结果却千百倍畅销，刻本之多，评家如云。

历来评论家多爱用“人性解放”来赞扬《西厢记》，真不敢苟同。《西厢记》与《莺莺传》两相对照，后者虽是悲剧，却显得合情合理，也更深刻。王实甫虽硬生生地要把“多情女子负心汉”扭转成“两情相悦大团圆”，虽是观众喜欢的合家欢，还是于理不合。

《红楼梦》第五十四回，评书人说到《西厢记》时，贾母笑道：“这些书都是一个套子，左不过是些佳人才子，最没趣儿。把人家女儿说的那样坏，还说是佳人，编得连影儿也没有了。开口都是书香门第，父亲不是尚书就是宰相，生一个小姐必是爱如珍宝。这小姐必是通文知礼，无所不晓，竟是个绝代佳人。只一见了一个清俊的男人，不管是亲是友，便想起终身大事来，父母也忘了，书礼也忘了，鬼不成鬼，贼不成贼，哪一点儿是佳人？便是满腹文章，做出这些事来，也算不得是佳人了。比如男人满腹文章去做贼，难道那王法看他是才子，就不入贼情一案不成？可知那编书的是自己塞了自己的嘴。再者，既说是世宦书香大家小姐都知礼读书，连夫人都知书识礼，便是告老还家，自然这样的大家人口不少，奶母丫鬟服侍小姐的人也不少，怎么这些书上，凡有这样的事，就只小姐和紧跟的一个丫鬟？你们白想想，那些人都是管什么的，可是前言不搭后语？”

众人皆附和。末了，贾母又说：“这有个缘故，编这样书的，有一等妒人家富贵，或有求不遂心，所以编出来污秽人家；再一等，他自己看了这些书看魔了，他也想一个佳人，所以编了出来取乐。何尝他知道那世宦读书家的道理。别说他那书上那些世宦书礼大家，如今眼下真的，拿我们这中等人家说起，也没有这样的事，别说是那些大家子。可知是谄掉了下巴的话。所以我们从不许说这些书，丫头们也不懂这些话……”

真正觉得，贾母的话说到了点子上。

先说崔家，虽然崔相国去世，但偌大一个相府，断不可能让小姐身旁只有一个不知轻重的小丫鬟。况且老夫人还有一个森严的家规：家庭宅院，不许一个男子出入。用张生的话说便是“夫人怕女孩儿春心荡，怪黄莺儿作对，怨粉蝶儿成双”。

再者说，崔家避乱暂时停灵在普救寺，任小姐再多情，父孝在身，怎么可能与张生私会委身一个月？

还有那些大批特批老夫人嫌贫爱富的人，哪里明了一个母亲的心意，在那个“存天理，灭人欲”的时代里，一个女子，一旦失身，于男人，便是云泥之别。

窃以为，真正的生活，是一个平凡的我，遇到一个平凡的你，我们愿意放下标准，相互偎依。

我所理解的爱情应该是两个独立的个体，彼此明了对方所有的缺点和不完美，却还是那样无法分离，心里的包容和呵护是给生命中最重要的那个人。简简单单，朝朝暮暮，油盐酱醋。

选爱人不需要太多条件，最好的爱，走到最后，都是灵魂的相依为命，相见之欢不如处之不厌。

犹记得，年少时，春节的家宴上，长辈们的“火车”开到老姑奶奶处断了，老姑奶奶笑着认罚，清清嗓子唱道：“夜深深停了针绣，和小姐闲谈心。听说哥哥病久，我俩背了夫人到西厢问候。他说夫人恩当仇，教我喜变忧，他把门儿关了，我只好走。他们情意两相投，夫人你能罢休便罢休，又何必苦追究，一不该言而无信把婚姻赖，再不该女大不嫁把青春埋，三不该呀不曾发落这张秀才，如今是米已成饭难更改，不如成其好事一切都遮盖……”

窗外，终是夜了。

今生今世——读张爱玲及其作品

一个三十年代红透上海滩的才女，我能给你写点什么呢？可是，请你原谅，我有我不得不写的理由。

从读《金锁记》开始喜欢你。喜欢你笔下一个个凄凉委婉的故事，喜欢你故事里的一个个小奸小坏、爱耍小聪明的人物，喜欢那一个个被金钱、被社会劈杀了的可悲可叹的女人们。你无情地展示她们不甚可爱的一面，但你又叹着气说："因为懂得，所以慈悲。"

唱戏的人一曲终了，听戏的人却久久不散

每每想起你那经典的语言，便忍不住地发笑。"没伞的挨着打伞的，钻到伞底下去躲雨，以为多少有点掩蔽。可是伞的边缘滔滔流下水来，反而比外面的雨更来得凶，挤在伞沿儿下的人，头上淋得稀湿。"这就好像穷人结交富人，往往要赔本。真精彩。

一场风雨过后，重读你的书，有这么一段话是让我潸然泪下的。"只有年轻人是自由的，知识一开，初发

现他们的自由是件稀罕的东西，便守不住它了。就因为自由是可珍贵的，它仿佛烫手似的，自由的人到处磕头礼拜求人家收下他的自由。”

是的，人因为年轻，也只有年轻人敢用一时的迷恋来取暖。最后，守着一堆灰烬，怨得了谁呢？别人需用半辈子搞懂的事，被你三言两语泄露了天机。盛名之时，你才只有二十三岁，这样的年纪，你怎么就看透了这世上的男人女人呢？

“每一个男人心中，都藏着红白两朵玫瑰。红玫瑰是他热烈的情妇，白玫瑰是他圣洁的妻。娶了红玫瑰，久而久之，红的变了墙上的一抹蚊子血，白的还是‘床前明月光’；娶了白玫瑰，白的便是衣服上沾的一粒饭粘子，红的却是心口上的一颗朱砂痣。”

那么，聪明的你，为什么不告诉今天的女人们，究竟要做一朵什么样的玫瑰，才能令他人赏心，于自己甘心呢？

这个故事你还没讲完，一炉香便已尽了。一抽身，你却先走了。可最初的那一个个漂亮的亮相，仿佛还留在空气里，幽幽划下一根丝线，宛如水袖一甩，唱戏的人一曲终了，下台走了，可听戏的人却久久不愿离去。

张爱玲的小说，最喜欢的还是《金锁记》。那文字，一遍读不得，心太躁读不得，感情不温不凉读不得，没有悲悯心读不得……

大宅门的婚姻讲的是门当户对，偏偏姜家的二少爷身有残疾，高不成低不就，便想着退一步先娶个姨太太，将来有了般配的女子再做正室。给残疾人做姨太太，便是小家碧玉也不肯的，哪个爹妈不疼自家女儿。一家麻油店里传来好消息，他家的姑娘愿意给了姜家。姑娘名叫曹七巧，长得清丽可人，人称“麻油西施”，可叹父母双亡，哥嫂便把这水灵灵的妹子“嫁”了姜家。七巧便成了残疾二少爷的姨太太。姜家眼见着二少爷的身体每况愈下，再娶门户相当的小姐已无可能，不如让七巧死心塌地跟了二少爷，便将她扶了正。七巧在姜家的地位与日俱增，分家时，一双儿女更是加重了她与姜家各房争夺财产的分量。

钱是争到了，病恹恹的丈夫也死了，寡居多年，一双儿女开始谈婚论嫁。这怎么可以，她不幸福，儿女凭什么幸福？旁人她干涉不了，儿女的事她做得了主。先是想方设法破坏儿子的婚姻，将儿媳活活折磨死，再处心积虑地拆散女儿的姻缘，儿女灰了心，陪着她一起守着烟枪过活。一家人生生被拖入无底的深渊中。

张爱玲在小说中细微地镂刻着人物变态的心理，那利刃一般的描写产生了令人齿寒的效果。

“三十年来她戴着黄金的枷。她用那沉重的枷角劈杀了几个人，没死的也送了半条命。”

这个麻油店的“麻油西施”曾经是那么泼辣，那么明媚，“十八九岁做姑娘的时候，高高挽起了大镶大滚的蓝夏布衫袖，露出一双雪白的手腕，上街买菜去”。可哥哥嫂子却把她像一件衣服那样卖了出去，嫁给一个残废。

在姜家，丫头们都敢嘲笑她“见多识广”，笑她不是大门不出二门不迈的大家闺秀。她虽被扶正，可在姜家上下眼里，却始终是一个姨太太，因为她名不正言不顺，因为她出身低贱。偏她的丈夫只是一摊能喘气的肉，给不了她丝毫的温情。因此，她觉得自己是被亏欠了的。

女儿有了意中人，男友第一次登门，曹七巧却故意说一句“她再抽两筒就下来”。男友既震惊又绝望，夺门而逃。

曹七巧的一生，能掌控在手中的事物实在太少，所以，她要死死地攥着手中的每一分钱，决不让别人从她这里落得什么好处。儿女是她生养的，也该由她毁掉。

在她眼里，只有钱能让她感到踏实温暖，无爱她还能活，若连钱都没了，她如何面对这世间的寒凉。

分家之后，三少爷季泽来找她，说了一堆“甜言蜜语”，使她如脚踏彩云，瞬间晕晕乎乎起来。她暗暗思忖，“当初为什么嫁到姜家来？为了钱吗？不是的，为了要遇见季泽，为了命中注定要和季泽相爱”。然而仅仅一个转念，清醒了。“他想她的钱——她卖掉她的一生换来的几个钱”，她当即翻脸。

她要真心，哪怕只有一点点，她早已不期盼长相厮守的爱情，可是季泽却连一点点真心都不肯给她，还妄想骗走她戴了一辈子枷锁换来的财产，她怎么能允许，纵使她思慕了他一辈子。

得非所愿，愿非所得。

一辈子受人欺负，一辈子被人嘲笑，箍在她身上的那件黄金的枷锁，变成了一把剑。她用这把剑刺向她的亲人和敌人，在他们痛苦的呻吟中慰藉自己那颗变态的灵魂。

三十年了，她丰盈的心变得枯萎，如同她一天天干瘦的身体。明知挣扎无益，便不挣扎了，执着也是徒然，便舍弃了。

晚年，“她摸索着腕上的翠玉镯子，徐徐将那镯子顺着骨瘦如柴的手臂往上推，一直推到腋下”。这一句，写尽了女人的一生。

岁月如风，再姣好的容颜也有被“风干”的一天。一字一句，我们眼睁睁地看着张爱玲把一颗汁液饱满的葡萄写成了葡萄干。

若能重新来过，七巧一定愿意回到青春泼辣时的陋巷，那里没有富贵的枷锁，不必假惺惺去讨好妯娌换一点微笑，更不会被一群小丫鬟轻视。只是一辈子，在柴米油盐中热气腾腾地过日子，嫁一个身板宽厚的普通汉子，遮得风挡得雨，享受她一辈子不曾尝过的情爱。

人不会爱，人太有限

看完《色·戒》，很多人没有走出电影院就开始嚷嚷：“为一枚钻石戒指，就把自己给卖了，不值。”说这话的都是女人，个个义愤填膺，特别不齿的样子。

张爱玲用一万多字写完了《色·戒》，而李安通过汤唯的眼神所表达出来的情感，即便用一个长篇，也倾诉不了。

我们看的是删减版的《色·戒》，可我始终相信，删掉的那些情戏就像一个滚烫灼人的火球，是这部戏的高潮。王佳芝和易先生的身体缠绕交织在一起的时候，在那场还没有到来的暗杀行动前，王佳芝就已经输了。

都说女人虚荣，不是比首饰，便是比包包。可若把你丢在老上海的脂粉堆里，和一群太太们整日在牌桌上暗地里较劲，这个一伸手是鸽子蛋，那个一伸手是红宝石，把那摸牌的动作硬生生变成了炫耀；而你最年轻、最美貌，却只戴了最便宜的翡翠，一颗心便躁了。

一个男人若对女人上了心，这样的细节是关照得到的。易先生要让小女人扬眉吐气一回，要送她一枚最大的鸽子蛋。他没有想到，正是这一份顾念与温情救了他的命。别说王佳芝无聊虚荣，只爱珠宝，只是女人通过这些物件看到了疼惜，看到了爱。

女人爱一个人是没有道理的。管他是正是邪，管他是汉奸是君子。王佳芝最初接近易先生是为了完成任务，因为不专业，居然动了情。

她的防线早在易先生送她戒指前就已经失守了。

她无奈地看着这个男人一点点钻进了她的心里。

这就是张爱玲的高明之处，她太懂女人了，往往在不该认真的时候，女人认真了，假戏真做了。

易先生让王佳芝感觉到了她在这个男人心里的重要。一个男人对女人真诚地好，无微不至地好，哪怕不能够让女人舍身相报，最终也一定会有收获。

无法抗拒男人的关爱，这是女人的弱点，女人的软肋。女人一旦动了真情，任谁拿她都没办法了。

王佳芝在最后一刻超越了自己的使命，她像飞蛾扑火一样投身于她的爱情，她明明知道这样做的结局是死，但她还是拿生命做了一次豪赌。她舍身救下的易先生亲手把她送上了刑场。可她没有一丝后悔，虽然到死她都不能确定易先生是不是真的爱过她。

正如张爱玲所说："女人一旦爱上一个男人，如赐予女人的一杯毒酒，心甘情愿地以一种最美的姿势一饮而尽，一切的心都交了出去，生死度外。"

在王佳芝对易先生发出警告之后，影片由一条表面平静的暗流变成了飞流直下的瀑布。易先生逃跑起来身手真是敏捷，他离开珠宝店后，影片的压抑与寒凉扑面而来。

王佳芝在街边梦游一般地晃荡，我的泪水潸然而下，这爱多么奢侈，它瞬间绽放的光芒遮盖了仇恨——况且，那仇恨产生的方式是那么地荒诞。

似乎每个人，多多少少都要在现实里遭遇到爱情残忍的一面。

临刑前的女人面色平静，她前面是深不见底的深渊。枪响了，她爱的那个男人也只是怅然地坐在她的床头黯然神伤，可就连这一点点的伤心都是不能够见人、见光的，他躲在那个黑屋子里也仅仅是片刻。可见，情爱这东西，终究是男人比女人沉迷得快，也比女人醒得快。

人不会爱，人太有限！

嫁人，就是嫁给了一种命运

宁静的夜里，沏上一杯清茶，翻读张爱玲的文字，就会有一种把玩古董的美感。

一部《倾城之恋》，读过再不能忘。

旧时日的白流苏和范柳原，成为新女性内心深处一个自省的经典。原著近三万字的长度经由著名编剧邹静之操刀改编后成为三十四集电视剧。

原本，非常害怕电视剧版的《倾城之恋》成为一块“注水肉”。好在，邹静之参透了《倾城之恋》中低吟浅唱的各种情绪。

那彻骨的寒凉与极致的沧桑始终氤氲其中。

那个在遇到爱情时依然清醒的白流苏，她对人生的态度，冰冷却有把握。她不仅吸引着范柳原，也吸引着芸芸众生中的男人女人。

谁能想到，一对恋人的婚姻居然要靠一场战争来成全。岁月静好，人的心却乱着，不知道掰完了玉米是不是还能遇着西瓜。而乱世，最要紧的是抱团取暖，浪子此时才能收心过日子。

战争一停，范柳原便又恢复了纨绔子弟的本性。参透一切的白流苏每日里安安静静守着自家豪宅，点着蚊香等男人回家，那些爱呀情呀的话语随他说给旁的女人去，她对那些事儿睁一只眼闭一只眼。女人到一定年纪，装睡还伴着打鼾。她知道，在炮火连天的炎凉中，他们给了彼此最深切的依靠，那样的生死之交面对再苟且的生活都不会分开了。既然如此，她还争什么呢，由他满世界撩妹去吧，等他有一天老到眼花腿颤了，心和身体便都会安分了，那阵子，你像撵狗一样让他出门，他都懒得动了。

电影可以散场，但人生还有长长的路需要走，还有漫漫长夜的孤独寂寞需要独自承受。张爱玲骨子里是天真的，而这天真，让她不务实、不圆滑、不合群，也不容易快乐。她笔下的故事热热闹闹，她笔下的白流苏精致又精明，可张爱玲面对自己的爱情时，脑子彻底短路。她对胡兰成的爱，简直就像在夏天等待一场大雪，既无望又辛酸。

婚姻对女人最大的诱惑，是现世安稳，可这安稳若想靠婚姻来完成，则是最不安稳的，因为基本上靠运气。

繁华落尽。张爱玲终于知道此生的安稳是她自己，便再也不肯碰那撕心扯肺的劳什子爱情。

老照片中的她，冷静、自信、独立。年少时，曾经想，这样一个女子教什么样的人来爱好呢？却原来是胡兰成，真正是秦可卿遇到了贾珍，让人打心底里疼得紧。

因为张爱玲，所以看了胡兰成的《今生今世》。那个让张爱玲“低到尘埃里，从尘埃里开出花来”的男人真是让人无福消受。做过汉奸，气节有亏。但他的不守节，在私生活上更甚。他对女性，要真情要很多很多的爱，因为这些他都没有。他欢喜的是“此时语笑得人意，此时歌舞动人情”，他的情意会随处抛洒，再狼狈时都不忘调情。他夸女子的美是“生得瘦不见骨，丰不余肉”。他自认为是一位“永结无情契”的高人，旁人看来，到底只是个朝秦暮楚的薄情汉。

看他的文章，文笔轻灵圆润，确是才子一枚。也难怪张爱玲倾心于他，以为找到了今生今世唯一的知己，终知不过一场误会。

在《今生今世》中，我看到了胡兰成的才华，也看到了他隐隐的自得。张爱玲对他的刻骨铭心，像一块石子垫高了他的傲慢。他历数身边的女人，就像一个无德男人炫耀他的艳遇和女人对他的死心塌地。他的得意，以及他恨不得在所有文章中都说说“我和爱玲”如何如何的难看吃相，让张迷们很是不齿。

喜欢张爱玲的文字，有关她的传记通通找来看，开始佩服胡兰成这样的男人。他对女人的谎言，说得不但女人信，连他自己都信以为真。

撒谎最需要想象力，还需要好记性。第一个谎言最具想象力，后面的谎言则需要说服力，之后一定要有个好记性，记住自己撒过的谎。一个谎言需要几百个谎言来掩饰，这样连绵不绝极富创造性的能力是胡兰成这种男人与生俱来的功夫。

胡兰成很有女人缘，情商也高。他最大的本事就是，既花女人的钱，又负女人的心。

男人最可悲的不是没有钱，而是不会说话。失去了话语权的男人在女人面前是做不成人的。胡兰成会说话，舌绽莲花。因此，张爱玲仍仰着脸看他，看到脖子发酸，欢喜得于他是一掷千金，连分手后《女人万岁》的稿费都分他一半。张爱玲口口声声要还给母亲的钱，母亲流着泪没有收，她把钱给胡兰成的时候，男人默默地拿了。

张爱玲的曾祖父是李鸿章，出身名门的她因为父母过早离异，后母生活上的苛待，而比很多人更早地经历了人生的大起大落，对金钱也是比较看重的。她对父母姑姑弟弟甚至从小带她长大的佣人都有亏欠，唯独对胡兰成褪去一身的骄傲。

抗战刚结束，胡兰成已是过街老鼠，与一美妇人避至温州逃难，却在这样的时刻萌生爱意。而此时身处上海的张爱玲并不知她心心念念的丈夫化一路惊险为惊艳。于是她不顾战时兵荒马乱，千里迢迢从上海去见他，尽管她那样地不喜欢出门，却毅然前往。“想着你就在那里，这温州城就像含有宝珠在放光。”

一路艰辛抵达温州，胡兰成“心里即刻不喜，甚至没有感激”，而“夫妻患难相从，千里迢迢特为来看我，此是世人之事，但爱玲也这样，我只觉不宜”。

胡兰成对外人介绍张爱玲是他妹妹，将她安置在旅馆，却不与她同住。最终张爱玲不得不失望地返回上海，“那天船将开时，你回岸上去了，我一人雨中撑伞在船舷边，对着滔滔黄浪，伫立涕泣久之”。

张爱玲就这样眼睁睁地看着自己的爱情成了废墟，她便用一世的苍凉将这情感掩埋了。

从某种程度上说，嫁人，就是嫁给了一种命运。张爱玲自己的文字中也写过，佣人从小就告诉她，女人姓“碰”。

张爱玲是有傲气的，可胡兰成知道，越是一脸傲气的女人，越好对付。他知道即便冷落了她，她也不会口出恶言、死缠烂打，因为，她有她的傲气。

可是，傲气的张爱玲一路寻夫的文字看得令人揪心。

半路上，张爱玲不得不夜宿人家。大小姐如今只能“带着童养媳的心情，小心地把自己的一床棉被折出极窄的一个被筒，只够我侧身睡在里面，手与腿都要伸得笔直，而且不能翻身”。路途辛苦，也坏了胃口，吃不下饭。凄暗的屋内，张爱玲惶恐不安，心知“我再哭也不会有人听见的”，于是放声大哭，边哭边自问：“拉尼（想必是胡兰成的代称），你就在不远吗？我是不是离你近了些呢？”恍惚间竟幻想起来，这屋子胡兰成是否到过，自己又“能不能在空气里体会到”……

这文字让人情何以堪？

纵使张爱玲一身傲骨，毕竟也是个女人。从小就在烟榻前跟父亲要学费，跟了母亲又被抱怨受了拖累，跟姑姑在一起住也是小心翼翼。她比任何人更想要有一段可靠的感情。所以，她文中的白流苏会隐忍着向范柳原要归宿。而张爱玲也能够为了爱放低自己的姿态，她对胡兰成的爱，如火如荼，心力交瘁。而面对胡兰成的移情，她自伤自怜地说道：“我倘使不得不离开你，亦不致寻短见，亦不能够再爱别人，我将只是萎谢了。”

果真，随着她和胡兰成感情的破灭，张爱玲也跟着凋零了，枯萎了。枯萎的不只是青春和爱情，还有她的才情。

一段倾城之恋，让张爱玲戒了一切的人间冷暖。

处处留情的胡兰成，晚年这样写道：“梦醒来，我身在忘川，立在属于我的那块三生石旁，三生石上只有爱玲的名字，可是我看不到爱玲你在哪儿，原是今生今世已惘然，山河岁月空惆怅，而我，终将是要等着你的。”这段话让人想啐他一脸的唾沫星子。

这才是胡兰成，在谁身边就是谁的噩梦。

有意思的是，胡兰成的情感终结者居然是上海滩赫赫有名的“大阿姐”佘爱珍。原来，能摆平胡兰成这样的男人，得是混过黑帮的“大姐大”。果真应了那句话：好人怕烂仔，烂仔怕不要命的。

感情最会骗人，也最能让人明白，这个世界没什么是不能失去的，得不到的都是不属于自己的。

还是张爱玲，对过往的一切情深义重，但决不回头。

文坛寂寞，只出一位这样的奇女子。

如今的我们，也只能在看张爱玲的作品时，忆起那一缕缕张氏沉香屑。文字在她的笔下，如同有了生命，直钻进你的心里去。读她的书就好像在闻经年的檀香，丝丝缕缕都是感动。

尤其爱看她的照片——仿佛伊人就在眼前，一切都是夸张夺目的。明黄的宽袍大袖，嘈切的云朵盘头，黑色的绸底上装嵌着桃红的边，如意镶边的宝蓝色配着苹果绿色的绣花袄裤，像极了戏台上的人，乱世的佳人。如同她的文字，华丽而颓败。她最喜欢的词是“苍凉”，苍凉的叹息、苍凉的手势，所以她能够隔着红尘漫漫的帘幕，用一双冷眼旁观繁华的湮没和乱世的沧桑。

所有的一切都被她一样样放弃，直至生命。

九十年代，她在洛杉矶孤独离世，使人们又记起这个曾经在上海如日中天的才女作家，她又成了文艺片导演们重新忆起的经典，那个单薄、高挑、经常在黑白照片上奇装异服的女子在半个世纪后重新被熟知，引得所有小资的红唇都会说一句：“生命是一袭华美的袍……”不知掌声背后，她在天上的灵魂是否依旧世俗得精致，冷冷地打量这一切。

《金锁记》《红玫瑰与白玫瑰》《半生缘》《倾城之恋》一直到《色·戒》，半个世纪的爱恨情仇依然讲着现在的故事，借镜是一种无可奈何的苍凉。

李碧华说过：“在这世界上，能叫一个扬眉女子低头，挫其锐气的，只有两样——爱情和政治。”

往后余生皆是你——读《简·爱》

与绵长的记忆相比，文字永远是短促的。

重读名著使我发现，自己是个比较念旧的人，或者说比较喜欢怀旧。

最先看的是《简·爱》。岁月长河载沉载浮，简·爱的一双明眸永远在我的视线之内。

并不是所有的疼痛，都可以呐喊

“你以为，我因为穷、低微、不美、矮小，我就没有灵魂没有心吗？你想错了——我的灵魂和你一样，我的心也和你完全一样……我们站在上帝脚跟前，是平等的！”这段话无论哪个时代的文青，都能背诵出来。

《简·爱》是“全世界拥有读者最多”的一部经典文学名著，百余年来备受女性读者追捧。主人公简·爱令所有女子喜欢，并在她身上附着了自己对爱情的憧憬，她那份对爱与尊严的执着坚守，在任何时代都是正能量的心灵鸡汤。书中男女主角的爱情故事被搬上银幕后翻拍不断，各种版本的《简·爱》风靡全球。陈数、袁泉因为在北京人民艺术剧院舞台上饰演过话剧版中的简·爱，使我成为她们坚定的粉丝，这就是英国作家夏洛蒂·勃朗特小说的魅力。

上师范时，语文老师指导，有一些书不可不读——《简·爱》《呼啸山庄》《百年孤独》《生命中不能承受之轻》《变形记》……

这一番教导让我“中毒”颇深，为此我颇费了些精力，对原来驾轻就熟的言情、武侠小说的阅读方式进行了调整。事实证明读经典有诸多好处，其中之一就是可以在某些时候，有一点资本假装深沉，比如谈到《简·爱》。

“是你吗，简？”

“是的，我回家了。”

这是电影版的《简·爱》，当我看到这里时，泪水便会在眼眶里打转。

曾记得，《城市之光》中那个失明的卖花女孩的眼睛已经痊愈，想找到曾经帮助过她、爱过她的男人，人海茫茫，她根本不知道谁是她要等的人。直到一个流浪汉路过她的花店，捡起地上被丢弃的白玫瑰，她心生恻隐之心，走过去，给了流浪汉一束盛开的玫瑰，并把一枚硬币放进他手里，接触到他手的那一刻，女孩仿佛又回到了从前，她喃喃地问：“是你？！”

这两部电影，会让人有一种错觉，仿佛看不见的世界，更能感受到真实的美好和纯洁的爱情。而看得到的世界，反而会因为太多的外界因素而变了味道。

读《简·爱》，真正是先苦后甜，愈往后愈放松。压抑的古堡，可怜的孤女，猜不透的恋人，圆满的结局……一路看下来，简·爱让我明白，一个女人的坚强是怎样炼成的。

简·爱从小父母双亡，在姨妈家过着寄人篱下的生活。后来被送到孤儿院，在凄风苦雨中长大。

夏洛蒂·勃朗特将一个孤儿内心的自尊、敏感、脆弱，描绘得淋漓尽致。这是因为她与简·爱有着惊人相似的经历。勃朗特姐妹的母亲患肺癌早逝，父亲是个贫穷的牧师，她们的童年就像没有尽头的寒冬，凄凉而孤寂。好在父亲学识渊博，能够亲自教孩子们读书，但这样的好时光也是短暂的。由于生活艰难，勃朗特姐妹去了慈善学校，度过了一段童年噩梦。因为生活条件十分恶劣，夏洛蒂的两个姐姐先后患肺病死去，这使夏洛蒂几乎对生活绝望。据说，《简·爱》中可爱的小姑娘海伦·彭斯就是她以姐姐为原型塑造的。

这部带有自传色彩的长篇小说，是用血、泪、情铸炼成的文字，书中作者的影子比比皆是。

“约翰·里德是个十四岁的小学生，比我大四岁，因为我才十岁……他欺侮我，虐待我，不是一周三两次，也不是一天一两回，而是经常如此。弄得我每根神经都怕他，他一走近，我身子骨上的每块肌肉都会收缩起来。有时我会被他吓得手足无措，因为面对他的恐吓和欺侮，我无处哭诉。佣人们不愿站在我一边去得罪他们的少爷，而里德太太则装聋作哑，儿子打我骂我，她熟视无睹，尽管他动不动当着她的面这样做，而背着她的时候不用说就更多了……你没有资格动我们的书。妈妈说的，你靠别人养活你，你没有钱，你爸爸什么也没留给你，你应当去讨饭，而不该同像我们这样体面人家的孩子一起过日子，不该同我们吃一样的饭，穿妈妈掏钱给买的衣服。现在我要教训你，让你知道翻我们书架的后果。这些书都是我的，连整座房子都是，要不过几年就归我了。滚，站到门边去，离镜子和窗子远些。”

这是简·爱在姨妈家的生活。

“我们又用了另一顿饭，吃的是一小杯咖啡和半片黑面包皮。我狼吞虎咽地吃了面包皮，喝了咖啡，吃得津津有味，不过要是能再来一份，我会非常高兴，因为我仍然很饿，吃完饭后是半小时的娱乐活动，然后是学习，再后来是一杯水，一个燕麦饼，祷告，上床，这就是我在劳沃德第一天的生活。”

简·爱在孤儿院里度过的岁月很艰苦，但至少大家都一样，这还不会摧毁一个孩子的心灵。“自律”就是劳沃德帮助简·爱养成的，在去这所慈善学校前，简·爱冲动、尖刻、不克制，八年的教育，不仅让她拥有安身立命的技能，还将她转变成了一位“温顺、坚贞、自律”的女子。多年后，简·爱厌恶的劳沃德消失了，新学校的一切都有了改善。简·爱毕业后留校任教两年。因为好友海伦患肺病去世，还因为厌倦了孤儿院的生活，简·爱登广告谋求家庭教师的职业。

于是，她和罗切斯特相遇了。

仿佛不同世界的两个人，却在同一世界里惺惺相惜

简·爱和罗切斯特第一次见面是在傍晚，大雾弥漫的荒郊野外，简·爱坐在路边的石头上休息，罗切斯特骑马飞驰，为了躲避她，连人带马摔了个脚朝天。摔下马的罗切斯特看到了简·爱——这个与众不同的女孩——眼睛闪动着的灵气，应该说，简·爱那双不染尘埃的眼睛让罗切斯特眼前一亮。这不就是传说中的一见钟情吗？

作为一名家庭教师，在孤傲的罗切斯特先生面前，她的坚强、

自尊、独立和那颗没有受到世俗社会污染的心灵，使她比任何一位名媛更迷人更优雅。而优雅的气质与财富无关，那是她父亲从小带给她的文化沉淀，所以不论简·爱沦落得多么狼狈，也会保持心灵的高贵。

她娇柔的身躯里藏着一颗崇尚自由、崇尚平等的心。她骨子里蔑视那些争相售卖自己，在各种舞会、宴会中急切展示自己容貌和才艺的名媛。

虽然，在那个时代，一个女人的生活要件就是男人供养她们，而她们侍奉男人。男人找了门当户对的妻子，便是大家公认的好姻缘，因为能对他的地位和事业有所帮助。

其实，这种爱情的保鲜期很短暂。许多“体面”的女人常常为了拥有一个体面的归宿、踏实的后半生，面对丈夫的花心睁一只眼闭一只眼，等熬到那些新鲜的情人们成为过去式，男人们眼花得看不清街上的美女时，提了半世的心才会真正放下来，自己的花期也早已错过。

而夏洛蒂笔下的简·爱，有着一般女性所没有的个性，从小就敢于反抗强权，她的世界黑白分明，爱恨果敢干脆，深爱或者离弃都绝不拖泥带水。其实在罗切斯特身上，寄托了许多知识女性的理想，似乎这个人物是真正平等精神的象征。他在小说中给人的感觉一直很霸气，他对简·爱的感情更像是一个浪子厌倦了浮华之后对纯洁、青春的向往和依赖。

罗切斯特羡慕简·爱“心境的平静，清白的良心，问心无愧的记忆”。简·爱在遇见罗切斯特之前，感情生活是一片空白，不曾受过伤害，也不曾伤害过别人，但罗切斯特是典型的上流社会的公子哥，经历过父兄的背叛、婚姻的失败、情人的欺骗，历经坎坷之后的许多年，他在欧洲游荡，寻找能够让他心灵平静的那个人，蓦然回首，简·爱来到了眼前。

一直感觉罗切斯特的心理远远没有简·爱强大。如果罗切斯特没有经历过打击欺骗，如果他就是一个正常轨道上的纨绔子弟，他还会欣赏并爱上简·爱吗？他总是不敢面对现实，选择逃避，不敢让简·爱知道自己爱她，不敢让简·爱知道自己还有个锁在阁楼上的疯妻。这也给他以后的情感经历埋下了一个导火索。

命运就是这么爱开玩笑，既孤傲又软弱的罗切斯特爱上了一个自我价值和自我存在感非常强的简·爱。除了信仰和原则，她什么都没有，所以什么都不怕。罗切斯特傲慢的外表与她的价值观和世界观做抗衡。疯女人的一把火把简·爱的临危不惧、机智果断给激发了出来，罗切斯特全看在眼里。等到疯女人第二次发作咬伤梅森时，罗切斯特不假思索找来简·爱打下手。简·爱处变不惊，跑上跑下把所有事情都做得周到完美，在偌大的桑菲尔德庄园，身材娇弱的简·爱成了孤独的男主人唯一的依靠。

一点一点，这个总是素面朝天、平淡疏离的小女人，像磁石般吸引住了罗切斯特。

容易厌倦，是人的本性。记得有人说过，男人对女人的厌倦，就好像他吃完盘子里的食物后对盘子的感情，总算明白男人为什么普遍不喜欢洗碗了。罗切斯特的感情经历说明了这一点。至于他用来试探简·爱的英格拉姆小姐真的很无辜，不但被人厌倦还要遭人戏弄。由此可见，这位睥睨一切的绅士是有软肋的，他怕被拒绝，怕简·爱看透他、不爱他，这种大男人的小情怀倒有些可爱了。

简·爱对罗切斯特的感情是炽烈的，但她不会为了爱情放弃尊严和平等，罗切斯特给予了她平等的爱，她便视罗切斯特为知音。

她带着一双洞察人世的眼睛和一颗善解人意的心同罗切斯特交往，她睿智的双眸透过他伪装的外表看到了他本真的心。她对罗切斯特的爱是深沉的、静默的："我看见——罗切斯特先生正坐在那儿，手里拿着一本书一支铅笔，正在写着什么……我常常观察我主人的脸，看他是否有伤心或恼怒之色，但我却从来没见过他像现在这样总是既无愁云又没显出不愉快的心情……哎！我从来没像现在这样地爱过他……我过去总是不愿去望着我的主人，因为我怕他会不喜欢我的神情，但我现在确信我可以仰起脸来望着他的脸，而再不至于因为我的表情失掉他的好感了。"

童年的悲惨经历养成简·爱自尊又自卑的个性。在里德太太家中，谁都不曾给过她温情，她当然也不爱他们任何人。这样的成长环境必然会造就出性格孤僻、不合群的孩子。这是生活给她的烙印，她去不掉。简·爱的大多数时间都生活在与世隔绝的劳沃德或清苦的修道院，丰富的内心世界被压抑，但也成就了她的与众不同。她用读书滋养自己的心灵，用画笔对抗枯燥生活的孤寂。知识的积累使她生机勃勃，并始终保持着昂扬的人生态度。

在桑菲尔德庄园，她明白自己的容貌不如英格拉姆小姐漂亮，出身不如英格拉姆小姐高贵，但她没有因此嫉妒、自乱阵脚。虽然爱得很痛苦，但她始终保持着灵魂的高贵，不向任何人低头，坚持做最好的自己。也正是这一点，让她认为自己配得上罗切斯特的爱。

好的爱情是怦然心动的美好，是想触碰又哆嗦着收回手，是在一起时甘之如饴的甜蜜。爱情在简·爱这里绝对是至高无上的，但爱情带来的美好远远比不上爱情给她的伤害。简·爱在知道阁楼上的疯女人是罗切斯特的妻子后，选择了维护尊严，带着一颗滴血的心决然离去。

我们有多久没有全身心地去追求什么东西了？不论是爱也好，尊严也好，自由也好。信息时代的世俗空气总让我们觉得，探讨一些过于精神化的东西是一件令人羞愧的事情。但是，当物质充斥于周围一切事物的时候，你却不得不承认：人，的确是需要一点精神的。

盖茨海德——劳沃德——桑菲尔德——沼泽山庄，简·爱不断逃离，每一次逃离都是一段崭新人生的开始。虽然地点在变，但简·爱追求灵魂自由、追求人生平等的心一直未变。

离开罗切斯特的简·爱，没有一天不在思念着罗切斯特，她只能用疯狂的工作来对抗这份感情。当她再次面临抉择时，简·爱终于明白，她要的真情，是收留她并向她求婚的约翰给不了的。约翰的一生都将献身于上帝，他对简·爱有喜欢有欣赏，但没有爱慕，他欣赏她有着圣徒般吃苦耐劳的心志，坚信她是自己的好帮手。

最后一刻，简·爱遵从了内心的呼唤，因爱而回头。她回到了桑菲尔德山庄，回到了那个日夜思念的人身边。

很少有人会像简·爱这样为爱情为人格抛弃所有，而且义无反顾。她想要的、能要的、所要的一切必须合乎道德，必须有爱、有尊严，必须对自己真实。否则，她宁可不要。

简·爱所展现给我们的感情，犹如一股清泉，净化着每一个读者的心灵。没有理智的感情淡然无味，但缺乏感情的理智也同样叫人难以忍受。简·爱对罗切斯特的爱，不计得失又不失理智。因此，纵然千回百转，结果却是大好。

命运之神也总会青睐有这样坚定信念的人。当她再次回到庄园，已物是人非。罗切斯特的疯妻纵火跳楼自杀，而罗切斯特为了救她，双目失明，容貌尽毁。面对残疾的罗切斯特，简·爱留下了。

原来，所有的折磨不过是考验，是命运之神安排的对真爱的考验。因为爱是可以冲破一切阻碍的神奇力量，失明、毁容、残缺、贫穷，又算得了什么？简·爱深爱着罗切斯特这个人，这个可以在精神上肯定她，可以在灵魂上与她对话的人。没有什么比找到一个可以理解自己的人更重要，她爱的是他的灵魂。简·爱接受这样的罗切斯特，愿意嫁给他，陪他度过往后余生。

在相爱者的眼中，爱人就是一颗熠熠闪光的珍宝，哪怕在废墟之中也照样会发出耀眼的光芒。昔日的灰姑娘好像公主拯救王子般来到了罗切斯特的身边，从此他们过上了幸福的生活。

苦乐皆同过往

不得不说，小说最后的结局符合读者的期待。这时候的简·爱虽然还是矮小、不美，但她健康、富有，还意外继承了一笔遗产。

看来夏洛蒂是一定要简·爱和罗切斯特平等了——简·爱在精神上觉得平等还不够，她依然应该出身上层。为了显示简·爱对爱情的忠贞，罗切斯特需要一场劫难，受伤失明，失去一切金钱物质，这时，简·爱如天使般来到他身边，抚慰他、陪伴他。

我们可以看出，小说通篇都在强调爱情里男女双方的平等。即便他们克服了世俗的眼光在一起，内心依然有所芥蒂，炽热地相爱着又徘徊犹豫着，担忧着忐忑着，直到最后简·爱获得遗产，罗切斯特又失去财富，这份感情在世俗意义上终究是平等了。

虽然这种圆满很具有戏剧性，但是我依然尊重作者对这种美好生活的理想。

我相信时间能带走一切，实际上时间只是冲淡了一切，当初种种，才下眉头，却上心头。当简·爱与罗切斯特再度重逢，真为他们感到庆幸，所有的障碍都已不复存在，所有温情都能徐徐重来。

小说结尾，简·爱是这样晒幸福的："我知道同我在世界上最爱的人一起生活，并且完全为他生活是怎么回事。我认为自己极其幸福——幸福到言语都无法形容，因为我完全是我丈夫的生命，正如他完全是我的生命一样。没有一个女人比我更加同丈夫亲近，更加彻底地成为他的骨中骨，肉中肉……"

简·爱让我看到，除了爱，一个女人还可以为了别的事物活着，不要把爱情当作全部的支撑。

当罗切斯特问她："你走了我怎么办？"她说："就像我一样，相信上帝和你自己，相信天堂，希望在那里再见。"

或许许多读者不解，简·爱为什么在得知罗切斯特有疯妻后，尽管依然深爱着他，却毅然决然离开了桑菲尔德庄园。这恰是这个故事的精髓所在，她的爱是纯洁无瑕而不苟且的。简·爱的信仰令她坚持、坚定，令她有勇气平等地面对罗切斯特，爱他、尊敬他、仰视他、等待他。当然，她的信仰同样令她不能留下来——苟且地做罗切斯特阁楼下的妻子，哪怕就此终老，或许永不相见。

书中最感染我的是海伦的美好、简·爱的原则、罗切斯特的挚爱以及约翰的坚持。

夏洛蒂·勃朗特创作《简·爱》是在英国宪章运动之后，资本主义社会的阶级矛盾随着经济危机的首度出现而空前激化，压迫和歧视如同飘散的空气遍布社会的各个层面、各个角落。夏洛蒂在此时塑造了简·爱这样一个形象，拒绝接受世人给予她的卑微地位。

世人看到的是她的种种劣势，告诉她对生活不要有太多奢望，不要去争取不属于自己的东西。而她却固执地坚持自己的本来面目，倔强地与命运和社会的不公抗争。

书中最令人唏嘘的人物大概就是海伦·彭斯了，她选择了承受“平静地生活，期待着终结”，因为“生命太短暂了，没有时间恨一个人那么久”。于海伦，别人欺负她，对她而言是种修行。没办法，海伦是天使。我们不能断然否决海伦的人生态度，可能她就是那绽放瞬间的昙花吧，美到极致，但花期短得让人叹息却又久久难忘。但简·爱的反抗——或者说是挣扎，是令人赞许的。

“把别人的坏，用一巴掌抽回去！”这是简·爱的座右铭。为什么不可以呢？对欺压自己的强者，简·爱绝不逆来顺受，她有着非同寻常的反抗精神，面对姨妈里德太太的虐待，瘦弱的简·爱也敢大声地向里德太太提出抗议；在遭受孤儿院院长的无故羞辱后，简·爱又有她自己的解决方法和原则，向虚伪自私的院长证明自己的清白，赢得大家的尊重；面对她深爱着的罗切斯特，她依然遵循自己的原则和自尊，绝不会因为不平等的社会地位就俯首乞求爱情。

用一句老话说：“别看大姑娘上轿，要看老太太收场。”简·爱虽然半生坎坷，但她的执着最终换来了幸福。

女人无论有多少的不如意，都应该像简·爱一样昂着头，露出漂亮的锁骨，做最好的自己，才能在下一站遇到更好的人，欣赏更好的风景。

不知道为什么，读《简·爱》时，总会不经意间想起故事之外的那一点世俗的沧桑。

看过电影版《简·爱》的人，想必都不会忘记罗切斯特的声音，迷人、洋气。那个银幕背后的配音叫邱岳峰，1980 年他吞下安眠药猝然离去时，我还小，没有办法成为他的粉丝。可他无论如何也想不到在他离去几十年后，人到中年的我会在想起《简·爱》时，仍坚定地认为罗切斯特说的每一段话，就应该是邱岳峰那样的腔调。

陈丹青说过："别的天才配音演员可以感动我们，但我们不会错当他（她）们是外国人，然而邱岳峰似乎比罗切斯特还要罗切斯特，比卓别林还更卓别林……他，一个上海人，一个在电影译制片厂上班的中国人，没有说过一句'外国话'，却以再标准不过的普通话，为我们塑造了整个西方。"

在为《简·爱》配音时，邱岳峰常常苦思冥想，吃不下饭，睡不好觉，走路时也是默默地想问题，坐公共汽车过了站都不知道。

邱岳峰的声音是活的，极为细腻，他配音的一个呼吸，一个咂嘴的动作都极有味道。他所配音的那些角色几乎都以个人的情绪和体验贯穿始终，用声音的形式来描绘人在恐惧之下，在愤慨之时，在抗争当中的种种情绪。在把配音当作革命任务完成的时期，他赋予了角色们尊贵、慵懒、无耻和狡诈。

据说，从五十年代开始，他一家七口就栖身在十七平方米的屋子里，一直到他去世，工资还是一百多元。这在上海可能不算什么，那时候，很多人都是这么过日子的。他甚至还会做一手漂亮的木匠活，曾经把人家做钟座剩下来的边角料，一块块拼成精致的五斗柜。他舞跳得也极好，是女人们最心仪的舞伴。他还会说相声，会唱京戏。这么热爱生活的一个人，最终，向这个世界妥协了。

我宁愿自己从来没有读到过这些文字，它们像一把把小刀刺得我心痛。因为他心中还住着那个坚强、傲慢、喜欢纵马驰骋的罗切斯特呀！披斗篷骑马飞驰在荒郊的罗切斯特，骑自行车上街买菜的邱岳峰，他们在不同的时光隧道里穿行，真希望他们俩能在天堂相逢，因为简·爱说过："我们站在上帝脚跟前，是平等的！"

真正的经典，就是这样把人的眼光引向更高远的地方，又总令人的心情久久激荡不已。

有人说，读了许多好书，仍然过不好这一生。

幸好，此生待续。

“飘”然远去——读《飘》

许多文艺青年提起这本书，印象最深的都是郝思嘉那句话——明天，又是另外的一天！每每当我遇到不顺心的事情，也会想起《飘》，不同的是，我深深记住的是方丹老太太同郝思嘉说的一席话：一个女人碰到最坏最坏的事情本身就非常糟糕，因为她碰到最坏的事情以后，任何事情再也不可能真正使她害怕了。

她的字典中没有“绝境”，只有“绝处逢生”

读书的趣味在于自己有了一些经历之后，恍然发现在那些读过的书里，可以找到自己的影子，无关时代、国别。

《飘》值得读，并且值得一读再读。

玛格丽特在这部小说里写了两个形象比较鲜明的女性角色：郝思嘉，媚兰。这两个角色我都非常喜欢。

媚兰高贵温和善良，像一杯温开水，或是冬夜里的一炉火，家常而温暖。

郝思嘉呢，霸道任性。她做什么事，似乎都是为了展现自己的美貌和魅力，尽可能地吸引男人们的目光。所以，她在书中，也牢牢吸引住了我的目光。可以说，郝思嘉是读者心中最叛逆的女子，但也是最真实、最让人钦佩的女子。

战争中，她去医院照顾伤员不是因为同情和善良，也不是因为责任和义务，仅仅是因为迫不得已，她厌烦透了那里的一切：伤痛、呻吟、死亡。

战争结束后，为了生计，她的锯木厂里雇佣过囚犯，使得自己名誉扫地。除了男人，她似乎没法与身边的人处理好关系，姐妹、邻居、伙伴、佣人，当然，别人怎么看她，她是丝毫不顾忌的。她甚至不是一个称职的母亲，儿子在她面前，就像学生面对严厉的老师，除了畏惧、小心翼翼外，丝毫感受不到母亲的慈爱。至于儿子会不会因为母亲的德行而受到小朋友的排挤，她更不会体察到。女儿更不用说了，她是父亲的掌上明珠，父亲也是她最信赖的“朋友”，从小只一味黏着父亲，做父亲的也不吝将母亲的那一半职责包揽过来，并且很享受。

用众叛亲离来形容郝思嘉，是不为过的。即使这样，郝思嘉也绝不反省自己，依然我行我素。

可就是这样一个不讨人喜欢的女人，你读过之后却再不能忘。

没错，她自私、虚荣，但她那种对生活的热情和勇气，那旺盛的生命力以及决不认输的硬气，是多少女人缺乏的。

谁在成长中没碰过几次壁呢？因为年轻不屑于前辈的经验之谈，自顾自一路撞到南墙，撞得头破血流在无边的暗夜中独自啜泣时，多么需要她那种不服输的个性，需要像她那样对自己打气说：“明天，又是另外的一天。”

哪一段夭折的感情不是从吸引、试探开始，伴随着折磨、希望，在逐渐的了解中失望，渐行渐远。

这个时代，谁敢说一生只爱一个人，你曾爱过谁？现在又爱着谁？理性与经历是人生的财富，时间总能让人看清事物的本质。《飘》的结尾，便是如此。男女主人公都幡然醒悟，与曾经的梦想、理想就此别过。

把这部小说放在课堂上，中心思想一定是郝思嘉忽如天使忽如魔鬼的多重性格，这也注定了她最后的悲剧结局，对于爱情过分虚无浪漫的追求，对于生活的利己、奢靡的享乐，导致她失去了真心爱人。所以，她就是一个在特殊历史时期和特殊社会环境中，因过度追求自我而丧失自我的悲剧人物……

但是，真实的人性哪里是这么寥寥数语就能够说清楚的。

郝思嘉，只是招人恨吗？

她充满诗意和浪漫情调的爱情幻想，早在少女时代就已经透支了。当她步入婚姻时，每一步都是现实和功利的。为了达到目的，她甚至不惜使用人所不齿的狡诈伎俩。那么，这样虚伪不堪的爱情故事为什么还那么引人入胜呢？

原因很简单，真实。

她表现出来的一切都仿佛真实的演绎，是可以在生活中、在我们周围找到原型的。真实的东西或许并不崇高，但是最接地气，因而也更容易走进读者心里。

真，不装！就是读者喜欢郝思嘉的理由。

她像谁呢？国产的妖孽，如妲己、九尾雉、白骨精？又不全是那种味道。

小说一开篇的郝思嘉美丽活泼、天真烂漫且充满梦想，由于父亲的溺爱，自私任性。在女儿堆中，总是好出风头。从未吃过苦头的她高傲、叛逆、倔强、贪图虚荣，尽管身边围满了追求者，情窦初开的她却暗暗爱上了英俊、浪漫、忧郁的艾希礼，艾希礼却没有如她期望的那样回应她更热烈的爱情，居然娶了在郝思嘉眼中矮小瘦弱、性格呆板的媚兰。从小，她喜欢的东西，没有得不到的。却在初恋时，遇到了这样的打击，她便赌气嫁给了深爱自己但自己并不爱的备胎查尔斯——媚兰的哥哥。这个悲催的丈夫在战争中不幸生病死去——幸好他这样体面地死去了，不然郝思嘉一定不吝给他戴各种绿帽子。

在募捐舞会上，失去丈夫的她没有显出丝毫的伤心，连装装样子都不肯，穿一身丧服，依旧在舞场上蝴蝶般起舞。她高傲地扬起下巴，无视旁人的指指点点。她认为丧服浪费着她美丽的身材和宝贵的青春，在这场婚姻中，自己才是真正的受害者。

战火烧遍了亚特兰大，只因为对艾希礼的一句承诺——要替他照顾好媚兰，郝思嘉便在炮火连天的空城中勇敢而义气地陪伴着即将分娩的媚兰，在媚兰最危急狼狈的时刻为她接生。然后带着儿子、女佣、媚兰和那刚出生的婴儿逃往家乡。

经历了生死考验，她终于回到了魂牵梦萦的家，原以为噩梦已过，她可以在母亲温暖的膝间得到抚慰，然而，她能够依靠的一切都化为乌有。母亲去世，两个妹妹卧病在床，父亲处于混沌之中，留给她一座千疮百孔的庄园和一张张饥饿的嘴。她不再是那个只会买漂亮衣服的白富美了，一场战争让她尝到了生活的艰辛，种地养猪摘棉花，她样样亲力亲为，这时的她学会了将一枚钱币掰开来花。

为了缴付庄园的税款，保住家园，她居然又做了一件惊世骇俗的事情——使用手段抢走了妹妹的未婚夫，又不顾当时的体统，在亚特兰大抛头露面经营丈夫锯木厂的生意。她算账比自己的男人老练，做生意比男人精明，遇事像男人一样干脆、坚决、雷厉风行，硬是将一个摇摇欲坠的锯木厂做到了全城第一。众人的议论和指责，她通通充耳不闻。

彼时，女性大多跟在男人身后作小鸟依人状，遇到惊吓或真或假地晕厥过去，以示柔弱。但郝思嘉对这样的小姐太太们嗤之以鼻。

哪个年轻女孩看了《飘》会不喜欢郝思嘉呢？貌美如花又聪明能干，总能够按照自己的意愿生活！除了她自己，没有人可以打败她。

当她终于明白自己最爱的人和最爱自己的人是瑞德时，一切都太晚了。失去了女儿的瑞德对她深深失望。他要离去的时候，纵然心中有万千不舍，但郝思嘉依旧平静地守住最后的尊严。

这份铭刻在骨子里的傲气，真是太漂亮了！

这一刻，纵然她的“坏”罄竹难书，可我们是多么喜欢这个有血有肉敢爱敢恨的郝思嘉啊！

每个女人都是有软肋的。郝思嘉也如此，她喜欢在男人堆里出风头，却始终不懂男人。

如瑞德说的，她爱艾希礼，不过是小孩子喜欢玩具的心理，可她要来有什么用呢？她并不去想。她嫁过三个男人，其实从来不懂男人。

看她，就像看自己

女人是很感性的，爱一个人的时候，一口气一条命都可以给他；若不爱了，别人为她舍了一条命，也决不肯回头，那是要多冷酷有多冷酷的。爱情来临时，也许她爱的那个人其实并不怎么样，没准还是个渣男，可那份爱因为不了解，像五彩的肥皂泡一样斑斓。越是得不到的越觉得好，越是一生的痛，这是人的本性。就像少女时期的郝思嘉一样。

女人在很年轻的时候，世界在她眼中宛如童话或者神话，她要的是梦幻而不是现实，也许会暗恋长得像某个明星的老师，打篮球酷酷的学长，或是校园里长相清秀的小帅哥。反正不会是那个一眼就能看透，见了自己就脸红，就结结巴巴说不出话的暗恋者，女孩子喜欢的是能够让自己脸红心跳的人。

记得中学时最喜欢读琼瑶的小说，里面那些灼人的情话读来如同天籁。一本书往往是全班同学争相传阅。我的同桌读完《窗外》后，也恋上了语文老师。她说，贾老师穿着洁白的高领毛衣，在操场上跑步时，前额的头发被风吹起的样子，帅极了，迷人极了。为了让老师注意到她，她的语文成绩全班最高，她的作文一直是范文。多年以后，她得偿所愿，嫁给了这个帅极了、迷人极了的老师。几经坎坷之后，再聚，独身一人的她跟我说，自己一想起曾经爱过这个人就觉得伤心屈辱，婚后硝烟弥漫的日子耗尽了所有情感。我笑问，那件白毛衣、那额前飞扬的黑发也不作数了吗？同桌苦笑道，嫁给他以后才知道什么是镜中花水中月。

人世间的爱有多少是缘于不了解，如同郝思嘉一直喜欢着艾希礼，可到底爱他什么，郝思嘉自己都不确定。

生活里有很多这样的时候，我们暗恋的人其实是自己心里幻想出来的那个人，而真正对我们用情至深的人，却被我们一再忽视、辜负。

读《飘》，我们是和郝思嘉一起成长的。从娇生惯养的富家小姐到坚强独立的庄园主人，从任性虚荣到学会珍惜，不矫情又生机勃勃。即使生活在一摊烂泥里，也要昂起头，想尽办法，让哪怕一缕阳光照向自己。

郝思嘉的可悲在于，令自己挚爱的人在一次次心碎后离去。连读者都忍不住为她遗憾，可又有什么办法呢？她四处树敌，不在乎有没有朋友，不在乎谁喜欢她谁憎恶她。即使嫁给了懂她宠她的瑞德，她依然不懂珍惜。

这本书非常适合少女阅读，它记录了一个女人成长的心路历程。曾经在明媚阳光下无忧无虑、飞扬跋扈的美丽少女，不曾想过将来的人生是怎样的跌宕起伏。当初恋的梦幻终于破灭，于是赌气草率地嫁人了，以为是报复了别人，其实苦果自尝。那个梦中的男人在梦幻和虚幻中自带光环，每每念及这个让她有挫败感的男人，她依然会潸然泪下。

所以，一个男人做的最残忍的事情就是，明明不爱一个女人，却偏要为着虚荣含糊其词，不断给女人一丁点希望一丁点亮光，最后再用滂沱大雨浇灭这点光。这样的男人自私又薄情，但女人就是沉迷不醒。

艾希礼是个肩不能挑、手不能提的贵族少爷，他既放不下媚兰又享受着郝思嘉的天真热情和不加掩饰的情感，可能这样的男人激起了郝思嘉的斗志吧。对于许多“郝思嘉”来说，合适与否不重要，先抢来再说。

郝思嘉痴迷着艾希礼，可是，艾希礼却给不了她未来。就像瑞德说的，艾希礼是个君子，只是生在了一个和他不匹配的时代。他还在用过时的游戏规则生活。郝思嘉不了解艾希礼，所以她爱他，想尽一切办法要得到他。

经历了战争、爱恨情仇和家园的重大变迁，往日熟悉的时光一去不返……

郝思嘉貌似成熟了，她嫁给了瑞德，却还是不甘心，还是记挂着艾希礼。当她真切感受到了瑞德对于她生命的重要时，瑞德倦了，选择了放手。

第一次读《飘》，还不懂那些情深义重，但是看到瑞德对女儿那份感天动地的爱时，不禁抽咽起来，永远记住了这样一位父亲。

“我从来不是那样的人，不能耐心地拾起一地碎片，把它们黏合在一起，然后对自己说这个修补好了的东西跟新的完全一样。一样东西破碎了就是破碎了——我宁愿记住它最好时的模样，而不想把它修补好。然后终生看着那些碎了的地方。”瑞德说得真好。这句话深深影响过我，也决定过我的选择。

幸运的是，历经坎坷的郝思嘉总是给自己希望。她在整个故事中，都一如既往地充满生气、充满斗志，令人欣赏。

郝思嘉是一个复杂的女人，也是一个有很多缺点的女人，更是一个很有吸引力的女人。她身上汇聚了很多女性的身影。

郝思嘉是个矛盾体，可又有谁不是矛盾体呢？她从阳光明媚的春天一路走来，当她面对严冬时，她选择迎接；当她面对责任时，她选择担负；可当她面对爱的抉择时，却是混沌不清的。好在即使生活陷入绝境，她也会将虚幻的爱情，作为自己活下去的动力。

艾希礼家世好、有修养，人又英俊，还懂得那么多诗歌、艺术，简直就是白马王子本人，会不会摘棉花，会不会挣钱有什么关系呢？可是，当他俩的绯闻传遍亚特兰大时，躲在媚兰裙下的艾希礼让郝思嘉意识到，即使她最终得到了艾希礼，也只是给自己添了一个大儿子，他根本没有瑞德那样坚强有力的臂膀。这世间，真正适合艾希礼的伴侣就是媚兰。当她终于认清这一切时，那份稀里糊涂的爱，已经消失得无影无踪。

其实，这实在不是郝思嘉的错。情窦初开的少女多半会被艾希礼迷住。至于瑞德，没有一定的阅历是读不懂他的。

一出场便是那张写满故事的脸孔，听到的都是他惊世骇俗的传说，看到的是他与上流社会格格不入的言行。白马王子应该是阳光的，让人捧着脸仰望的；可瑞德是桀骜不驯的，令人琢磨不透的……

面对这样一个男人，哪个女人心中不是一串警报呼啸而过。作为一个女人，谁都希望被爱，那种不会离开的爱、矢志不渝的爱。但是对于瑞德这样仿佛阅尽春色的男人，大多数女人都不会把人生的赌注押在他身上。

不顾一切地爱上他，谁敢？

只有媚兰，能够从虚假的烟雾中看到瑞德闪光的个性。可这样的男人，对大多数女人来说是不愿意轻易靠近的。

瑞德掏心掏肺地爱着郝思嘉，郝思嘉却肆意挥霍着这份情感，人间的事就是这么荒唐。

爱一个人很累。尤其是对方根本不爱你，不在乎你，无论你做什么也感动不了她的时候，那种感觉是很无助的，连瑞德这样一个坚忍的男人都耗尽了热情，更何况别人呢。

瑞德说过，再永恒的爱也会有磨光的时候，而他的爱，是被郝思嘉愚蠢的固执磨光的。当女儿离世时，他的心，死了。他的天使走了，所有的一切也都破碎了，那个美丽纯洁的天使被当作是郝思嘉的替身，没有遭受战争的伤害，没有看过世间的黑暗，她代表一切一切的美好。可是，孩子夭折了，他们两人的情缘就此断开。

他走了，他会去哪里呢？他还会像爱郝思嘉一样去爱别人吗？他还会再回到郝思嘉身边吗？或许，这个强悍的男人累了、倦了，只想去找一个地方养养伤。

太完美的女人不是用来爱的

别人读《飘》，所有心思都放在了郝思嘉身上，我却觉得，整部书中，有一个女人，真正是巾帼不让须眉——她就是媚兰，艾希礼的妻子，那个郝思嘉一直都想取代的女人。

年少时喜欢郝思嘉，如今，真正佩服和欣赏的却是媚兰。

在庄园聚会上，与爱臭美、爱出风头的郝思嘉不同，媚兰始终安静地坐在一旁，她从容貌到服饰都是淡淡的。

募捐舞会上，她万分不舍却捐掉了自己最看重的结婚戒指。

亚特兰大沦陷，分娩之后的她躺在颠簸的马车上没有过半句抱怨，在逃难中与郝思嘉相依为命的情义，让媚兰一直心怀感恩。她的回报便是默默站在郝思嘉的身后，时时刻刻维护着她。

当郝思嘉在艾希礼的生日那天声名狼藉之时，媚兰力挺她。那一夜，这个柔弱的女人护住了丈夫和郝思嘉最后的体面。

其实以媚兰的聪慧，我相信这件事，她一直是知晓的。

即使到了现在，时光更迭，媚兰身上仍有值得我们欣赏之处。

媚兰沉静大方却欠妩媚，与美丽泼辣的郝思嘉正好形成强烈的对比。她的安静善良，衬托了郝思嘉的跋扈轻浮。男人们喜欢围着郝思嘉，说不尽的情话献不完的殷勤，骨子里却都想娶家常温暖的媚兰，因为媚兰令他们安心。

玛格丽特把媚兰描绘得过于完美，似乎非常喜爱她，却又让她早早去世。是不是找不到缺点的人本身就是缺点。我一直在想：媚兰真的没有私心吗？她真有那么大度吗？我更愿意相信，那是她有足够的智慧，她什么都看得清楚，但是她明白，艾希礼与郝思嘉走不到一起，他们之间的轨道永远是背道而驰的。她放任他们，让那份感情自生自灭是最明智的举动。

她蕙质兰心、机灵通透，当南方联邦军队全线溃败的时候，瑞德坚持在最后时刻上前线。郝思嘉觉得他完全是借故要逃脱守护一车弱小妇孺的责任。可媚兰却懂得他这样做的理由是要去维护一个男人的尊严。她大智若愚，瑞德和艾希礼参加南军聚会被北军跟踪到家时，媚兰一眼便看明白他俩的危险处境，秒变戏精，如一个被愤怒填满的女人，无情斥骂两个装作浪荡鬼的荒唐男人。三个人的一番表演使得旁边的北军士兵不再怀疑他俩的身份，重伤的丈夫才捡回一条命。

媚兰平和娴雅、豁达大度，善良是她根植心底的本色，也是一个女子最美好的品质。这样的一个女子，什么样的人配得上她呢？

好的才情、好的品性、好的家世、好的教养、好的处世……媚兰这样一个浑身优点的女人，理应享受属于她的美满幸福，她却没有。

媚兰让人情不自禁地仰望，却激不起刻骨铭心的爱恋。她完美无缺，为人处世没有一丝破绽，这样的女子，是用来相敬如宾、举案齐眉的，却不是用来爱的。她能引起的敬意远远多于爱意。所以，瑞德对媚兰总是一片虔敬钦慕，从不敢唐突。

瑞德对媚兰的经典评价是："高尚的女人靠的不是美貌，伟大的女人靠的也不是衣着。"

一般来说，人们看到美好的东西，常常会纠结担心，觉得自己不配，得发现了其缺陷，心里才会踏实，才会觉得真正属于自己。

郝思嘉这样的小女人，收到礼物便会开心，穿上新衣服就想四处招摇；而媚兰，帽子、花、衣服、包包，哪里能够哄她开心？她的内心深处，很难有人走得进去。

一个人太完美，是会让人难以亲近而生出距离感的。

媚兰临终时分，郝思嘉彻底痛悔，诚心诚意地道歉，说自己辜负了媚兰，如果时间可以倒流，就是把艾希礼用个银托盘托来送给她，她也不要了。

年少时不懂，半生过去，重读，想想郝思嘉说的有些人即使镶了金边自己也不肯要的，一切释然。

飞蛾扑火——读《一个陌生女人的来信》

《一个陌生女人的来信》是奥地利作家斯蒂芬·茨威格的名篇。

小说以书信的形式讲述了一位女子在弥留之际，在她死去的孩子身旁，写下了一封凄婉的长信。她向作家R讲述了自己潜藏了一生的爱恋和痛苦。

初相见，仿佛生命中的一束光

由于父亲早逝，女孩与母亲过着深居简出的拮据生活。

女孩十三岁的时候，邻家搬来了一位英俊潇洒的年轻作家。

对于一个生活天地非常狭小的女孩来说，这个颇有才华又富有的作家为她展现了一个完全陌生的世界。

在女孩眼中，作家及他的生活诱人极了。

于是，在以后的日子里，她把一个十三岁女孩的全部精力一股脑儿地用来窥视作家的生活。

一次偶然的机会，女孩与迎面走来的作家差点撞了个满怀。作家那么彬彬有礼，眼神里一丝责怪都没有，居然还有那么点柔情。天哪！他注意到自己了。女孩眼前仿佛盛开了一片玫瑰园。

毫无人生阅历的女孩不知道，作家对他身边的女性一概都会投去那种脉脉含情又让人销魂的目光。这目光和他那惯有的对女性殷勤温柔的态度，并不意味着爱慕，她却以为作家的柔情只是给她一个人的。

于是，从那一刻起，女孩的心便永远属于他了。

然而，可悲的是，从少女到妇人，直至失去孩子，在凄凉和病痛当中孤独地死去，作家始终都没有认出那个与他几度邂逅，甚至在黑暗中欢爱的女人就是当年的邻家女孩，只把她当作欢场中的卖笑女郎，无数风流艳遇中的一个。

茨威格用细腻的笔法讲了一个暗恋的故事。这是一个纯粹的爱情故事，可以说已经把爱情讲到极致。

一个女人暗恋了一个男人一生。用十八年最青春绽放的岁月毫无保留地爱着一个男人，还生下了他的孩子。迫于生活，沦入风尘。但直到女人死去，男人依旧不知道她的名字，甚至在记忆中也没有她的痕迹。

“我的孩子昨天死了——在这个世界上我现在只有你，只有你了，而你对我却一无所知。此刻你正在嬉戏取闹，或者正跟什么人寻欢作乐，调情狎昵呢。我现在只有你，只有同我素昧平生的你，我始终爱着的你。”

第一次读小说的时候，哭得稀里哗啦。这是一封用整个生命书写的情书啊！

女人在生命的最后时刻，饱蘸着一生的痴情，写下一封缠绵悱恻的长信，按照她自己的话说，自从十三岁那年，见到作家的那一刻起，她便一头栽进自己命运的万丈深渊了。

“我知道你的一切。了解你的每一个习惯，认得你的每一条领带、每一件衣服，不久就认识并且能够一个个区分你那些朋友，还把他们分成我喜欢的和我讨厌的两类。我从十三岁到十六岁，每一个小时都是生活在你的身上的。”

“你，从来就没有认识过我。”哀怨至此，已埋下了悲剧的伏笔。

女人习惯在每年男人生日时为他送去一束白玫瑰。

男人收到信，看完信，在他四十一岁的生日这天。

从此，他再也收不到这样一束白玫瑰了。

他顺着窗户往外看去，沿着黑暗幽深的时光隧道，一双清澈的眸子，像星星一样闪烁在迎向他的灯光处的房间里。

那眼睛幻化出一张少女的面孔，继而艳丽妩媚，最后形容枯槁，那是一个女人的一生。

开始错，一路错

少年时代，她睁着一双干净而无辜的眼睛，静静怯怯躲在角落里，看着和她的世界完全不同的一个成熟男人的身影。

那时的她是一张白纸，与寡居的母亲过着落魄的生活，一条裙子穿到令自己羞耻，所以她没有一个同龄的女伴。苟延残喘的日子本来如一潭死水，可是，自从他来了，女孩的世界被照亮了。那个男人搬到她家隔壁，带来了音乐、歌声、笑语，无论朝气、神采还是许多许多书堆积起来的儒雅，包括年少的她未必可以理解的风流神态，先是将她吸引，而后彻底收服年少的心。

于是，这张脸，这个人，便成为青涩少女心灵可容纳的全部梦想。

他和她的距离太遥远，她便等不及地想要长大。

少女时代，她趴在窗口执拗地望着对面的灯光，想象他的一切；再往后，看他和一个又一个女人调笑着，路过她，没有任何熟悉的感觉。那目光、那笑容，曾经在她撞向他的那一刻，是给过她的呀。幽怨凝结成了活着的唯一目的。一旦有机会，哪怕堕入风尘，她也要投入向往已久的怀抱。

在岁月的煎熬中，这份矢志不渝的爱，使她心中常怀绝望，而这种绝望，把这个男人变成了她的理想。是理想，她便有足够的勇气和耐心去争取，也肯接受失败。因此只要能够接近他一点点，她就满足了，由始至终，她的内心里还是那个趴在窗台向往对面的一线光的年少女孩。

当她终于用最不堪的方式和心爱的男人纠缠亲热时，却从未改变过自童年时代起，一份属于女孩子的、固执的、不肯移动的爱。

他说，他会很快回来，回来就会找她。

就这样轻易而拙劣地离开了她。

女人却怀了他的孩子。她每年在男人生日这一天送上一束白玫瑰，作为曾停留在他生命里的一点念想，其实内心是希望男人会因为那束白玫瑰想到她。

然而，他什么都不记得。

她出没欢场，为养孩子，也为了生活。

几经周折，她依旧沉迷在这个男人的怀抱里，他自然不会认出她，也不会记得那个邻家少女，更不知晓她在以后的日子里多次出现在他的生命中。

她仿佛变成了另一个人，她走出房门，那一瞬间，我怀疑幼年的她躲在房屋的一角窥测着自己成熟的身影——如今的她，便是幼年时，看到所爱的人领回家的一个个随随便便的女人中的一个。

他没有认出她，可他摆脱她的方式，却是一模一样的。

天亮了，她说："我该走了。"起身麻木地穿衣服，戴首饰。她从来没有明确地告诉作家，自己就是曾经与他同住一个院子的小女孩，自己一直都爱着他。但她又非常渴望作家能突然认出她来，无奈作家行走花丛中，片叶都沾身，他对任何一朵花都是漫不经心的。

女人真是很感性的动物，总希望自己是心上人生命中最难忘、最特殊的一个。

作家最终想起她来了吗？不知道。

女人与作家最后一次幽会时，作家像打发任何一个欢场女子一样付给她钱。女人捏着钱，五内俱焚。出门时，看到花瓶中自己送的白玫瑰，她要求作家送一枝给她，作家毫不迟疑地送了她一枝，拿着这朵花，女人的一颗心分分钟碎裂成花瓣。分明这么多年来，她的心意，他毫不知情，而她曾经的出现，他根本没有任何记忆。

她带着深深的屈辱，仓皇逃出那栋房子。管家约翰却以不胜惊讶的目光注视着她。那眼神里，藏着千言万语，他清楚地记得女人和作家的每一次相逢。他在她的人生每个阶段里见过她，是她多年来心迹和际遇的见证人。

此时，万千心酸如海浪般咆哮翻滚，她终于忍不住滚下泪滴："全世界的人都知道我爱你，可我站在你的面前，你却不明了。"她强忍内心的痛苦，走过去，经过管家面前，把作家给她的钱塞在管家手里，冲出门外。

一个人童年时的家庭环境会影响其一生，这点是不可否认的。

小女孩幼年丧父，生活在社会的最底层。没有父爱，没有和睦的邻里，也没有充足的物质。贫穷暗淡的生活，既没有安全感也看不到希望，致使小女孩从来不敢表达自己的感情，不敢要求什么，她自小就只能躲在角落里偷窥这个世界。

作家的出现，让她看到了一种与自己和身边所有人不同的生活和人生，那么闲适优雅。这才是她向往和憧憬的生活。而她唯一敢有的那一点点梦想就是靠近他，尽量尽量地靠近他。

作家就像一束光，照亮了她晦暗的人生。

为了这束温暖的光亮，她付出了一生。

如蝼蚁般生活的人总是会渴望温暖和光亮。也许我们不懂那到底是种什么样的渴望，但是那种渴望的炽热让读者都为之动容了。

这种执着与其说是对爱情的守护，倒不如说是对光明温暖的期盼。一个女人，身边充满温暖的时候，是不会明白被寒冷包裹着的生命中突如其来的温暖有多么珍贵。

那种珍贵和意义，才是女人终其一生想要守护的东西。

爱，是最暖人心，也是最伤人心的。

它可能一开始给你温暖，而后再带给你伤痛。

但是爱就是这么具有魔力，哪怕知道结局惨淡，也仍毫无畏惧，飞蛾扑火。

女人一直爱着的是她的梦想、她的幻想。

她并不知道，她连爱的能力都没有。如果她会爱，她就应该敢于去承受那份风险，她就应该向作家开放自己的心，而不仅仅是打开自己的身体。

对于一个人，爱与被爱同等重要。可是，她从没告诉过男人那个真实的她，仅仅是让自己成了他身边众多女人中的一个。

“森林中一棵树倒下，如果没有人听见，也就没有声音。”每年送出的白玫瑰，除了满足了她自己那份爱的需求，却没给作家带来任何被爱的感受。

她始终都像她少女时躲在窗户后偷窥外界一样，把真实的自己藏在某个角落，把自己的心锁起来。她本来是想追求美好的，却最终南辕北辙，使自己走向毁灭。

爱是一种能力，她没有。她只是爱上了自己的这份爱而已。

当一份爱变得卑微时，强烈压抑的背后是自我的深度迷失。

女人毁了自己，毁了作家爱她的可能，毁了诞生一段正常爱情的可能，但也最终成就了一个“陌生女人”。

爱情到底是什么样的？我们怎样才算爱着一个人？如果不能听到他的呼吸，看到他的笑脸，一个女人能怎样选择？

《一个陌生女人的来信》试图回答这些问题，也给出了一个观点：我爱你，但是与你无关。一个执着的女人可以用一生来实践这种单向的爱恋。

这样的女人在很大程度上满足了男人的心理需求，一个默默守候、不求回报的女人对一个男人来说，何尝不是一种梦想呢？

大多数男人在吸引女人，而大多数女人却在留住男人。

有多少女人，要经历后才知道，真正的爱情，是一种踏实到可以触摸的生活；是一种在和这个男人相处的时刻能够放松地呼吸，能够轻松地做自己的状态。

讨好取悦一个人太累，通常得到的回报是——绝望。

失去自我的爱，就是坠入深渊

小说中那一行行文字纯粹、简洁、悲怆，像一把把小刀，它刺中的，是那些对爱有着精密纯度要求的内心。

暗恋是深不见底的绝望。女人原本可以有更好的选择，甚至嫁入豪门变为贵妇，可她不肯。除了作家，她跟了谁都是将就，她“不愿将就”。

卑微的生命在世间孱弱地活着，又卑贱地死去。

这一曲终了的韵味里是欲说还休的情，这世间少有。

但往往也正是小说中这种一往情深的女人，容易碰到男主人公这样玩世不恭的浪子。

浪子的杀伤力有多大？他们会伤很多女人的心，他们是以恋爱为事业的，直到有一天他们疲倦了或累死了为止。

年龄小，又缺乏父爱的女孩，容易迷恋浪子。浪子是不懂得珍惜的。待到繁华看尽，才知晓清纯女子的宝贵，可事过境迁，只能将这份歉疚补偿在最正确的时候遇到的女人身上。于他们，这是浪子回头，是金不换，可给了他们最初的这份美好的女子的际遇都很悲催。女人不碰得头破血流，不知道规避这种男人。

在情爱中，男人的终点是女人的起点。

从第一句，“你，从来也没有认识过我的你”，到最终作家读完她的一生，陌生女人演绎着爱的寂寞与心碎！

“你于我已是全世界，而我于你连一阵清风都不算，但我愿意就这样在一个你看不见的角落爱你。为了和你在街角、楼梯口相遇，我等了数不尽的日日夜夜，可真的遇见你，我却不敢正视你那灼热的目光，低头羞怯地跑开！从十三岁那个窥探你的小女孩，到十八岁那个渴望靠近你接触你的少女，再到那个想极力唤回你关于她的记忆的妇人，或许她于你，只是万千艳遇中的一个，她多么希望你能认出她，可没有。哪怕这样，正因为她了解你，所以她从来不愿去成为你的累赘，哪怕她死，也不愿让你有一丝痛苦！请你记得这个耗尽一生去爱你的女人，她只想继续活在你的心里，哪怕一天！也请你不要自责愧疚，她没有一刻抱怨过你，反而是无尽的感激，感谢你照亮了她的灵魂，感谢这世上有一个人如此牵动她的心，哪怕到死你都不曾察觉！”

一切都是误会，这所有的爱情。

人们妄说什么爱呢！不了解、不认识，甚至没有能力认出她来。而女人最终只是爱上爱情，这封饱含辛酸的情书，可能只是写给自己的。或者，世上每一桩爱情都如是。

女人在幻梦中过了一生。这个痴情执着的女人，她的幻想、她的幻灭，以及她明知飞蛾扑火依然故我的坚持，足以令每一个读者动容。这样的爱情仿佛并不是独角戏，是幻想中那个永远能温暖自己的男人。

这种爱情，每个人都感动，却没有人愿意做苦情的陌生女人。

一个女人对一个男人付出那么多，值吗？

诗人歌德说过这样一句话：我爱你，与你无关。

想来爱情这件事，你觉得它值就值，每个人心里都有一个尺度。

读小说时，总是很矛盾，既希望女人早点告知作家真相，又怕知晓真相后，可怜的女人连梦幻都破灭了，如此，女人的一生就变成了一场笑话，彻底崩溃。因为她不可能得到现实，还得就此打碎梦幻，结果现实与梦幻两头俱毁。

梦想，就是死亡一样的盛宴。

女人懂这个道理，所以，她忍到油尽灯枯才肯说出真相。

《一个陌生女人的来信》只能在青春年少时读，一旦错过了季节，便没了最初的感动。男人的善忘不可以是借口，女人的痴情和来信只表达了一种活法，每个人的心里都有一个评判的标准。

谁都明白要小心谨慎地去爱，可是，当爱来临，几个女人是理智的？

爱上一个人没有错，但不能给他伤害你的特权。

读《一个陌生女人的来信》，是懂这个女人的沉默的。有句诗是这么说的：沉默深处有喧嚣，爱过的人都能听得见。

生活，知所来不知所踪，只能任它蜿蜒。

一生只演自己——读《情人》

我对自己喜欢的书或影片会在许多年中都没有丝毫的倦意。一夜之间读完杜拉斯的《情人》时也就二十岁。

杜拉斯笔下的爱情是绝望的、灵魂是绝望的、肉体是绝望的，甚至连语言都是绝望的——“如果爱，请深爱，爱到不能再爱的那一天。”说实话，那时候的我是不大能消化这种情感的。

后来，从单位同事那里惴惴不安地借了《情人》的VCD，因为我知道这里面有很多“激情镜头”，然而这些镜头还是超出了我的想象范围。虽然那时我已为人妇、为人母了，但《情人》仍然是我真正意义上的性启蒙电影。

看完电影，再回头读书，便品出了悲怆。

《情人》是一本书，所以需要慢慢地读。

《情人》是一部电影，依然需要慢慢地读。

这是一个女孩与一个男子的，一场深沉而无望的爱

此刻，我就为你读读这本书吧。就从她花白的头发读起：

“我已经老了，有一天，在一处公共场所的大厅里，有一个男人向我走来。他主动介绍自己，他对我说：‘我认识你，永远记得你。那时候，你还年轻，人人都说你很美。现在，我是特来告诉你，对我来说，我觉得现在的你比年轻的时候更美。那时你是年轻女人，与你那时的面貌相比，我更爱你现在备受摧残的面容。’”

这就是《情人》的开篇，唯美的情人！

我们可以从这花白的头发、衰老的脸庞读到一个女人的从前。当她还是少女时，在湄公河的渡轮上，穿着一件破旧的连衣裙，为了使宽大的裙子合身一些，女孩在腰上扎了一条哥哥的皮带，脚上的高跟鞋虽然镶着金条带，可鞋头已经磨损得没了样子，最与众不同的是她头上戴着一顶男士礼帽，这样一副完全不搭的衣着映衬着阳光下一张青春逼人的脸庞。

于是，在这烟雾蒙蒙、炎热无比的渡轮上，女孩成了湄公河边最亮丽的点缀。这画面瞬间击中了那个富甲一方的中国商人的儿子。他缓缓下车，缓缓向女孩靠近。这时候，我们读到了男人的眼睛里有隐藏不住的炙热。他站在女孩旁边，用微微颤抖的双手向女孩递烟。

女孩把小得意藏在心里。其实，她早就发现这个风度翩翩的男人在轿车里盯着自己看了，站在海边的女孩像一个老练的垂钓者，看着鱼儿小心地、试探着朝她游来。两个人的相遇抑或在生活中，总有一个愿意迁就另外一个，愿意处于劣势。而那个肯放低姿态的

人，会用情更深更重一些。男人在渡轮的舷栏和这位法国女孩攀谈之前，这个气场就开始形成了。

接着他们上了车，男人开始静静地观察她。女孩只有十五岁半，却故意把年龄说大了些。但包裹在旧连衣裙里的分明是还没有发育完全的少女躯体，胸前是微隆的曲线……可即便还未长成，她浑身上下洋溢着的青春气息是迷人的——灵动干净的眼眸，水蜜桃般的脸颊，俏皮的些许雀斑配上那微微张开的玫瑰花瓣似的嘴唇……娇艳欲滴。衬得头上那顶男士礼帽不但不显突兀，反而变成有趣的混搭。是的，她还不够大，甚至还是个孩子，但她已经散发出果实的芬芳。

男人夸女孩美、夸女孩的帽子好看，他们有一搭没一搭地闲聊着。男人讲他的家庭、他早逝的母亲，女孩的脸上风轻云淡，却注意听着男人言谈中流露出的阔绰痕迹。

女孩虽然生长在白人家庭，可她家已经穷到不能果腹。父亲早逝，母亲靠教书艰难维持生计，她有两个哥哥，她的大哥是她和小哥哥的噩梦。那个家中的长子偷盗、吸毒，无恶不作，女孩恨极了他，总是梦想着能杀死大哥。

在这样一个绝望的家里，有个让贫穷给活剥了的母亲，尊严、体面早早地远离了她，仿佛她一生都面对着沙漠。她的两个儿子心安理得地吸着她的骨髓，什么也不干，什么也干不成。即使这样，她依然溺爱不成器的大儿子。她唯一的女儿也不懂体恤可怜的母亲，用母亲的话说就是，把自己打扮得像个小娼妇，到处闲逛。她也由她去。她永远穿着一双丑陋的破皮鞋，还上当买了一块无法种植的盐碱地，催债人整天围着她的家门……贫穷已经把一家人推到绝境。

脑袋的贫穷导致愚蠢，物质的贫穷滋生戾气。女孩在家中从来感受不到温情和亲情，只有为了生存而从骨子里萌生的欲望。她的那个家更像随时可以点燃的炸药包，可怕而绝望。她努力想逃走，挣脱它，可她的力量还太弱小。家庭的贫穷和灵魂的孤独集中在女孩身上，她能利用的只剩下自己，即便一无所有，她还有如花的青春。她知道这是她仅有的却也是最有利的武器。

当她的眼神，瞟过男人的汽车、穿着白色制服的司机、英国香烟、戒指，就像一缕阳光照进心房。他的生活，是她不熟悉的，却是她渴望的。她渴望摆脱穷困潦倒、看不到希望的生活。对男人而言，这个小小的法国女郎也很特别，她的衣着，她的容颜，还有她身上与年龄不相称的成熟，使他好奇。

好奇心是一切爱情的开始，当你对一个人开始产生好奇心的时候，就是你开始爱上一个人的时候。

女孩也是这样，她不在乎年龄，不在乎是否被男人欺骗了，她很淡然。因为年轻，可以不在乎很多事情，大不了推倒重来。

他把她带到了嘈杂的唐人街。她跟着他来到他隐秘的屋，城市的声音近在咫尺。就在窗口传来的噪音中，在熙熙攘攘的人群来往之中，女孩一颗颗解开了他的扣子。她写道："他的皮肤像黄金一般灿烂，像丝一样柔滑。"

中国男人是见过风月场的老手，可那个法国女孩真正是面对生命中的第一个男人，但他显得比那女孩还要羞怯，或许还有一丝不忍，竟退到屋角哭了起来。女孩却在他犹豫的时候主动迎合他，替他脱掉所有的衣服。他想也帮她脱一下衣服，可她不让，她要自己来。她说，她愿意自己动手。

两个缠绵在一起的人，说着情话。男人一迭声地说着爱她，说自己是孤独的。女孩说自己也是孤独的。然后，两个孤独的人相互取暖。在这里，我们读到了一个十五岁半少女的最初体验：“开始是痛苦的。痛苦过后，转入沉迷，女孩为之一变，渐渐被紧紧吸住，慢慢地被抓紧，被引向极乐之境，沉浸在快乐之中。大海是无形的，无可比拟的，简单极了。”

“他抱着她就像抱着他的孩子。他拿孩子的躯体当玩具，把她翻来转去，他用小孩的身体捂着他的脸，他的嘴，他的眼睛。”

没有羞涩、没有痛苦，女孩在床上的样子就像鱼儿渴望甘泉。她要这个男人，要金钱，要放纵，要自由。她最不敢承认的是，她渴望爱。

男人说：“你以后会记得这个下午，即使你忘记了我的长相，我的名字。”

怎么能忘记呢，是这个男人唤醒了她的身体。

第一次跟男人走出房间的时候，女孩仿佛跨越了十年、二十年的光阴，猛然觉得自己老了。

之后的每一天他们都在这间溽热幽暗的房间里拥抱着、欢乐着、疲惫着，在窗外木拖鞋的敲击声中恍惚着……到最后几乎达到了疯狂的地步。他们知道没有天长地久，整天沉溺于不安、泪水、失望和幸福之中。对女孩而言，她不觉得爱钱是可耻的事情，也不觉得在阴暗的光线里绽放自己花朵般的身体有多么可耻；对男人而言，感情的砝码在一天天加重。他们泡在浴缸里的凉水中，互相吻着，呜咽着，痛不欲生。他们是这样贫穷而饥饿的一对。

他是一个穷得只剩下钱的男人，她是一个穷得只剩下身体的女孩。两个得不到祝福的人，他们之间的爱情，注定苍白无力。

他们知道没有结局、没有未来，所以绝口不提感情。

是的，他希望她不过是个妓女。她也是这样告诉他的，她是为了钱来到这里的，她太穷了。他释然，说他会给她钱的，让她不要着急。

在他们相处的一年半的时间里，他们心照不宣，他们谈论着一切，唯独不谈将来。因为那将来只不过是她的或者他的，而不是他们的。看得见将来的人才会谈论将来，看不见的只会憧憬绝不敢说出来。她嘲笑他的肤色，他回击说她不纯洁。毫无意义的互相揭短，尴尬的笑脸背后，只不过是害怕爱情。

读到这里，你大概已经猜到了结局。

他们只能是情人。她的贫穷是他的家族接受不了的，他的肤色是她的家庭不能接受的。

她将来要回国，他将来要娶妻。

一位作家说：爱情可以排除万难，只是万难之后还有万难。

无情的，令人伤怀的，不是爱情，而是时间和生活本身。

是的，一直都没人承认这是爱情。他有钱，她需要钱。她有年轻的身体，他需要性和爱。

可是，看看接下来我们读到了什么：在即将回国的轮船上，女孩像当初一样倚着那栏杆，带着那顶旧礼帽，紧张而焦虑地渴望着他的到来。

最后，女孩回望着躲在角落里的黑色轿车，他的车，一直到看不见为止。

渐行渐远的轮船，将他俩的距离愈拉愈远，那个人、那段情，消失在波涛滚滚的远方。漆黑的天幕紧紧裹住女孩孤寂的身影，突然，一段肖邦的钢琴曲触到了她的心。女孩循声过去，倚在门旁，骤觉声声泣泪，这时的她仿佛才从懵懂中清醒过来，海角天涯，他们终难再见。女孩再也撑不住了，一下子瘫软在地，失声痛哭。

她这时才知道，那个有着丝绸般光滑肌肤的中国情人，穿过她的肉体早已在她的心中安居。她不但爱他，恐怕今生今世都无法忘怀这样一段刻骨铭心的爱恋。

原来，爱情一直都在，只是无法面对；原来，那个只有情欲的情人也慢慢变成了爱人。

原来，那是爱情；原来，他们都曾互相托付过彼此。可又如何呢，都是过往云烟，再也回不去了。

湄公河见证了他们的相见，也见证了分别。

注定是情人，不能厮守；注定是情人，无法忘却。

战后许多年过去了，女人经历了结婚、生育、离婚，衰老的过程是冷酷无情的。女人眼看着衰老在自己的颜面上步步紧逼，一点点侵蚀着她最好的时光。在红尘中打了个滚儿，她倦了，开始安静地读书写书。

这样的日子也不放过她。那位昔日的中国情人带着妻子来到巴黎。他给她打来电话："我爱你，永远。"他就这样在女人心如止水时再次打破了她平静的生活，生生地撕开恬淡人生的面具，告诉她——我一直都爱你！这个男人终其一生是她摆脱不了的。

人生如纸，时光若刻。女人拿起了笔，让男人活在了书里。

这一生最好的光阴，到底没有被辜负

现在，我们来读电影。

一般说来，改编自小说的影片是很难诠释小说的精髓的，但《情人》做到了。

“情人”和“爱人”这两个词看似相同，但骨子里又透着不同。我们的父母那一代经常用“我爱人”这个词来介绍夫妻双方的另一半，我们习惯把两个有情有爱有性的人称之为“爱人”。“情人”在我们的现代生活中是沾着风尘味的。

让人想不到的是，法国导演阿诺的《情人》和杜拉斯的小说都把“情人”阐述得性感诱人，风度翩翩。

梁家辉在片中性感的“中国情人”形象是可以流传影史，让世人永远记住的。

能忘记吗？他演绎的中国富商的儿子，那个一身白西装、手拿礼帽的男人那深邃的眼神，一种可以在杜拉斯的作品中多次看到的被无情的生活沉淀过的眼神，那是我们这个时代从脂粉堆里走出来的艺人们难以企及的。

这部片子让我记住了梁家辉。“中国情人”由他来演，真是恰如其分。

潮热的海风中，女孩静静地望着湄公河，一只脚搭在船舷上。一双破损的、缀满晶亮珠子的皮鞋，预示了爱情华丽的、疮痍的面目。

女孩艳丽的红唇和那一身奇怪的装束，是惹人眼球的导火索。

叛逆期的穷困女孩遇见了迷茫期的富家少爷。

世界就这么大，她用她十五岁的青春，打动了同船的中国男人。

她上了他的车。中国男人的手渐渐开始试着触碰法国女孩的手。女孩没有反抗，两只手在颠簸的车里交缠在了一起。这是一种示爱，更是一种暗示。

然后，他的手，蛇芯子一样从少女的大腿间滑了下来。尽管男人已经将自己的欲望流露得一览无余，但是仍旧小心翼翼试探着。可女孩居然没有任何反应，或者说这是她早就料到的结果，就像她早早就把手静静地放在一边一样。

从那最初的搭讪开始，她就知道这是怎么回事。

所以，第一次遇到这个富有的中国男人时，当他把手一点点地向她靠近，触碰她，乃至最后放肆地抚摸她的大腿时，她都不动声色，一脸恬静下，静水流深。有着不符合她年龄的沉着和冷静，仿佛她是隐隐期待着发生什么似的。

男人在送女孩前往教会学校的路上，他的手，已然放肆地在她身上为所欲为。

从这一天起，她成了他的情人。

约会总在那间临街的屋子里。局促、喧闹、暗淡、暧昧的阳光从百叶窗的缝隙洒漏进来，同时带进街道上不绝于耳的喧哗和屋外行人的影子。灰暗的水缸，濒死的植物，快要散架的电风扇，观众仿佛可以感受到炎热的巨浪泛着令人压抑的湿闷气息弥漫在那间屋子里。

没有一点浪漫的情调，甚至连句像样的情话都没有，只剩下淅淅沥沥的水声清亮地滑过女孩每一寸肌肤。

她一本正经地对男人说："对我做你对其他女人所做的事。"情到浓处，还要扎心地补上一句："我是不会喜欢中国人的。"

光影中，摩擦着的身体，可以看清每一寸肌肤的蠕动，汗滴，燃烧。

两个人的躯体像波涛一样优美地起起伏伏，内心淤积的忧伤悄悄融化。男人和女孩交融在一起，一个在吸吮一个的生命。那张孤独的床上躺着一对孤独的情人，燃烧时恨不得撕碎对方，清醒时又相拥而泣。仿佛这无比强烈的情感与挣扎达到极限的时候，眼泪才是唯一的出口。再疯狂都无法与世隔离，再疯狂都击不碎现实的残酷。一个太小，一个太脆弱，都主宰不了各自的命运。

他们就像彼此的镜子，猝不及防地打着照面。映照着真实的自己、窘迫的处境和赤裸的现实。

在小说里，杜拉斯刻画的这个中国男人的形象是懦弱的，他无法也无力反抗婚姻，他的身体也很瘦弱。而影片中，梁家辉表现出的却是沉稳和克制。在舞池里，当女孩的大哥说："要不要打一架，也许我可以一个抵你两个。"男人的回应是："你可以一个抵我四个，请看我有多么弱。"这句话由梁家辉的嘴里说出，不知怎么更像是一种有风度的礼让，带着自尊，气势不减，把女孩的哥哥遏制住了。女孩或许是带着深深的耻辱感，在舞池里跳起了贴面舞。男人的眼泪和愤怒的一巴掌我深深理解，他真心地为这段感情投入了，他认真了，那一巴掌是一个男人被伤害了的自尊心。

他对她说："跟着我说，你来找我，是为了钱。"

她答："我来找你，是为了钱。"

"我对你没有爱情，我不爱你。"

"我对你没有爱情，我不爱你。"女孩重复着……

在这触目惊心的真相面前，他自嘲地笑了。他的笑意第一次有痛苦浮现。也许就在这个时刻，他对她真正死心了。拥有了她的肉体，却无法和她的灵魂对话。对于他来说又是怎样难言的失败。这个男人总是在关注女孩的肉体时自欺欺人，说是关注她的灵魂，而当得到她的肉体之后，他又会贪婪地想要对方的一颗心。

他说："噢，你真是个天生的婊子。"她居然笑了。随即，一串泪珠从男人抽搐的面颊落下。

这一场戏改变了原著中很多东西，因为你很难再用“懦弱”作为中国男人的标签了。

他那张灯结彩热闹无比的婚礼，女孩去看了，怎么可能抑制住好奇心不去看呢。豪华的中国婚礼，在西贡的大街上演。新娘喜气洋洋，浑身披金戴玉，珠翠满头。女孩远远地看着，像她初见他时一样，脸上看不出喜怒哀乐，浓浓的爆竹声散了，远了，女孩带着那顶男式礼帽，隐没在人群中……

其实，他看见她了，又很快转过身。婚礼，他是主角，他要入戏。

她回到他们曾经欢爱的屋子，男人没有来，她在那间闷热的屋子里等了一下午，没等到他。她默默地为那半死不活的绿植浇了水，她知道，他不会再来了。从此以后，这盆植物会静静地枯萎。如今，他们的爱情就像这植物，永远见不得天日，永远盼不来渴望的一瓢水，直至在这蒸腾的房间独自死去。

躺在床上的时候，她突然哭了。

没有谁是谁永远的情人。

她虽然难过，却还给自己编织理由。她想自己并不爱他，只是给了他身体、天真、美貌，没有给过他爱情，而他也不过是迷恋她的青春和白人身份。

男人是带着破碎的自尊和对爱情的绝望结婚的。婚后，他没有再去那个屋子。甚至最后的送行，他也只是黑色轿车里面的一个黑影。他的心已经死了，不愿再死一次。

即使如此，他还是替女孩一家还清债务，买好回国的船票。小说里更多的是种买卖关系，在影片中，男人是默默做了这些事的，因为事后是通过女孩的母亲说出来的。

这是一个有气度的男人。

谁都看得出来，男人对女孩是动了真心的。但是在她家人的眼里，这个中国男人只是一座金矿，他们一家人挥霍着这个男人的钱财，心里却对他充满着蔑视。

梁家辉将东尼这个角色演得高贵而克制，相较于小说中“懦弱的中国男人”，已经天差地别了。我不确定梁家辉是故意这样演的，还是因为在导演眼中，这些于中国人而言可贵的隐忍和克制，在西方观念中等同于懦弱?

只记得导演说过:“在整个电影拍摄过程中，我认为我只给了梁家辉一个方向。我说，你是亚洲的尊严。”

这句话说得真好。梁家辉的确演绎出了亚洲的尊严。

银幕上，他看着她到来，又看着她离开。两个人都怕看不清，又怕看得太清。

一身白色西装的男人和一抹红唇的女孩站在一起，真是一道羡煞旁人的风景线，之于彼此，他们都在最好的年华遇到了最好的人。

不管走下去她会不会变成他的另一个洛丽塔，这一生最好的光阴，到底没有被辜负。

当看到晚年的杜拉斯最后说:“那是我生命中最美好的时光，给我的整个生命留下深深的烙印。我没有遗憾了，遗憾都留在那里了。”我泪流满面，说什么相遇就是错误，人活着不是为了活得正确而是为了幸福。有时不努力一下，就不知道什么叫绝望。

人生的大幕落下。她离开了这个世界，离开了让她爱恨交加的男人。

太快了!

那些文字替她的灵魂活着。她说过，要将这份爱，带到她的墓地。她做到了！

这已是，也将是许多人的人生。

没有谁是谁永远的情人

最后，我们读一读杜拉斯吧。

写《情人》时，杜拉斯七十岁，这部小说的获奖与流行，让本不受文坛认可的杜拉斯名声大噪，并确立了她在法国文坛的巨匠地位。据说，只要是获得了龚古尔文学奖的小说，法国人都情愿闭着眼睛掏腰包。

这部小说再现了她封存已久的往事。

少女时代的杜拉斯，一直生活在贫苦之中。母亲的确上当买了块地，一年中有六个月泡在海水中，不可避免最后的破产局面。她与一个中国男人发生了类似于《情人》中的故事，虽然不久后便回到了法国，但那段情缘却让她终生难忘。

在生命的黄昏，白发苍苍的杜拉斯饱含深邃的激情，以诗歌般的语言，感怀半个多世纪前的尘封往事。

我们感觉到了红颜白首的惨痛，那些关于殖民地家族创业失败的灰暗背景，对母亲与兄弟间龌龊纷争的无奈与痛恨，青春的幻灭、摧残与渴求……还有那个孱弱的中国情人，仿佛幽深隧道中的亮光，穿越时空而来。

杜拉斯实际上是在书写着自己的命运，少女时就已经老去，何其令人悲伤。她生存的世界已被重重天灾人祸毁灭。她对生活的热情和对亲情的信心，在贫困窘迫的绝境中都不复存在。杜拉斯一生对于情欲的饥渴，在那个缺乏爱的环境中已经初具雏形。

所以，杜拉斯的一生都在不同的情人间穿梭徘徊。

很庆幸写出《情人》的是老年的杜拉斯。深信在杜拉斯年轻时，未必能够拥有如此深情表达悲剧的力量。而时间可以打磨掉人心中一切难言的情绪。

杜拉斯是聪明的，不顾一切的，她即使回忆，即使只是只字片语，也会狠狠在你心口刻下一道血痕，以一种你心甘情愿的方式。

杜拉斯一生都在书写着自己的欲望，却没法像正常人那样生活。她与周围的人总是充满了冲突。但无论她的“为人”多么失败，她都是成功的作家，或者说，她天生就只能成为一个作家。

杜拉斯从未写过一场欢愉的恋爱和白头偕老的美满婚姻。她只写情爱，关于男人和女人的情爱。无论怎样相遇、靠近、相爱，甚至交付彼此，每个人都无法逾越自身，永远像两条不同方向的轨道，背道而驰。

爱人与情人之间看似仅仅是灵与肉之间的区别，实则隔着千山万水。

人的一生会遇到很多人，有的就像流星刹那划过天际，有的如恒星永驻。杜拉斯以为这个中国男人是颗流星，而漫长的岁月告诉她，那是一颗恒星。

杜拉斯真实的中国情人姓李，比她早一步去世。

时间能够带走一切伤痛，时间也是一剂良药，可以抚平伤疤。

爱情不能够永远，分离可以。

六十六岁时，杜拉斯结识了二十七岁帅气的“粉丝”雅恩，这个小她四十岁的情人给予她的浪漫激情，让老年的杜拉斯再次回到情窦初开的日子中，并描绘出一幅幅动人的情色画面。雅恩仰慕她的才华，心甘情愿地做她的情人、秘书、佣人、司机兼厨子。他非常爱她，包容她的一切，忍受她的指使与责骂，那时的杜拉斯已经和美貌扯不上任何关系了。据说，她只有一米五高，酷爱穿刚到膝盖的直筒裙。但直到杜拉斯八十二岁离世，雅恩始终守候在她的床边。

杜拉斯唯一的遗嘱是："雅恩，你写写我们的爱吧。"

当雅恩的书《我的情人杜拉斯》出版后，他从公众眼里消失，彻底颠覆了大众对他的想象。原本他也可以靠着杜拉斯的名头吃一辈子的，这世间多少不了解不懂得的学者们动辄靠研究一本书锦衣玉食，而拥有一座富矿的雅恩对这一切居然嗤之以鼻。

原来，爱情真的可以无关年龄，也可以无关相貌。

杜拉斯的一生精彩非凡，一向敢于直面自己的情感与欲望，无所顾忌地享受一切，这点从她的文字中便可知。

她说："对付男人的方法是必须非常非常爱他们，否则他们会变得令人难以忍受。我爱男人，我只爱男人。"

她还说："爱情并不存在，男女之间有的只是激情，在爱情中寻找安逸是绝对不合适的，甚至是可怜的。"

杜拉斯是浓烈的，也是桀骜不驯的，她一生都在经过不同的男人，她从不忠于某个人，她只忠于情感，忠于自己的内心。

杜拉斯是强悍的，对男人从不取悦，她不畏惧失去任何人。她颠覆了大众对于女人的所有期许，令人在她那特立独行的风格面前俯首称臣。

当名人们各种作秀，企图把自己描摹成"完美"的幻象时，她却以"不完美"的真相定义自己，对传统定义的规矩嗤之以鼻。

杜拉斯关于爱情的名句我们倒背如流："爱之于我，不是肌肤之亲，不是一蔬一饭，它是一种不死的欲望，是颓败生活中的英雄梦想。”

她不在乎别人的眼光，她活到自己认为的最好、最开心。

她和俗世两情相悦。

在这个欲望起起伏伏、感情跌跌撞撞的年代，我们在百孔千疮中寻找慰藉，寻找一种怀旧、古典、安妥的情怀。这种情怀，叫作“爱”。

当大多数人戴着面具小心翼翼扮演着属于自己的角色时，唯有她，一生只演自己。

理想与现实的色差——读《红与黑》

每当在书柜里瞥见《红与黑》这本书，眼前都会出现一双少年明亮的眼眸。继而是那条洒满阳光的伊犁河路。

结束一条道路的唯一办法，就是走完它

那是一条陪伴我整个青春岁月的路，一路上有河水，有挺拔的白杨，有鸣叫的小鸟。每天早晨，我骑着自行车哼着小曲去上班，斑驳的阳光从白杨树的叶缝中洒下，一地碎金。没人看见的时候，我会试着松开车把，做飞翔状。

回忆起骑着自行车穿行在伊犁河路、阿合买提江路的日子，我依旧有陶醉感。这两条路是我上班的必经之路，回忆里的白天清爽而有规律，和着上班下班的节拍，一天便热闹起来。这条路的深处是伊犁毛纺织厂（以下简称“伊毛”），一个美女云集的地方，她们，使得这条路上的清晨与午夜气质空灵。

不知从哪天开始，我发现出了伊毛的厂大门，就有自行车跟在了我后面，经过电厂，经过呼勒佳宾馆，经过西公园……从眼角的余光发现这个秘密后，我骑自行车时腰挺得更直了。

那个年代，一切都是含蓄的。几辆自行车跟着我，没有一个人敢把车子骑到我面前说一句话。眼见着我在伊犁日报社大门前推车进门，便散了。下班时，又跟在了身后，一路目送我骑车进了伊毛的厂大门。其中一个有心人发现我经常会在公园对面的理发店逗留，与性格爽朗的美女老板关系亲密，便以顾客的身份认识了我的这位中学同学。

那天，店里没客人，我和同学正聊得兴起。一个瘦高、眼睛黑亮的青年推门径直走到了我面前，手里捧着一本书，慌乱地放在了我手上，嗫嚅道："我为你借了本书，很好看。"还没等我搭腔，他已经转身往外走了。同学着急地大喊着："勺子，你还没告诉人家你叫啥名字呀。"

他借我的书叫《红与黑》，书中夹了一封叠得像只鹤似的信。妈妈看完信，从鼻腔里哼了一声，说："这一笔字，可惜了这本书。"

很多年以后，我才知道。爸爸当年追求妈妈，就是从送书、抄杂志上的诗开始的。妈妈对爸爸的一笔字生疑，坚决不答应。爸爸便去求与妈妈一起长大的肖阿姨帮忙，肖阿姨一拍大腿，道："把她还傲得不行！走，我用她的名字跟你领证去。"

一首抄来的诗、一张冒领的结婚证，成了妈妈这一生对付爸爸的迫击炮。爸爸稍有反抗，妈妈的眼泪、鼻涕和着委屈，子弹一样密集地射向爸爸，每每都使爸爸缴械投降。

妈妈说："还书时问一下小伙子属啥的，如果属羊，坚决拒绝。”

我纳闷：“爸爸不是属羊的吗？”

妈妈怒道：“所以你不能嫁属羊的！”

送书的“黑眼睛”不幸属羊。我把书托理发店的同学还给了“黑眼睛”。“黑眼睛”不相信自己还没有开始就被断然拒绝。在我生日那天，他居然敲开家门送我蛋糕和相机，然后飞奔下楼。拿到还他的蛋糕和相机后，他噙着泪水问我：“为什么？”我说：“我妈不让我嫁属羊的人。”

“黑眼睛”咬着牙，一字一顿地说：“那是你不喜欢我，如果喜欢，我就是属狼的，你也会嫁！”

从此，身后再没了“黑眼睛”。可这有什么呢？我还那么年轻。

年轻，是一个多么狂躁而喜人的字眼儿。哪怕我现在伫立在深冬的寒风中，匆忙地奔走在回家的路上，想到这两个字，依然会被它划破呆滞的眼神，眼睛发亮，喉头泛起一阵阵的甜热。时间是一个伟大的魔术师，在她的帮助下，我们渐渐学会把性情藏在眼角。

我生于七十年代，在整个童年、少年、青年时代，“伊犁毛纺织厂”都是一个让我无比骄傲的词。

记得我妈妈那时的口头禅是：“我们厂是国家二级企业，国家领导人只要来伊犁，必来毛纺厂。”当年，妈妈接待过许多政界、艺术界名人。

曾经，伊犁人结婚穿不上几套伊犁毛纺厂的毛布，是很没有面子的事。

从伊毛走出来的姑娘美得像花一样。下班的铃声一响，十几辆接送工人的厂车便一辆接一辆地驶出厂大门，给整个城市增添了多少热闹的气氛啊。同时，上千辆自行车大军如一道亮丽的风景线，涌入伊犁人的记忆中。

这道风景成为伊犁几代人的集体记忆：

最漂亮的姑娘是伊毛的。

最摩登的服装是伊毛的。

最骄傲的人是伊毛人。

…………

我相信那些年，我眼中看到的纺织女工们，是幸福的。

在这条路上，幸福是深一脚浅一脚地踩踏在马路上的歌声；在这条路上，幸福是加完班后在烤肉摊子旁闻着肉香的感觉。

在这条路上，幸福就是斜歪在灯影下幽怨绵长的街头，任泪水无声地滚落而不去理睬；在这条路上，那孤影与树影缠绵的暗处，夹杂着多少人甘甜的记忆。

每一个女子，总有作别她青春的那天。不需要仪式，我远离了那条街。

如今的伊犁毛纺厂宛如一位绝代佳人，被衰败的家庭下嫁了，嫁得那样仓促和不堪。

仿佛美人迟暮，昔日的辉煌流水般过去，留下的是一张被生活毁坏了的脸。

如今，再走这条路，跟自己郁闷的影子，有种擦肩而过的心碎。

“黑眼睛”借给我《红与黑》的时候，相信他是没有读过的。若读了，他一定知道，这本书真的不适合拿给女孩子献殷勤。读完全书，只觉得“黑眼睛”和于连的眼睛很像很像。

多年以后，重读《红与黑》，蓦然有种熟悉感。这种熟悉感不是来源于早年的阅读经历，而是这些年成长岁月的积淀。无论男人女人，其实每个人心中都有一个于连。无论你喜不喜欢、承不承认，内心的这个于连都融入我们的血液，渗入我们的灵魂中了。

于连是一个木匠的儿子，木匠理所当然期望儿子成为一个小木匠。但是上帝没有赐予他吃这碗饭的体魄，他长得文弱清秀，两只又大又黑的眼睛像两口深井，幽暗神秘。他整天抱着书本做着飞黄腾达的白日梦，因而遭到全家人的嫌弃嘲笑，经常被父亲和两个哥哥毒打。

他只有十九岁，有着俊美的外表和万丈雄心。他钻研神学，并凭着惊人的记忆力把一本拉丁文的《圣经》背得滚瓜烂熟，以此受到上层权贵的青睐。

他被市长选为家庭教师，却与市长夫人发生了暧昧关系。温柔的德·雷纳尔夫人对他情深意切，爱情被于连当作了一条捷径，他想通过这样的征服体现自己的价值。书中，司汤达是这样描述他的——于连想："我一定要在这个女人身上得手……那样如果有一天我发迹了，有人指责我干过家庭教师这样下等的职业，我就可以告诉他，是爱情把我抛到这个职位上的。"

都说爱情是锦上添花，不是雪中送炭，深以为然。市长的显贵搭配雷纳尔夫人的富有，那才叫门当户对。

而于连有什么？梦想！这世界本就是用来毁灭年轻人狂热梦想的。

木秀于林，风必摧之。所以有人说，大凡那些信仰坚定的热血青年，都会为一腔热血而将生命置之度外，如能一路幸运走到最后，往往会变得比这个世界更冷酷无情，而那些平凡人大都做了世间温顺的囚犯。

在很长时间内，爱情对于连而言，更多的是一种满足感，而这种满足又来源于他内心早已根深蒂固的由阶级落差而生的报复心理。他内心充满了对上层社会的憎恨和向往，这种矛盾决定了他很难融入其中或在这条路上获得幸福。

后来，他遇上了马蒂尔德小姐，他用尽了一切手段征服她，他和她的爱情更像是一场较量，谁征服了对方，谁就成了感情上的赢家。这一场爱情，把两个不羁的灵魂折磨得痛苦不堪。

正当于连一步步占了上风，快要走向他所向往的美好生活时，雷纳尔夫人的一封信让这唾手可得的一切成了泡影。激愤之下，他把枪口对准了雷纳尔夫人，也毁灭了自己。

于连怀揣野心在尖角嶙峋的贵族阶层中孤军奋战，左冲右突，最终碰得头破血流，败下阵来。失败的代价是失去生命。

二十三年的时光，于连活得辛苦极了。只要太阳升起来，他就开始演戏，他的人生就是他的舞台。一切都是为了改变命运，为了成功。

他根本不相信上帝的存在，他把整部《圣经》看作谎言，却偏偏装出一副热烈的、虔诚的面孔，将《圣经》和《教皇论》倒背如流；明明憎恨贵族特权，却不得不用包藏着“痛苦的野心”的热忱去料理侯爵的事务，甚至冒着生命危险为贵族的秘密会议送情报……

读书的时候，有时很讨厌于连的敏感多疑，一点小事就能对他产生极大的影响。那颗玻璃心让他放大了耻辱，放大了痛苦，当然也放大了幸福。怎么也不明白，那种几乎扭曲的自尊心是如何让雷纳尔夫人倾心不已的。

即使这样，于连这个人物并非如借助女人向上爬的小白脸那样可憎，因为在他心底，始终保留着人的尊严，就是这一点尊严使他在污垢中仍然是可爱的，深陷罪恶也还是令人同情的。

大好的前程唾手可得，在一切缜密的部署被雷纳尔夫人的一封信搅乱之后，他不是只剩下一条死路，可他选择了报复。他向雷纳尔夫人开枪，是要捍卫自己的尊严。

于连太年轻，太渴望飞翔，根本不想安静本分地度过人生。他的灵魂是不安定的，他的爱情更是无法长久的。他为了自尊靠近雷纳尔夫人，为了自尊想方设法让马蒂尔德爱上他。于连的爱情永远围绕着他的自尊。于连在征服爱情，但那激荡的热情和凉薄的天性是足以埋葬爱情的。

于连最后在法庭上的那段发言是他对生命的诠释。虽然他在那有缺点的天空中，如一颗流星闪过，但那绚烂的光芒是对自身的交付——这世上，我来过，我努力过、挣扎过，无悔。

多少人和于连一样，一生的种种努力，不过是为了博得周遭人对自己的肯定、称许、微笑，一路战战兢兢走到中途，茫然四顾，前方还是满目黑暗。再回首，来时的烛火也早已熄灭。

于连是孤独的。我始终觉得，于连从竭力背诵《圣经》开始，就再也没有为自己活过。

于连永远也无法真正进入那个上流社会，因为他太强的自尊，太大的虚荣，太不现实的幻想。一个从未为自己活过的人，即使如愿以偿，真的会快乐吗？那我们呢？怎样才能真正为自己活一次呢？

人可以出身低微，但不可以卑微；人可以适度虚伪，但不能丧失那份纯真。

许多人都说，于连最终抛却了虚伪，什么都不愿争取了，只想和爱人在一起，他最终得到了尊严和爱情。

我以为，他到死都在逞强，他无视那么多人对他的帮助和好意，无视两个爱他的女人放弃尊严、放弃名誉为他奔走的情义。事实上，只有弱者才会逞强，真正的强者懂得示弱！

我不愿意像有些读者那样，轻率地评价于连是好人或者坏人。

我只想说，他是一个人，而人是最复杂的。

往往都是女人，肯拿生命献给爱情

德·雷纳尔夫人身份尊贵，天使般温柔，是维立叶尔的丈夫们让他们的妻子学习的榜样。虽然在年龄和外貌上已是少妇，但心态完全像个情窦初开的少女。当那个皮肤白皙、眼睛又大又黑的年轻人站在她家门口时，那份羞涩和矜持居然打动了她。

于连对雷纳尔夫人的第一印象是："看到夫人明慧可人的眸子，心中的怯意先就去掉了一半。继而，被她的美丽惊艳到，便把什么都忘了，甚至为什么到这来也忘了。"

有位哲人说过，对富有而不必工作的男女来说，婚姻很快便会使悠闲的享受变得味同嚼蜡，而只有心如死水的女人才不会暗生情愫。

雷纳尔夫人都不知道自己从哪一天开始一天换两三套裙子，只为了于连。

书中说，从小在修道院长大的她从未享受过爱情，难道这可以成为出轨的理由吗？其实，世上没有什么完美的感情。再美的爱情，置于柴米油盐酱醋茶的琐碎中，都会染上烟火气。她被描写得那么善良、纯净、高贵，使得读者觉得她做什么都是顺理成章的。可是，这个女人中的榜样，这个所有男人心目中的"别人家的妻子”，那样地颠覆了人们的想象。

所以，她是要付出代价的。

她勇敢面对婚姻之外的爱情时，不是没有受到伦理和宗教的约束，可是，爱情永远是女人的软肋。

当皇帝驾临维立叶尔城时，雷纳尔夫人安排于连当上了仪仗队队员，使他积累了向上攀爬的资本。女仆艾丽莎被于连拒婚，她满怀嫉妒地将于连和雷纳尔夫人的隐情散播出去。雷纳尔夫人曾经的暗恋者趁机报复，给市长写告密信。市长在自己的名誉和夫人的财产面前犹豫不决，最终选择了沉默。但流言蜚语挡不住地开始在小城里传播。

这是一段不被祝福、没有结果的爱情，开心与痛苦相伴，爱情让雷纳尔夫人既幸福又痛苦，让她在欢愉的同时深受折磨。

爱上不该爱的人，就得承受痛苦。雷纳尔夫人深陷其中，她是母亲，如果没有孩子，她相信自己能够为了于连放弃一切，什么荣华富贵，什么名誉，通通可以不要。可孩子们是她的命。孩子们需要她，需要一个体面的母亲，她有心底的畏惧，她怕神谴，这份爱越深，她的恐惧越深，越痛苦。

最后，她只好把心底的嫩芽亲手掐死。

我惊讶于私情被丈夫发现后，雷纳尔夫人惊人的应对。她为于连制定的脱身方案几乎是完美的，她是那样镇定地教于连剪贴拼好匿名信，冷静地核查信件。外交家一般在自己丈夫面前强忍恐惧演了一场好戏，既让于连毫发无损地离开，又保全了自己和丈夫的声誉。

好吧，司汤达先生，我愿意相信，她真的很傻很单纯。

当于连知道令自己跌下云端的那封信是神父逼迫雷纳尔夫人写

的，他释然了。他对雷纳尔夫人说："从前我们在韦尔吉树林里散步的时候，我本来可以获得无穷的快乐，但我却让强烈的野心把我的灵魂带到幻想之国里去了。你那迷人的胳膊就在我的唇边，我没有把它紧紧抱在我的怀里，我对未来的幻想，把我从你那里夺走了。是的，要是你不到这监狱里来看我，我到死也不知道什么叫幸福。"

于是，这个可怜的女人满足了，她在于连死后第三天自杀了。尽管老天那么眷顾她，让她一出生就拿了一手好牌，可是，她三两下就输尽了。

往往都是女人，肯拿生命献给爱情。逝去的，以为自己是朱丽叶或祝英台；没死的，眼看着青春替自己抵了命。

红粉多情江湖恶

马蒂尔德小姐有高贵的出身、脱俗的容貌，最难得的，是她的智慧与容貌相匹配，这使她配得上一切赞美。

谁都觉得，马蒂尔德是天生的王后坯子。从小，她的整个身心都只被骄傲占据，仿佛这世间的一切都唾手可得。少女时代，她有成群结队的前呼后拥的追随者，花园里的仰慕者被马蒂尔德小姐鄙视着却依然乐此不疲，她还"最恨他们没有个性"。

然而，过了头的追捧，会让一个少女迷失自我，在深深的自恋中无法自拔。

她对给予她营养的温室感到厌倦，她期待享受暴风骤雨带来的刺激，而这样的生活只有爱情能够办到。为了彰显自己的与众不同，她选中了一文不名的于连。

从马蒂尔德把自己和于连画上等号的那一刻起，她那暴风骤雨般的人生理想便尘埃落定了。在这场地位悬殊的恋情中，马蒂尔德首先是被自己感动的。其实，像马蒂尔德这种桀骜不驯又叛逆的女子，无论在贵族中还是平民中，都是找不到理想爱人的，因为她原本就不是在寻找爱情，而是寻找自己比其他所有人高贵的证明。她有一种强烈的自我暗示，要将自己的爱情变成惊天动地的大事件，她真的做到了。

她和于连恋爱了，她认为，如果再有一次大革命，主宰社会的革命者必定是像于连这样睿智激进的平民青年。如果于连能参加一次血雨腥风的洗礼，马蒂尔德就有跟从陪伴的勇气。所以，这场爱情一开始就是冒险和豪赌——是一场能够将她从平淡无奇的生活中解脱出来的冒险，也是彼此用生命进行的豪赌。

自始至终，她都要于连向她证明，自己配得上她，方式是他要表现出对她的轻蔑，表现得比她更为高傲。一旦他流露出迷恋和软弱，她就立即变得冷酷无情。她将自己的感情演变成了一场战争，游移在攻击与防御之间，这样才刺激不是吗？

从未经风雨，怎懂得屈就？生来被宠溺，怎懂得让步？

这样的“感情游戏”真是病态。她对于连的态度反反复复，也是贵族血液中的高傲心理。摸不着头绪的于连靠一位亲王的指点，假装移情别恋，才终于征服了马蒂尔德那颗骄傲的心。而这场征服战让于连有了更大的野心，他觉得，自己马上就要晋级贵族阶层了，这样的爱情，就像征服和被征服的博弈。

甲之蜜糖，乙之砒霜。不合适的两个人，若能及早分手，离场的成本或许不至于如此沉重。

年轻的时候我们手里握着厚厚一沓资本，想交换一个等价的筹码，却忘记幸福的感觉从平等中才能得来，幸福从来无法等价交换。

马蒂尔德崇拜玛格丽特王后。她爱上了玛格丽特王后与她的死囚情人间那凄美的、震惊世人的爱情。情人被杀后，玛格丽特皇后向刽子手索要情人的头颅亲自埋葬的故事，在她十二岁那年就刻在心里了，她的名字都要与她一样。

若干年后，两位马蒂尔德小姐的命运交叠了，当马蒂尔德亲手埋葬于连的头颅时，仿佛一次岁月的轮回。

她拼尽全力想要挽回于连的生命，她甚至还想到："巴黎客厅里的人士，看见我这样身份的姑娘，崇拜一个行将被判死刑的情人到了这一地步，他们将怎样议论呢？像这样的感情，必须回到英雄的时代才找得到。"这真是一个只会幻想的贵族小姐。直到最后她抱着于连的头颅去安葬，我觉得那只是对玛格丽特王后的模仿，她对爱情的盲目，她对家人的冷酷无情，让她的卓尔不群消失殆尽。

对马蒂尔德挥金如土、尊严扫地的搭救，于连没有丝毫感恩，反而感到厌倦，厌倦她屈尊奔波的自我牺牲，厌倦她执意要掌控别人的命运，来成就自己不同凡响的执念。

马蒂尔德为于连褪去一身骄傲，他却对雷纳尔夫人至死不渝。

红粉多情江湖恶。无论怎样，我依然欣赏马蒂尔德的落棋不悔，她是真正的贵族。

书读完了，人却久久走不出来。这便是名著的魅力了。

司汤达的墓碑上写着：他活过，写过，爱过。

可我更喜欢这句话："你必坚固，无所惧怕。你必忘记你的苦楚，就是想起也如流过去的水一样。你在世的日子，要比正午更明，虽有黑暗，仍像早晨。"

花易凋零草易生——读《茶花女》

“那片笑声，让我想起我的那些花；在我生命每个角落，静静为我开着。我曾经以为我会永远守在她身旁，今天我们已经离去，在人海茫茫。那些故事，还没讲完就算了吧，那些心情在岁月中，已经难辨真假，如今这里荒草丛生，没有了鲜花……”

——《那些花儿》

爱情对于一些人而言，是无法拥有的奢侈品

书卷是我们心底的山河。经常地，我一个人完成着一场愉悦而温馨的阅读之旅。那些不曾相识的人或事、美景、美食，透过文字的海，得以与我相逢。更多的时候，一本书带着暖人的温度，朝着幽暗深处的我伸出手，使我深藏的阴郁和暗伤借助文字得到消解。

读《茶花女》时，我十八岁。在书店第一眼看中的竟然是书封上那帧美女速写像，于是花一块五毛钱把它买回家，转眼跟了我这么多年。年少时根本想不

到，真正能与我白头到老的，竟然是它们——我读过的、喜欢过的那些书。

玛格丽特，一个巴黎烟花柳巷里的风尘女子，一个有着惊人美貌的女子，一个喜欢洁白茶花的女子，她被无数人供养，过着穷奢极侈的生活。她的身边围满了阔佬和贵族，她让他们为自己花费大笔的钱财，弄得一些贪恋她美貌的人倾家荡产。但当她碰上真挚热情的阿尔芒时，她忽然想要爱情了，那样一件多少人终生无法拥有的奢侈品！

她沦落风尘，在繁花最盛的年岁里，凭着如花的美貌过着表面浮华实则空虚的日子。

如书中说的："在她们身上，肉体损耗了灵魂，感官烧毁了心，放荡麻木了情感。别人对她们讲的话，她们早已熟知，别人使用的手段，她们全领教过了，就是她们激发出来的爱情，也已经被她们出卖了。"人们不相信她们有真情。

但是，一个妓女真的和一个出身很好的青年相爱了。

茶花女愿意洗尽铅华，抛弃以往的奢华靡费，和财产菲薄的阿尔芒到乡间过朴实的隐居生活。

那是一段蜜糖般的日子。

可没多久，阿尔芒的经济来源就被父亲切断。茶花女开始不断变卖自己曾经卖笑时的钱财度日，阿尔芒则沾上了赌博的恶习。这种一无所有两情相悦的日子，说起来那么诗意美好，但真的过下去却是一路泥泞。

"有情饮水饱"是一厢情愿的浪漫。他们用尽所有力量去爱对方，却保全不了他们的爱，得不到长长久久的幸福。此时，茶花女的命运更加悲苦起来，因为欲望，所以爱与恨都是苦。纵使暂时得到了想要的爱情，依然是苦。因为从拥有他的那一天起，茶花女便生活在会失去阿尔芒的恐惧中。她不要爱情的时候，可以轻松掌握别人的命运；她想要爱情的时候，爱情便掌握了她的命运。

在风月场中，追求女人的方式只有一种——金钱，阿尔芒却独辟蹊径，用“情”。这个外省青年虽然也算有些家底的富二代，但正如另一位妓女揶揄他的那样：“您那七八千法郎的津贴费是不够这个女孩挥霍的，连维修她的马车都不够。”茶花女为了维持巴黎名妓的排场，每年需要花费十多万法郎，所以阿尔芒只能用“情”来追求她。

初始，人们以为这是一场闹剧，不过是图新鲜。可接下来，他们演绎了一段感人肺腑、悲壮凄惨、让人同情而又美好的爱情故事。

爱情的力量有多大呢？她可以让一个人藐视生命。可这有什么用呢？仅仅是在一起，就已经损害了阿尔芒家族的名誉，给阿尔芒妹妹的婚姻造成了危机。

阿尔芒的父亲认定：“但凡是交际花都没有心肝，没有理智，犹如一台吞钱的机器，犹如钢铁铸成的机器，随时会轧断递给它东西的手，而且毫不留情地、不加犹豫地毁掉让它存活并运转的人。”

在阿尔芒父亲那无可争辩的、以正义形式出现的父爱请求下，茶花女强忍内心的痛苦离开了阿尔芒。就是这样，这个世界总有一些人，以貌似正义、善良的方式做着残忍的事。

爱情的宿命

阿尔芒误以为茶花女变了心，便对她展开了报复。斥责她是负心、下贱的女人。最后，怀着对阿尔芒深深的思念，疾病缠身的茶花女孤独凄惨地离世。当阿尔芒得知茶花女是为了爱他而离开他，用最大的牺牲去换取他的幸福时，追悔莫及、痛不欲生，用移坟的方式见了玛格丽特最后一面。

世人都说茶花女可歌可泣的牺牲精神使她崇高得如一位圣女，仿佛没有阿尔芒父亲的阻挡，一桩美好的姻缘便成就了。

可我始终相信，没有阿尔芒的父亲，没有那些牺牲，茶花女也不会达成所愿，并且最后，连阿尔芒痛彻心扉的思念都不会有了。

相濡以沫的情感她得不到。自古红颜多薄命，而落入风尘的、美丽又有才情的女人，在这条路上行走得更是艰难。

得遇良人，是这些薄命女子一生的企盼。

而茶花女不同，巴黎为她营造了瑰丽的梦幻，她是热爱这梦幻的。她性格中有虚荣、浮夸、乖戾和摇摆不定的善良，她对待嫖客是极度自信的，面对爱情又是最不自信的。她周旋于众多追求者之间，用自己的笑颜、美色和肉体换取奢靡生活。她用醉生梦死装饰着自己的排场，可她从来都知道散场后的寂寞。当阿尔芒像一盏灯照亮了她身后的路时，她想拼尽全力留住这份温暖。

所以，她可以抛弃奢华的生活到乡下度日。然而，能够坚持多久呢？阿尔芒又会迷恋她多久呢？人生如大河奔流，时光能带来的，自会一样一样收回去。

那些来自物质的、精神的种种冲击往往会让人海中紧握的一双手分开。两个不同阶层的人，原本就是有差距的，这差距又极易让那些尊严、金钱、地位之类的东西有机可乘，没有谁和谁可以浑然一体，一旦相爱的人彼此不够坚定，那些貌似无关紧要的外部攻势就会愈来愈烈，直到把他们的爱情击得粉碎。

正如书中所说的："上帝允许一名妓女产生爱情，那么，初看好似一种宽恕的这种爱情，最后几乎总要变成一种对她的惩罚。没有悔罪，哪来的恕罪？整个过去都要自责的女人，突然感到深深坠入不可抗拒的真爱情网，萌生了她从来不敢相信的爱情，她又承认了这种爱，那么，她爱上的那个男人就要牢牢控制她！那男人自以为是个宝贝，有权残忍地对她说：'比起你为金钱所做的，你为爱情并没有多做什么！'"其实连上帝也认为妓女是没有爱情可言的。她们的过去始终令人无法释怀。

都说真正的爱情往往能使人变得崇高，然而阿尔芒在得到了茶花女之后却一路堕落下去。他整天除了享受拥有巴黎名妓的虚荣和快乐之外，就是去地下赌场用赌博来增加一点可以挥霍的金钱，也丝毫没有想过给茶花女一纸婚约。

可是，爱情却令茶花女变得美好起来，她义无反顾地告别过去的一切，与阿尔芒去过普通人的生活。她甚至以亏损两万多法郎为代价，委托朋友变卖她的一切财产，与阿尔芒在乡间租一间清静的小屋，过平凡恬静的生活。

茶花女以出卖肉体为职业，但她们也有自己不愿意出卖的真情。我始终相信，我们一生之中一定会遇见某个人，他打破你的原则，改变你的习惯，成为你的例外。

当茶花女把一腔真情抛给阿尔芒时，阿尔芒却疑惑了。至此，茶花女为她曾经的奢华生活付出了代价，她欠下了巨额债务。最初与阿尔芒相爱时，就不得不同时做几个贵族公子的情妇，以维持"体面"的生活。这让想独占花魁却没有经济实力去拯救茶花女的阿尔芒痛苦万分，于是，分分合合、虐来虐去，折腾不动了，旋即又后悔苦痛。所以，在阿尔芒心目中，占有巴黎名妓的虚荣心要比对玛格丽特的爱分量重得多。

两个人在一起，除了感情之外，还要给彼此希望，决定能否一直走下去的，就是这希望能不能一直持续，若是最后这点希望都没有了，再坚固的爱情，也会被摧垮。

不得不感叹，小说里的情节真正是来自生活。小仲马刚好有过这样一段经历，写阿尔芒就是写自己，信手拈来。

《茶花女》是法国作家小仲马的成名作，小仲马又是著名小说家大仲马的私生子。直到七岁时大仲马才认了他，私生子的身世使小仲马在童年和少年时代受尽世人的讥讽。成年后，一心想让如他们母子这样被侮辱、被损害的苦命人生活有所改观，便立志用手中的笔改变社会道德。

不得不承认基因的强大。他和父亲一样，也是个情种，爱上了一个风尘女子，对她一见钟情。但是他的美人不肯为他淡出江湖，她迷恋声色犬马的热闹，她不愿为了爱情退场，小仲马一气之下写了封绝交信。

兜兜转转，他心中始终没有放下她。据说，那女人也是病死的，也给他留下了情意绵绵的信件，小仲马为这不幸的女人回赠了礼物——《茶花女》。

大仲马很为有这样的儿子而自豪。传说曾经有人问大仲马，一生中最得意的作品是哪部，大仲马自豪地回答：小仲马。

玛格丽特与小仲马的情人简直一模一样啊。对过往的一切，对那烟花般灿烂的热闹，她也有不舍。

有人把玛格丽特比作是一朵在黑暗中盛放的雪莲，洁白无瑕。我决不认同。

假如茶花女真的厌倦这种挥霍享乐的生活，在遇到阿尔芒之前，在遇到老公爵的时候，她完全有改变命运的机会，可她放弃了。

老公爵有个和她一样年纪一样容貌的女儿，因患肺病离世。当老公爵在巴涅尔见到养病的茶花女时，仿佛看到了女儿的影子从眼前掠过，他上前拉住茶花女的手，老泪纵横地搂住她，恳求她允许自己像爱女儿一样地爱她。当他知道茶花女的身份后，虽然遭受了沉重的打击，却还是对茶花女说，如果她愿意改变生活方式的话，他愿意供养她，她想要什么就可以有什么。茶花女答应了。公爵陪同茶花女回到巴黎并经常去探望她，虽被外界指责为贪淫好色，可他从未超越过父亲对女儿的感情，甚至从未对茶花女讲过一句不适宜给女儿听的话。

可是，惯于享乐的茶花女根本耐不住只有公爵定期来访的生活，她觉得日子沉闷，她开始背着公爵接待客人。

公爵气极，一周没有露面，可第八天他就耐不住了，恳求探望，并发誓说，再也不说一句责备茶花女的话。

这样可怜的一个老父亲，这样可悲的茶花女，她轻易抹杀了命运的另一种可能。

她的死是非常凄楚的，虽然逍遥风光地过了自己有限的时光，她一生之中拥有过多少男人，又被多少男人拥有过，可到死也仅有那个父亲般的男人去为她送葬，这就是现实。

最好的爱情，是理解，是懂得，更是彼此成全

茶花女是一个很矛盾的角色，读者会不自觉地爱她、怜她、厌她。

看过嘉宝演绎的《茶花女》，应该说，嘉宝最大限度地把自己和角色融合在一起了。可是，嘉宝与生俱来的高贵忧郁气质，与人们认知中的妓女是那么不同，就像一百个读者心中有一百个林妹妹一样，我心中的玛格丽特的形象，绝不是嘉宝的样子，因为嘉宝的气质太遗世独立了，看上去有一种可远观而不可亵玩的清冷。那样一个摇曳生辉的女子，回眸间，分寸刚刚好，多一分则添风尘，少一分则欠妩媚。她不肯多出的那一分便使她少了青楼女子的那一抹风情。

人们最终接受的是茶花女坦诚透彻的感情。尽管她曾使一些男人倾家荡产，可当她想以良家妇女的面目示人时，反而觉得她活得比当妓女时艰难得多。

普通女人和绝色女人不同的，是味道。一个是清淡的茶水，一个是醉人的红酒。人可以一生与茶水相伴，但断不能日日与酒共度，因为似醉不醉的感觉不是任何时候、任何年龄、任何人都可以消受得了的。

一生长得很，天天喝茶，雅致舒顺，有百利而无一害。但这样的日子过久了就会麻木，反倒思恋那种令人沉醉又似醉不醉的滋味，可谁又受得了天天沉醉、天天销魂呢？

所以，能既清朗又销魂，那是最好不过，就像茶花女。男人会梦想这样的女人。

但美酒喝多了会醉，醉过之后依然是一成不变的日子。茶也一样，再青葱清幽都经不起沸水的三次冲泡。茶叶的一生，就是在杯中初遇沸水时那一刻的绚丽，就是那一盏茶的工夫。

犹如女人的青春，短得很。

男人恋酒，他们对付美酒般的女人，只有情欲的滚滚热浪，没有心灵的款款深情。

茶花女的周围看似蜂拥蝶绕，实际上，她一个交心的朋友都没有。女人为了利，男人为了性。没有人对她付出真情，没有人是为了爱她而倾其所有。若不是为了得到她，他们会供养她吗？那些买卖人，若不是为了在她身上大赚一笔，会在她身上搞投机吗？不会，不会，不会！

在她奄奄一息时，一堆人等着她咽气，急着拍卖她的物品，现实到让人心寒。

当外出旅行的阿尔芒回到巴黎，看到那本情深意切的日记时，他才明白了一切。他带病奔波于巴黎和玛格丽特的家乡，获得她亲属的授权，为玛格丽特购买了永久公墓迁葬，并委托公墓管理员每天买一束茶花献祭在她的坟头。

不能忘记阿尔芒在玛格丽特死后，来到她墓前为她迁墓的情景。当棺盖被打开，看到玛格丽特那曾经让多少人迷醉的容颜已经腐烂，只剩窟窿的眼窝，烂掉的嘴唇，深陷的青灰色的脸颊……我的心同阿尔芒一样心痛难忍，彩云易散，琉璃易碎。他曾那样尖酸刻薄地责骂过玛格丽特，人生无常，他永远想不到，自己说过的那些狠话，竟然变成对她说的最后一席话。那一刻，真正读懂了什么叫生离死别。

时光匆匆，再次重读《茶花女》，心中悲怆，却已没有了潸然的泪水。

多少爱情，都是这般错过。爱情再美好，也终究抵不过人性的贪婪；幻境再旖旎，也抵不上寒冬里递过来的一碗热汤。一个人怕孤独，两个人怕辜负。所有的久处不厌，都是因为彼此的用心经营。

这世间，能让你看到温暖和希望的那个人，便是可以与你携手、和你白头的那个人。

最好的爱情，是理解，是懂得，更是彼此成全。

玛格丽特，一个烟花风尘女子，轰轰烈烈地爱过，却终于还是没能博得个天长地久，任多少美好多少曾经，都成为无可挽回的过去。她终究还是一个人躺在冰冷的大地上，慢慢枯朽。

美人自古如名将，不许人间见白头。

希望那朵茶花再次从泥土中萌芽、重生的时候，远离污浊、阴暗，每天迎着阳光，灿烂芬芳。

爱如瘟疫——读《霍乱时期的爱情》

每一本打开的书，都是漫漫长夜。

每隔几年就会重读一些书，说白了是开始怀旧了。说的文艺一点，这人世间经得起反复阅读的就那两样：爱情和人心。

和所有著名爱情故事一样，这段刻骨铭心的感情从一见钟情开始

第一次读《霍乱时期的爱情》是在阴雨绵绵的倒春寒中，整个人的心情与阴郁的天气和书的基调搭配极了。那些文字宛如一把把锋利的小刀，一个字一个字地扎进心里。

再读是多年以后，风轻云淡，读她确是刚刚好。一颗心像潋滟的水波，层层悠悠荡漾开来。

一个满头白发的妇人，在她丈夫死去的当天晚上，一个同样花白头发、弓腰驼背的男人站在她家客厅里，颤巍巍地对她说："我爱了你五十一年九个月零四天，

从见到你的第一眼起。”

这话，太撩人。令读书的人一口气憋在那里，差点上不来。

这真是一个动人的爱情故事，用马尔克斯的话讲，这是一个“老式的幸福的爱情故事”。

在中西方著作中，读者已经习惯了各种各样的女人为一个心仪的男人痴迷终生，至死不渝。而《霍乱时期的爱情》却表现了一个男人执着一生的爱情史诗，是的，今天的人们会觉得这样的故事太缺乏可信度。

但是，如果你能静下心来把自己放进这部小说中，便会在五十年的时间跨度中，读到马尔克斯展示的所有爱情方式：幸福的，贫穷的，高尚的，庸俗的，粗暴的，柏拉图式的，放荡的，羞怯的……甚至，“连霍乱本身也是一种爱情病”。这本书是融合了众多爱情面孔的浮世绘。

就像马尔克斯满脸严肃地说：“世界上没有比爱更艰难的事情了。”的确没有比爱更难的事情了。

十九世纪末的哥伦比亚霍乱肆虐，朝气蓬勃的少年阿里萨爱上了清澈如水的少女费尔米纳……这场爱情高烧持续了半个多世纪后，阿里萨在垂暮之年终成正果，得偿所愿。

这不是个多么浪漫的故事，甚至更多的是残酷。时光、爱情、婚姻、背叛、霍乱……那些看似悠远的异域风情之下，是一个人用生命的过程去实现一次爱的苦痛，也只有苦行者才知道“修成正果”需要多少孤立无援的坚持。

年轻的电报员阿里萨送一封电报去富商家，富商的女儿费尔米纳在窗前抬起头与他的眼神相遇，电光石火间，周围的一切全部化为布景，只有她在舞台中央熠熠生辉。只因为多看了她一眼，这个有着亚麻色长发的迷人少女，从此在他的心中扎下根、长出叶、生出刺、开出花……阿里萨给心上人写情书，第一次就写了七十页纸。他在自己的房间里躁动不安，就像是得了无法治愈的霍乱。在他的眼里，费尔米纳如同一朵洁白盛开的山茶花，是“戴王冠的仙女”。

费尔米纳的父亲虽然富有，但却不被上流社会所接纳，所以他的终极愿望就是让女儿嫁个有身份的好人家，才不辱没她天生的美貌，不枉费他多年的苦心经营。

在父亲牢狱般的监视下，两个相爱的人从鸿雁传书到偷偷私会，费尔米纳与父亲斗智斗勇，与恋人像特务接头般的见面，冒险而刺激，两年的时间更像是两个人的游戏和秘密，所以格外迷人。终于走到了私订终身的地步，费尔米纳答应了阿里萨的求婚，她说：“好的，我会嫁给你，只要你答应不逼我吃茄子。”真的是初恋啊，那么轻率，那么不顾一切又那么真诚。

那是最美好的时光。她以为自己可以和这个男人走过漫长的人生，可惜爱情从来不是生活的全部。

费尔米纳的父亲不可避免地发现了女儿的恋情，失去理智发疯般地找到了阿里萨，掏出手枪命令他离开自己的女儿。阿里萨面不改色地将那把枪对准了自己的胸口。

狂怒无助的父亲回到家，逼女儿放弃，女儿把刀抵在自己的脖颈上。父亲无奈用了最后的一招——举家迁移至已故夫人的娘家。

分离是如此轻易，从来都是身不由己。只是一个小小的改变，人生便走到了另一条路上。

讽刺的是，当年，富商的夫人嫁他的时候，那个贵族家庭也不允许貌美如花的小姐嫁给一个暴发户，而与他们断绝了联系。多年后，当年不被承认的暴发户依然因为门户不当，而将女儿带到舅舅家中躲避。这时候，曾经的龃龉竟然烟消云散。

可是，富商忽略了一点，少年在邮政局工作，少年的电报一封不落地到了费尔米纳表姐的手中。

憧憬爱情是这对小姐妹睡前的功课，可时间摧毁了一切。

当费尔米纳重新回到家之后，心态发生了巨变，已然不是沉醉在初恋时光中的少女了。

当她与分离许久的阿里萨在街上相遇时，她只对他说了一句话——“以前的一切只不过是一个幻觉。”没有解释，没有歉意，就这么轻易地把他打发了。

阿里萨当然不甘心了，一次次找到她，一次次被拒绝。曾经的爱情，似乎是他一厢情愿的往事。

如果费尔米纳的那句话不足以打碎阿里萨的爱情，那么乌尔比诺医生的出现，把他后续的希望彻底粉碎。那是一个完美的男人，也是个完美的丈夫——有着英俊的外表，崇高的地位，良好的情操，殷实的家底。

费尔米纳投入乌尔比诺的怀抱，成为医生的妻子。为他生儿育女，与丈夫家长里短、平淡快乐地相守着。

阿里萨只能远远地注视着这个男人的光芒，还有沐浴其中的那个他爱的女人的幸福容颜。

阿里萨有多孤独就有多绝望。

他甚至不知道该怎么打发将来的日子。

他找到他的亲叔叔，加勒比内河航运公司的经理，求得了一个职位，经过了艰辛的磨炼和最终的好运气，他终于继承了这家公司，成为名流显贵。但是他一直都没有结婚，在漫长的五十一年中，他没有爱过任何一个女人，却一刻也离不开女人，他有众多的情人，哪一个都留不住他的心。

他不谈爱情，只为欲望。仿佛这样便可以用肉身之欢娱抗衡内心之隐痛。他在日记本上认真地记录着自己的艳史，第一个，船上，感觉妙不可言；第二个，寡妇某某某，她在做爱时喜欢大叫她丈夫的名字……一直到六百二十二个，阅尽春色，却潇洒到可以片叶不沾身。即使一条生命因他而逝，对他而言，也是偶尔的阴雨天。

费尔米纳此后的生活波澜不惊，喜结良缘，初为人母，婆媳不和，丈夫出轨，气愤出走，妥协和好……是普通到不能再普通的婚姻生活。

当阿里萨遇到第六百二十二个小情人阿美莉卡时，听到了乌尔比诺医生去世的消息，他跳下床，大叫："阿美莉卡，我要去结婚了。"

他对刚刚失去丈夫的费尔米纳倾诉衷肠，告诉她自己等这一天等了五十一年，收获了费尔米纳的一句"滚出去"。

从这一天开始，他抛下所有事物，不再寻欢作乐，他像个纯情少年学着用打字机专注地写情书。

经过两年多的时间，费尔米纳的心融化了，同意与阿里萨坐船远游。阿里萨把他们蜜月航行乘坐的轮船命名为"新忠诚"号。

海水荡漾，海风轻拂。阿里萨对费尔米纳深情地说："我们绕了这么多的路，最后又回到了当初，只有你和我。"

费尔米纳问："你认为我们这样的未来可以继续到何时？"

阿里萨从容地给出了答案："永生永世！"

小说的结尾十分温暖，两个年逾古稀的老人，各自有着一具垂垂老去的躯体。在寂静的内河航船上，淡薄的夕照里，他们缠绵相拥，享受着迟来了五十多年的、抱憾的温柔。

我以为，马尔克斯讲的这个故事，不只是爱情，更多的是铭记与等待。

读这本书，只要是女人，都会深深地羡慕费尔米纳。

她有着月亮般的美貌，阿里萨见一眼就死去活来地爱上了她，乌尔比诺为她看一次病也失魂落魄地爱上了她。这些都不算，阅览全书，你会发现，马尔克斯也非常爱她，他简直不忍心让她吃一丁点儿苦。先让她在情窦初开时遇上个痴情少年，鸿雁往来海誓山盟，享受初恋之美好。当她拥有现实的一切，又给她睿智的头脑，让她远离那个把货运单都写成诗的不成器的小人物。拥有稳定的家庭，体面的丈夫，无忧的生活。

医生说，婚姻中比幸福更重要的，是稳定。的确，没有比医生更好的丈夫人选了。医生给她的爱，也比普通人多多了，普通人给不了她的，她也都得到了，并且不愿放弃。

这是一段属于女人的中规中矩的近乎标准的幸福生活，温暖而略显平淡，舒适却充满琐碎，一路幸福到了七十一岁，丈夫不幸去世。

那个被她抛弃的、伟大的情种此时已是富甲一方，并且一辈子只爱她一个人。在她七十三岁时，又陪她一起看夕阳西下、潮起潮落。

看电影版时，又发现导演也爱她入骨。年轻时漂亮就算了，演到七十多岁了，还舍不得给她多添点皱纹，一个老太太侧脸的线条美得一塌糊涂。难怪许多影迷吐槽不真实。

这个女人简直幸福到不像话。一生中有两个男人如此地爱她。一个男人为她写下那些镌刻着美丽诗句的情书，并且一直在一旁默默等待，看到她幸福时，绝不打扰。猛一听说她的丈夫去世，便冲到她家里倾诉衷肠，让她把悲伤的时间缩到最短。另一个男人为她遮风挡雨，给她世俗的婚姻、面包与房子、华衣与孩子，即使出轨也能立刻回头。马尔克斯也爱她，在小说中给了她一个女人想要的一切。

至此，方信了一句话——世间给你的不快乐，读书都会一一补偿给你。女人，真是可以在书中做梦的。

然而，谁都明白，人生的底色是苍凉，而人性的底色是凉薄，这才是永生永世。

读了马尔克斯的身世，才理解了作家为何对费尔米纳如此偏爱。马尔克斯幼年生活在外祖父家，家中只有他和外祖父两个男人。马尔克斯受到了外祖母、姨妈等许多女性的宠爱。

马尔克斯一生放荡不羁，但心中唯一的女神就是他的妻子梅赛德斯。他们琴瑟和谐，恩爱一生。初次相遇，梅赛德斯只有十三岁，遇见她的当晚马尔克斯便去求婚。年幼的女孩根本不在意他。但他坚信，这个女孩一定会嫁给自己，他给她写情书，用六孔箫为小女孩吹奏小夜曲，经过漫漫十三年的追求与等待，终于达成所愿。可以说，他一生都享受着女性的关爱，不，应该是宠爱。就如同贾宝玉一般，在女人堆里长大。他的外祖母是他心中最完美的女性，永远像老母鸡一样呵护家中每一个成员，为他们打点一切。所以，他爱女人，敬畏女人。

马尔克斯曾说过，妇女能支撑世界，而男人们只知一味推倒历史。

初恋的阿里萨与费尔米纳身上还有着作家父母亲的影子。于是，幸运的费尔米纳便成为小说中最美丽、最圆满的人物。

任何能走下去的感情，只有一个原因，那就是爱

阿里萨，他是出身清贫的私生子，父亲眠花宿柳还不幸死得早，只能与母亲相依为命。做电报员的他，对“白天鹅”费尔米纳一见钟情，卿卿我我以为觅到真爱。却在人声鼎沸的集市，听到最残酷的一句话：“就是这一刻，我觉得我不再爱你了。”费尔米纳决然离去，剩下呆立当场的，仿佛从天堂直落地狱的阿里萨。一时间，那些心心念念以为永远的承诺可笑得像个谎言。

都说时间能够治愈伤痛，可阿里萨的伤，只是漫长一生的开始。他的女神结婚、怀孕、生子，都是和另一个男人完成的；她的微笑、她的哭泣、她的恼怒、她的娇嗔全部为另一个男人绽放，与己毫无干系。他最快乐的事，就是在拥挤人群的掩护中，远远地、肆无忌惮地欣赏她娇美的容颜；最多最多，在擦身而过的时候，脱下礼帽轻轻地说一句：“晚上好，太太。”这是他于半个世纪的守望里，唯一有勇气说出的话。

每一次与她邂逅，或者擦肩而过，他都带着幸福的表情。多么卑微的爱，多么宽容的爱，多么无望的爱。

谁可以用这么漫长的一生，等待爱情，完全不知道结果？

没人告诉他，放弃一个人到底应该怎么做，阿里萨只能自己熬过无数黑漆漆的夜晚。

忘不了阿里萨要坐船离开城镇的那个夜晚。“半夜里，他穿上

礼拜日的衣服，独自跑到费尔米纳的阳台下面拉起那支为她谱写的爱情圆舞曲，这支曲子只有他们俩才是知音，也是三年来和他朝夕相伴而又折磨着他的心曲。他边拉边低吟着歌词，泪水滴湿了小提琴，那一片痴情，连顽石也会点头叹息。从头几段开始，街上的狗就开始唱和，接着全城的狗都叫开了，但随着如泣如诉的音乐，狗叫声逐渐停息了，圆舞曲在一片可怕的寂静中结束了。”

半个世纪已经过去了，他们终于在女神的丈夫去世后得以再次携手。两个老人，干枯消瘦，相携走向花园的那张长椅，长椅上五十三年前他刻下的“费尔米纳”还清晰如昨。上天垂怜，他们都还活着。

爱一个人不需要理由，不爱一个人同样也不需要理由。

我觉得，阿里萨的坚持是对的。比如你喜欢吃饺子，但因为饥不择食，就胡乱塞下一些零食，然后骗自己吃饱了，但最后，你还是想吃饺子。

任何没有结果的感情，有千万个走不下去的理由；而任何能走下去的感情，只有一个原因，那就是爱。

当已年过七旬的费尔米纳和阿里萨在洒满金色阳光的邮轮上拥吻时，时间仿佛都是静止的。

这一生的等待，终于没有被辜负。

阿里萨终其一生都在等待这一天，从情窦初开到耄耋之年。他们之间错失的那些时光，丝毫不能冲淡他对她执着的爱。

因为得不到，才最美好，阿里萨对费尔米纳的记忆永远地留在了情窦初开的光阴里。她成为他的精神寄托，成为他的梦想，成为他活下去的目的，成为他最终追求的目标。一次次绝望之后，他没有自暴自弃抑或迷失方向，他选择了最温和最艰难也最不可思议的一种方式——等待。

整整五十三年，看似没有希望没有尽头的等待，从旧的年景到新的世纪，从翩翩少年到皓首苍颜。他真是自信，自信爱情可以拂去几十载岁月在他心里落下的尘埃，自信不会在年轻而饱满的身体前迷失爱的初衷，自信自己可以活得足够久。

他的母亲为了让他断了念想，求小叔子让他走得远远的。

可在离去的船上，奇遇发生了。阿里萨莫名其妙被一个女人拉进黑乎乎的房间，云雨之后就立刻被推了出来，在短短几分钟之后，阿里萨一脸蒙地提着裤子走出船舱，连对方是谁都不知道。一切来得太突然，既然已经失身了，那么一次和一百次有什么本质区别呢？真是一种完美的失身方式，它比别的方式更容易得到谅解。

书中有段精彩的话语形容阿里萨："上半身的是精神之爱，下半身的是肉体之爱。而他似乎在不断地追求着下半身的满足，因为这是治愈他爱而不得的最佳良药。"

他好像学会了灵魂与肉体分离，在感到无比悲伤的时候，用浑身涌动的荷尔蒙与其他女人上床，得到短暂的欢乐，以驱走长年累月等待的寂寞。

一个人到底有多悲伤，只有通过不停地与女人耳鬓厮磨，才能抑制住悲伤？或者说，一个男人对一个女人要有多深的爱，才会有如此巨大的悲伤？

他先是被费尔米纳抛弃，但也在不停地抛弃别人。他像收集标本一样收集女人，在任何可能的场合做爱，他最后一个情人足以做他的孙女。

别人对他的感情，他充耳不闻。他认为，女人喜欢他，是因为他是一个不会伤害她们的人。而真相是，他不仅会伤害她们，还会间接要了她们的命。漂亮的养鸽女朱莉塔是众多女人中最让他动心的，他的征服欲得到了满足后，竟然在朱莉塔的小腹上写下一行字——这个女人是我的。沉浸爱河的朱莉塔临走时忘了擦掉那行字，被丈夫发现割破了喉咙。朱莉塔为她的轻狂偿了命，阿里萨却被命运宽恕。

留情不留心。阿里萨有这样的个性，大概是基因遗传——他的父亲就是这样的人。这一点导演在影片中有多处暗示，主要是他叔叔的描述，说他的父亲临死时遗憾自己没有为爱而死，后一句话却是："可是他活着的时候却到处留情。"还有一处是阿里萨正在办公室和一个女人偷欢，结果他的叔叔推门进来看见，说："你连姿势都和你的父亲很像。"继而，他的叔叔对着惊叫一声的女人说："别担心，我发誓我没有看到你的脸。"真让人忍俊不禁。

因此，在六百二十二个女人之后，阿里萨仍然能够对费尔米纳说："我为你保持了五十三年的处子之身。"这是男人的思维，我睡了多少个女人，这不重要，重要的是我心里只有你。其余的，只不过是通往她的阶梯罢了。

他说，从来不做自己做不到的承诺。他确实做到了用一生来等待，并用余生陪伴她。

所有命运赠送的礼物，都暗中标着价格。阿里萨的初恋标着五十三年的岁月。

少年的爱与心动，微不足道。还好是这样光明的结局，苦涩的一生有了甘甜的味道。

我想小说的结局之所以让他们灵肉最终得以亲近，是为了安慰浮生中那些用生命去爱的人，因为他们可能早早地绝望，可能死在默默爱着的路上，他们的生命没能像小说描述的那样，他们耗不过自己的情敌。浮生中谁会这么幸运呢？

这两个古稀老人，用人生之最迟暮，补了最青涩时落下的遗憾；用这生命的最后一点点时间和力气，了却了最后一个心愿。真幸运，一切的过错都得以被赦免。有什么样的幸福能比得上和着岁月一起见证你逐渐老去的容颜？这一生终于被连成一个圈，画上圆满的句号。

人生最痛苦的，不是失败，而是我原本可以

小说和电影里，最让人心疼的是阿里萨的母亲。那么天真的一个妇人，遇人不淑，生下不被承认的儿子，含辛茹苦养大，以为盼到了头，却一直没有头。

儿子扑进爱情虚幻的光环中，除了费尔米纳，眼里再也看不到别人。儿子忽略了母亲的一切，彻头彻尾地忽略。可怜的母亲替儿子打理一切，却没有谁来保护她。她的痛、她的苦、她的冷，从来没有人关照一番。在战乱的硝烟中，她给逃上门来的寡妇喝酒，安抚对方那吓破了胆的灵魂。又把她推进自己儿子的卧室，听到动静后满意地长吁了一口气。她是那么担心那个可怜的“孩子”被失恋毁灭。

男人背叛她的感情，儿子忽略她的存在，在她尚有能力的年月，她拼出命来保护儿子，体恤他，当儿子的靠山，为儿子的未来筹谋。她永远是命悬一线的状态，除此之外什么都没有。爱情对于她是不存在的，是一种虚无缥缈之物。在她的人生里，动情等同于自杀，即使这样，她也从未忘记过儿子的父亲。

天可怜见，她终于疯了。她的儿子作为唯一继承人，继承了他叔叔的航运公司。可是，她既没有看到，也没有享受到现实生活的安适。

一天也不肯让她开心吗？也许是上帝都看不下去了吧，让这个母亲在混沌的状态中离世。

书中另外一个女人也让人心生悲悯——费尔米纳的表姐桑切斯。那样一个自然明媚的女子，爱上一个大她二十多岁的已婚男人，未经风雨的“傻白甜”就像旧时深闺里的小姐，深情明朗，乍一见口吐莲花的男人便掏心掏肺、不顾一切地去爱。男人说尽了天上地下的情话，但激情是短暂的，欢爱也是会腻歪的。被爱情滋润后的男人，转身依然抱着家里的女人，过着自己曾经痛斥过的、一天也过不下去的日子。

她在马车上边脱靴子边抛媚眼给乌尔比诺医生的神情，换了旁人便是狐媚，绝没有她的娇憨可爱。

最忘不了的一幕是她和费尔米纳穿着纯白的蕾丝睡袍，像两个天使一样躺在床上，说着少女的心事……

世事一场梦，人生几度秋。

最后出场时，在一堆孩子中间，她穿着一身肮脏的衣裙，一边干着活一边粗声大气地说着话。看到医生，做错了事般地说：“你还能认出我吗？我现在又老又胖……”那一刻，我的泪水涌出。这是朵最天然的花朵，得见良人，她心生欢喜；君若无意，也不多纠缠。兜兜转转在情场，终究笑笑离场，愿赌服输。她也是大家闺秀，原本可以和表妹一样过着十指不沾阳春水的日子。

人生最痛苦的，不是失败，而是我原本可以。

我知道加西亚·马尔克斯写这部小说的时候已经年近六十了，

而他写《百年孤独》的时候，才不过三十多岁。无独有偶，杜拉斯写《情人》的时候也是风烛残年的老妪了。很想知道，走在人生尾巴上的老人们，回忆起一生最美好的事物，是不是爱情。

只是一直不能理解，一个男人的出轨，到底是否意味着对爱情的背叛呢？

如果是，那么如何解释阿里萨的行为呢？用他自己的话讲：“我的心房比妓院里的房间还多。”

读书时，一直想不明白，阿里萨拿众多女人疗伤，不停更换情欲的药引，这样疯狂的爱为什么会感动我们？

将一部著名而庞大的作品改编成电影，往往很冒险。许多人吐槽影片太烂、吐槽男主角猥琐，女观众们当然希望男主角又帅又深情，最好像韩剧。但说实话，一个男人如果帅得不像话，哪里用得着这么深情？会被人宠坏。

窃以为，读过原著再看电影，是很享受的一件事。那些被忽略的故事背景和人性依托，确实容易使没看过小说的人一头雾水。对于那些吐槽看不懂的观者，我有一个建议：先读原著，再看电影。电影虽可绘声绘影，但总不如文字来得深情款款。读过原著，你才能在影片重要的节点上会心一笑。尽管电影版恶评如潮，在我看来，电影版却是最给人冲击的演绎，它让我重读原著时，会带着不一样的眼光。

还有，影片的主题歌太迷人了，非听不可。

那洋溢着南美风情的歌声，每句话的尾音像天堂鸟的羽翎一般上扬，袅袅飘荡在绵绵不休的河水之上，让人有飘浮云朵之上的感觉。

《百年孤独》寥寥数笔的开头，《霍乱时期的爱情》掷地有声的结尾——马尔克斯仅凭这两段文字，就已经让我的灵魂深深震撼，毕生难忘。

“没有你，谁都是一样的。”马尔克斯确实是魔幻大师，他有着极致的浪漫，又对人性有着深入骨髓的了解，对爱情也有着独特的理解。

他让我们相信，这个世界上一定有你的另一半，无论你正被光环萦绕被掌声淹没，还是正孤独地走在瓢泼大雨中，都要相信，一定会有一个人穿过汹涌的人潮，走向你。你们一定会相遇，你要相信！世间能找到真爱的，并不只是运气好的那些人，而是在伤痕累累后，仍然相信爱情的人。

金钱给人的快乐——读《欧也妮·葛朗台》

第一次知道“葛朗台”这个伟大的吝啬鬼，是在语文教科书里。那是一篇《欧也妮·葛朗台》的节选段落，题目叫《守财奴》。

老师和课文的中心思想都告诉我们，葛朗台是个道德上的小人。让我们看明白金钱浸透下卑鄙的灵魂。让我们明白，金钱虽然可以给人带来物质上的满足，却不能给人带来幸福。当时，年少的我相信了这些道理，相信了商人的灵魂都是丑恶的。

从此以后，我们都管小气的人叫“葛朗台”。

没有毒药，没有尖刀，没有流血的平凡悲剧

主人公葛朗台是法国索漠城最富有的商人。他原是一个殷实的箍桶匠，四十岁时娶了富裕的木板商的女儿，买下了城里最好的葡萄园、一座修道院和几块分租田。他向革命军承包葡萄酒，捞了很多钱。后来又从岳母、妻子的外公、自己的外婆处得到三笔遗产。

在那个提倡早婚的时代，家境富裕却那么晚结婚，说明葛朗台并不看重家庭亲情，他最关心的是积累财富。当然，他也曾失误过，也曾被犹太商人欺骗过，但这笔学费让他始终目标明确地学会了各种敛财的方法。凭借对数字惊人的记忆力、频繁的算计，并以早年的积累、妻子的嫁妆、亲人的遗产作为原始资本，再通过兢兢业业、蚕食鲸吞、开源节流，还有敏锐的洞察力，葛朗台终于成为一个拥有千万法郎的富翁。

但这个千万富翁却过着谁也想象不到的清贫生活。

年少时的我，还不明白财富能够带给人怎样的尊严和力量。

如今，再读小说，更深刻的其实是那些描写葛朗台因为富有、会敛财而赢得了人们的尊敬和崇拜，并掌握了权力，获得了地位，享受着因拥有巨额财富而带来的优越感。“他的言谈举止、穿着打扮，甚至眨眼睛，都会在当地产生很大影响，人人像动物学家观察动物本能的作用一样，认真加以研究，结果从他最琐细的举动中也发现了深邃而难以言传的智慧。如有人说：‘葛朗台老爹已经戴上皮手套了，今年冬天一定很冷。葡萄该摘了吧！’‘葛朗台老爹买了许多造酒桶的板材，今年的葡萄酒绝对少不了。’”这些文字更为人性，也更能唤起我们的切身之感，相信这一切才是葛朗台爱钱的真正原因。

葛朗台是巴尔扎克刻画得最成功的吝啬鬼，已成为法国文学史乃至世界文学史上的一个经典人物。巴尔扎克称自己的这部作品是“没有毒药，没有尖刀，没有流血的平凡悲剧”。

这部作品的确是一出悲剧，悲剧的主人公是葛朗台善良的女儿欧也妮，老葛朗台的一生是喜剧，不是悲剧。他按照自己的心意过完了一生，在老葛朗台眼中，金钱高于一切，没有钱，就什么都完了。他甚至觉得，把哥哥的死讯告诉侄儿好说出口，可是要说一句“你一点家产也没有了”，却包含了世界上所有的苦难。

但在我看来，葛朗台并非一无是处。他吝啬，可是他也有自身的优点。首先，他很讲信誉，从不欠别人的钱，也绝对不动别人的东西，极为尊重财产私有权。葛朗台说过：“破产是最丢人的事情，比所有丢人的事情更丢人。破产的人是强盗。”

他的财富一大部分是靠着遗嘱继承过来的，另外一部分是靠着他的本领挣来的。这个有钱人从未有过非分之想，比如：少干活，多挣钱。他勤劳极了，夜里有一半的时间用来做各种事先的盘算，因此，他的观点、看法、计划都是惊人地准确，料事如神。他简朴，喝着过期酒，吃着掉落的烂水果，从来不买肉、蔬菜和水果，这些都由佃户替他送进柴房。他什么都节约，连动作在内。蜡烛全家合用一支，他把所有的开支都看成浪费，奢侈享受更是不可容忍的恶习。

他精明到能用一个面包的价钱买下当地最好的葡萄园、一座老修道院和几块分租田，他的投机事业从来没有失败过一次。“说到理财，葛朗台先生兼有老虎和巨蟒的本领。他会蹲在那里，长时间窥伺猎物，然后扑上去，张开钱袋的大口，吞进大堆的金币，然后安安静静地躺下，像吃饱的蛇一样，冷酷而不动声色，徐徐消化吃到肚里的东西。”

经常出入葛朗台家的客人有两家：公证人克罗旭一家（公证人、神甫和他的侄子德·蓬风）及银行家德·格拉桑一家（格拉桑夫妇和他们的儿子阿尔道夫）。这两家人频频接近葛朗台，目的是娶葛朗台的独生女儿欧也妮，好让自己的儿子或者侄子继承丰厚的遗产。老奸巨猾的葛朗台将计就计，利用女儿作为钓饵来“钓鱼”，使得两家人都把他的钱当自家的钱一样苦心经营着，每当可以为葛朗台冲锋陷阵的时候，从不吝啬自己的智慧。

葛朗台对金钱的渴望和占有欲几乎达到了病态的程度。他经常半夜里把自己关在密室之中，“爱抚、把玩、欣赏他的金币，放进桶里，紧紧地箍好”。临死之前还让女儿把金币铺在桌上，长时间地盯着，这样他才能感到暖和。临死还和他最热爱的金币待在一起，葛朗台的人生多圆满！

莎士比亚在《雅典的泰门》里说：“金子？贵重的、闪光的、黄澄澄的金子？不，是神哟！我不是徒然向它祈祷，它足以使黑的变成白的，丑的变成美的；邪恶变成善良，衰老变成年少，怯懦变成英勇，卑贱变成崇高。”乃是世人对金钱的普遍态度。

做他身边的女人，才是人生的最大悲剧

这部小说中真正的悲剧人物是吝啬鬼身边的三个女人：葛朗台的女儿欧也妮、葛朗台的妻子及女仆拿侬。

天真善良的欧也妮虽然是千万富翁的独生女儿，可她始终没有尝过一点点人生的乐趣。她凄凉惨淡的童年是在一个得不到理解、没有爱情、永远痛苦的母亲身边度过的。从小就住在老旧的屋子里，楼梯因年久失修不得不每迈一步都小心翼翼。父亲亲自安排一天的伙食，连多吃一片面包、多用一块糖、多点一根蜡烛也不可能。在长达七个月的寒冷季节只有五个月能生火取暖。她从懂事起就和母亲终日像女工一样辛苦劳作，全家的衣服都由她和母亲一起缝制。

终于，她灰暗的天空出现了一道彩虹，堂弟夏尔的到来让她看到了外面的世界，华丽炫目。欧也妮从来没有见过那么精致的衣着和那样风度翩翩的青年，她把这位从巴黎来的堂弟当成是上帝的礼物。夏尔的出现在她宁静如水的心中投下了一圈圈涟漪，爱慕之情油然而生。

不承想，夏尔的父亲因破产自杀，一夜之间，夏尔从一个纨绔公子变成一文不名的穷光蛋。意外的家庭变故，也是促成欧也妮敢于表达这份感情的原因。欧也妮甚至偷看了夏尔写给情妇的绝交信，更加同情不幸的堂弟。

初恋赋予了这个单纯女子从未有过的勇气。当葛朗台把女儿为夏尔准备的、加咖啡的糖给藏起来的时候，欧也妮第一次开始反抗，她勇敢地再一次把糖拿出来，放在桌上，镇静地看着父亲。对夏尔的恋情唤醒了欧也妮懵懂的少女心。她讨厌起父亲的悭吝，也正是从这场恋爱开始，欧也妮开始一次次和父亲唱对台戏，为了夏尔不惜激怒爱财如命的父亲。两个心心相印的年轻人私订终身后，夏尔准备去印度闯天下，欧也妮便把自己的全部积蓄——六千法郎，送给堂弟做盘缠。暴怒的葛朗台知道后把她软禁起来，每天只让女仆给她冷水及很少的面包，胆小贤淑的母亲因为她的举动，吓得一病不起。可是，喝着冷水的欧也妮思念着夏尔时，心里还是甜蜜蜜的。

夏尔临行前将母亲留给他的遗物——一个镀金梳妆盒请欧也妮保管。为了情人的梳妆盒她敢同父亲以命相搏。当葛朗台准备撬梳妆盒上的金饰时，欧也妮急得跪下向他乞求说："看在圣母面上，看在十字架上的基督面上，看在所有的圣灵面上，看在你灵魂得救面上，你不要动它！……你的刀把金子碰掉一点，我就用这刀结果我的性命。”这就是陷入爱情中的女子！

花开花落，在苦苦的等待中耗掉青春的欧也妮，最终等到的是发财归来的薄情郎。

夏尔贪慕名利，为了贵族的名号，为了进入上流社会，为了自己的野心和虚荣，他甚至与侯爵奇丑无比、一直嫁不出去的女儿订了婚。

欧也妮曾为之几乎送了命的梳妆盒，夏尔满不在乎地要求她交驿站邮寄。

天雷滚滚！

如果可以找到一个真心爱她的男人，我想欧也妮会是最珍惜幸福的女人。她生来就有一种贤妻良母的光芒，不幸的是，她有那样一个奇葩父亲，又遭遇那么烂的情人。她对夏尔的爱与等待，换来的是终身孤独。遭受巨大打击的欧也妮独自承受痛苦，而且以德报怨，拿出巨款替夏尔还清了父债，成全了他的名誉，更成全了他与贵族小姐的婚事。

只是，从那以后，她的心房关闭了，围在她身边的人再也走不进去。一个女人一旦不再那么容易被讨好，一旦不再对甜言蜜语感兴趣，也就意味着她一定会越来越孤独。

老葛朗台去世后，欧也妮继承了他精打细算的品性。富甲一方却依然过着节俭、朴素的生活，依旧按照父亲生前的规矩，冬季熬不下去的时候才生火，衣着也一样，看不出富豪的一丝影子。老屋也没变化。可是她却创建了基金会、养老院、八所儿童教会学校、图书馆及教堂。

欧也妮对待金钱的态度是能气死老葛朗台的，幸亏他已经死了。尽管她所拥有的财富不断增加，但金钱对她来说既不是一种权力，也不是一种安慰。“上帝将大把大把的金子扔给被黄金捆住的女子，但她却根本不把金子放在心上，一心只向往上天，她虔诚、善良，充满圣洁的思想，并不停地暗中帮助受苦受难的人。”

对宗教的虔敬之情使她超越了个人的创痛，以慈悲之心善待世人。她心甘情愿地嫁给了觊觎她钱财的德·蓬风，并与其约定只过有夫妻之名而无夫妻之实的婚姻。德·蓬风欣喜若狂地苦等着继承欧也妮的财产。可叹的是，他无比短命，不但没有得到欧也妮的财产，反而将自己的财产也贡献给了欧也妮。这可真是“机关算尽太聪明，反算了卿卿性命”！他热爱的一切如风掠过他短暂的一生，一点痕迹都没有留下。

欧也妮的一生，先是在象牙塔里生活了二十三年，然后“你是风儿我是沙”地守了七年的爱情誓言，最后过着修女般的生活。

女人最好的结局，是终于知道自己想活成什么样，并且决定以这样的方式度过后面的人生，回归到生活的本质。

这个坚强的女子，整个心房装的都是苦水。平静还好，一晃，就会溢出来。她想要的幸福很简单却不曾得到过，而上帝赐给她的痛苦，却像她父亲留给她的金钱一样多。还好，金钱能够带给她的，是能够按照她自己的意愿生活的能力。

当堂弟夏尔最终得知，欧也妮继承的财产居然是他和他攀附的贵族家庭的十倍，甚至是二十倍时，他无比吃惊和愤慨，因为他做梦也没想到，一个那么寒酸的家和一个那么吝啬的叔叔会拥有如此巨额的财富。

真庆幸他不知道。欧也妮就像是未染尘埃的荷花，单纯至极，没有任何心计，对喜欢的人，恨不能捧上一颗热乎乎的心。如果夏尔为了财产同她结婚，那与德·蓬风有什么两样呢？那样的家庭生活又有什么幸福可言？

当年，欧也妮为初来家中的堂弟准备房间时，“她提醒拿侬用炭火盆将被子烘热，亲自找了块台布将旧桌子蒙上，一再嘱咐拿侬每天早上都要更换桌布，还说服母亲必须将壁炉生得暖暖和和，要拿侬瞒着她父亲，抱来一大堆木柴，堆放在走廊里。她去正厅的橱架上找来已故德·拉贝特利耶老先生留下的一个旧漆盒、一只六棱水晶杯、一把金色褪尽的小勺、一个刻有爱情小天使的大瓶，得意扬扬地将这一切摆在壁炉的一角。这一刻钟里，她的主意之多超过了她出生以来的总和”。做这一切时，她快活得像只小鸟。

读到这里的时候，我心酸极了，多希望她爱的人能够配得上这份真心啊。

那个被物欲横流的上层社会熏染过的堂弟，在家庭突遭变故时，在欧也妮及其母亲、仆人的关心下，在她们淳朴感情的感染下，丢弃了虚荣复杂的面具，真心爱上了圣女般纯洁的欧也妮。多年之后，当他重新拥有财富衣锦还乡时，早已成为一个铁石心肠、贪得无厌的人，他轻易地背弃了誓言。

接到堂弟决绝的来信后，欧也妮的世界瞬间崩塌。七年后的那个晚上，必定是她一生中最黑暗的一个夜晚。她泪如雨下。那一刻没有任何人、任何话语能给予她安慰。

不知道寂寞的花朵，在漆黑的夜晚怎样安慰自己。

当你毫无保留地信任一个人，最终只会有两种结果：不是生命中的那个人，就是生命中的一堂课。

那一晚过去之后，她埋葬了自己一生的幸福。那个纯情如水的欧也妮死了。

第二天一早，“有人想以忧郁的目光或话语对她表示关心，她竟能报以笑容。总之，她做到了以彬彬有礼的态度掩盖她的不幸”。一个体面的人，即使身处困境，也依然是体面的。但读者分明看到，那颗只为温馨的感情而跳动的心永远失去了活力。

不得不说，女人在面对爱情时，真应该学一学男人的理性。欧也妮的父亲葛朗台虽然一心钻到钱眼里，但他毕竟是个精明成功的投资商，眼光还是极准的。他告诫过欧也妮，夏尔是个人品不好的花花公子。沉浸在爱河里的欧也妮，怎么能够听进去这么刺耳的劝阻呢？在看穿了夏尔的真面目之后，欧也妮依然替他偿还债务，成全他攀高枝的卑劣行径。许多读者无法认同欧也妮的行为，认为她既软弱又欠缺理智。可我分明觉得，这是她为自己做的事，她用这笔钱支付了她的青春和爱情，然后与它们一笔勾销。

不求回报的感情，往往都会如愿以偿

《欧也妮·葛朗台》这本书，巴尔扎克将它献给了玛利亚。据说，玛利亚就是欧也妮·葛朗台的原型。她出身于一个上层法官家庭，是一位侯爵夫人。巴尔扎克曾跟他的妹妹谈起过她，赞美她“是造物主创造的最天真的女人”。美貌的侯爵夫人怀过巴尔扎克的孩子。所以巴尔扎克在题词中把她的名字比作庇护家庭的黄杨枝。但是，花心的巴尔扎克为了追求韩斯卡夫人，又把这本小说的原稿交给韩斯卡夫人保存，以表示愿为韩斯卡夫人牺牲以往的旧情，只爱她一个人。从这里，我们隐隐看到了夏尔的影子，不是吗？巴尔扎克在描绘那个只讲利益、无情无义的社会的同时，始终没有放弃对“一笔财产，一个贵族女人”的追求。

由此可见，无论是小说还是现实中，像欧也妮这类天使一样的女子，在感情中是只求付出、不求回报的，而且往往都会如愿以偿，得不到任何回报。

用现在的话说，夏尔就是一个没底线的男人，遇到了也没关系，疗伤养护，一切都来得及。欧也妮完全可以在追求者中再选一个如意郎君，你侬我侬。她偏偏看得那么清楚，那些被金币吸引来的人，她不要。

在情爱里早早落定的人，一部分人是好运气，而另一部分人是顺流而下，稀里糊涂捏着下半生去赌一局。有些人没有一牵手就有终身的好运气，也不愿上赌桌，只好兜兜转转、寻寻觅觅。

巴尔扎克在书中曾经这样说过："人的命运真可怕！没有一宗幸福不是因浑浑噩噩而来的。"

欧也妮的不幸与她母亲的懦弱有很大关系。不得不说，葛朗台太太是个令人费解的人物。她为葛朗台带来巨额的财产，却得不到一丝尊重与爱意，最终郁郁而终。她对丈夫可以说是百依百顺，从不反抗。她曾经也是富裕的木板商的女儿啊，做过千金小姐的，再软弱，再怕事，能抵得上一颗做母亲的心吗？事实上，她只消说一句"把我的嫁妆还给我，把我母亲的遗产还给我，你滚！我和女儿一起生活，我要给她一个无忧的童年"，就足以让那个吝啬鬼丈夫对她俯首帖耳，改善自己的生活，可她偏偏选择忍耐。这种逆来顺受的性格，不仅助长了葛朗台的专制和刻薄，也给自己和女儿带来了无尽的苦难。

葛朗台太太把人间的希望都寄托在了那个虚无缥缈的天国之上。甚至在大病不起时，丈夫都舍不得为她请医生，只是在听说妻子死后女儿有权分享遗产时，他才立即转变态度，赶紧给她看病。

读罢全书，感觉葛朗台太太就是为了受苦才来到世上的。

说到拿侬，立刻就能记起葛朗台那句经典的称呼："噢，可怜的拿侬！"

拿侬是葛朗台家忠心耿耿的女佣，集厨娘、看门人、管家等职能于一身。她强壮、率直、质朴、勤劳，"像一条忠心的狗一样看护主人的财物"。

在葛朗台还很年轻的时候，就以独到的眼光选中了人人嫌弃的大个子拿侬作为他的仆从。不得不说，葛朗台真是慧眼识人，那个时候的他，便能一眼看出，拿侬是可以榨取一辈子的忠仆。她一年的工薪只有六十法郎，在葛朗台家辛勤劳作了三十年，只有在第二十年时，葛朗台才痛下决心赏了她一只旧表，那是她收到过的唯一一件礼物。

"可怜的拿侬老是赤着脚，穿着破衣衫，睡在过道底下一个昏暗的小房间。"葛朗台看在拿侬二十年勤勤恳恳的份上，还送过拿侬一双旧鞋，老天知道，葛朗台舍得送人的鞋连乞丐都不会看一眼的。

好在，拿侬不觉得苦，因为先生、太太、小姐都和她过着一样的日子。年复一年吃着简单定量的食物，常年穿着一成不变的服装，那么平等，让人心安。尤其是老葛朗台意味深长的那句："噢，可怜的拿侬！"便给拿侬的生命注入无限活力，这真是让人大跌眼镜的事情。好在，巴尔扎克慈悲地让她这个老实人嫁了个同样老实的男人，这也算是拿侬圆满的结局了。

对付葛朗台这个吝啬鬼，我能想到的最完美的报复，就是让葛朗台娶了《包法利夫人》中的爱玛，这个吝啬鬼挣的每一枚金币都有人替他挥霍，他要替爱玛还债，替爱玛养情人，最终经历破产……真是太痛快了！

当然，精明的葛朗台不会做这么愚蠢的事情。爱玛这样的女人，他花光所有的运气也未必能遇上。即使遇上了，葛朗台也能迅速止损，他只对金钱深情款款，对美色毫无兴趣。美女都是费钱的，葛朗台不会做那么耗费成本的事情，我坚信。

据说巴尔扎克一生都在做生意，他开过印刷厂、在瑞士投资过矿产，但是他做生意的天赋远没有写作那么厉害，屡战屡败，屡败屡战。这个红头发的体态肥硕的男人从小缺乏母爱，但是成人后，却受到许多风韵犹存的贵妇的垂爱，她们总是对他倾囊相助。但即使有贵妇的资助和自己的稿费，他依然四处举债。做事也很不靠谱，一点没有信誉。经常还没动笔，就和书商签约并预支稿费，待到书稿完成后又卖给另外一个书商。

他本人是无比热爱金钱的。所以，他才这样写："试问哪个人没有欲望，哪种社会欲望可以不靠金钱得到满足呢？"

人性的挣扎——读《呼啸山庄》

这不是一本适合靠着枕头、沐浴在台灯下读的书，也不是一本享受精致下午茶时适合阅读的书。它的标配应该是阴郁的天气加抑郁的心情。总之，《呼啸山庄》不是一本能给人带来阅读快感的书。这本书属于孤寂的灵魂。

写出这样一本书的女子，注定是孤独的

《呼啸山庄》的作者叫艾米丽·勃朗特，被视为天才女作家。她唯一的一部小说，便奠定了她在英国文学史以及世界文学史上的地位。她是英国文学史上著名的“勃朗特三姐妹”之一。

这个女子一生短暂，只在世间度过了短短三十年的岁月。如一杯高浓度的烈酒，人生的欢愉、辛酸、无奈，都浓缩在这三十年中。她酷爱自然，离群索居，没有受过完整系统的教育，没有婚姻，没有爱情，却为我们留下了一部爱情绝唱。

我相信她真的没有经历过爱，小说中男女主人公那种痛彻心扉的激情，用尽了一个人平生的力气，它极端、理想、忠诚，不仅忠于自己的爱，也忠于自己的恨。这样疯狂的爱恨情仇，只有凭想象力才能做到。

爱，是有保鲜期的，在现实生活中，是最难以持久的。而恨，有时却能让一个人无法释怀，无法淡薄往昔的恩怨，如此，反倒让人刻骨铭心。

但是艾米丽不怕痛楚，不愿意假装温情脉脉的样子与生活和解。她把人生的惨淡都藏在笔尖，让读者穿心而过。我以为，写出这样一本书的女子，注定是孤独的。

在家中六个孩子中，内向的艾米丽排中间，既不被重视也不受宠爱，她的外表冷漠平静，内心炙热疯狂。短暂的一生中，她得到的爱少得可怜，甚至找不到具体的人来盛放内心的情与怨。于是，她为自己构建了呼啸山庄这样一个荒凉野性远离文明的世界。然后，她创作出希斯克里夫这样一个男人，疯子一样地爱她。做她不能做的，说她埋在心底里的话。

看得出，她喜欢这种粗野的男人，渴望被他驯服，同时也拯救他。

艾米丽笔下的凯瑟琳与她姐姐笔下的简·爱，是截然不同的。姐姐夏洛蒂在两个大姐早逝后，成为家中孩子的老大，性格早熟，中规中矩，沉稳坚忍。

所以，她笔下的《简·爱》是现实版的春花秋月，描述了一个女人在跌宕起伏的人世中，果断地找到一条最正确的道路，从容不迫地接近幸福的故事。

姐姐的文笔很文艺，磨难与幸福，清醒与理智，高贵与单纯，一切都是那么适度，赢得了大把文艺女青年的眼泪。她弘扬的精神，是那种经过个人的奋斗和努力，就可以企及的理想，一种现实的理想。让每一个读书的人都仿佛能够触摸到沉甸甸的果实，真是很励志呢。

《呼啸山庄》就不同了，它阴郁、冷酷、狂热，它是狂风闪电、疾风骤雨，它无情地击碎了人们对文明和家园的幻想。那荒原的气息！那狂风呼啸的山顶！那冲不开的心灵的魔域！真是具有摄人心魄的神秘力量。

没有陶冶，没有感动，它的主人公是狂放不羁的，读它的过程如同剥洋葱一般，剥到最后才发现虚无，泪水涟涟的同时品出生命最深处的悲凉。

读着读着，眼前便出现了一片荒原，厉风呼啸不停，艾米丽立在那儿，大风卷起了她的裙摆，她全然不顾，对着天地，更像是喃喃自语地说：你就是一刻不停地爱，爱上八十年，也抵不上我一天的爱……

一个从未爱过的人，这样诠释爱情。原来，人生中最长情的关系，最深情的拥抱，最坚不可摧的爱，都只是跟一个人——自己。

《简·爱》的笔端是尊严、是理智，《呼啸山庄》写的是疯狂、是摧毁。一个得到一切，一个摧毁一切。

呼啸山庄，是一个成长与背叛的故事

在那个美丽又荒凉的原始山庄里，一切都是原生态的，放任的、粗粝的，包括情感。

又黑又脏的小野孩希斯克里夫从小被遗弃，快要饿死在街头时，被好心的老主人带回了家。一个黝黑、怪异的弃儿出现在了家中，并不可思议地得到了父亲的喜爱，这让庄园主的儿子辛德雷痛恨至极。

没有哪个孩子真心愿意有人来分享他的爱。从此，希斯克里夫过上了虽能果腹，却备受欺凌与虐待的日子。除了慈爱的老主人外，只有主人的千金小姐凯瑟琳愿意亲近他，做他的玩伴。活泼的凯瑟琳，就像是照耀在他黯淡人生中的明媚阳光，每一个微笑都能让他发觉活着的意义。他就那样疯狂、倔强、不由分说地爱上了她，而凯瑟琳也非常依赖他。两个孩子携手度过了一段青梅竹马的童年时光。

岁月荏苒，渐渐长大的凯瑟琳懂得了人与人之间身份的巨大差异，意识到自己的这份感情有失体面，最终嫁给了门当户对的林顿——画眉山庄的主人。

带着满腔的仇恨，希斯克里夫离家出走了。

多年以后，希斯克里夫带着他的金钱回到山庄，开始了长达二十年的复仇。最终，希斯克里夫占有了呼啸山庄和画眉山庄两个家族的财产，并眼睁睁看着他的爱人、仇人一个个先后死去，他孤独地活到了最后。

几近疯狂的希斯克里夫在他们的下一代身上继续着他的报复，虐待他们的继承人，甚至掘开凯瑟琳的坟墓，让林顿无法与妻子同穴。

遗憾的是，命运无情地嘲弄了他。他的挚爱和别的男人生的女儿成了她的儿媳，他病恹恹的儿子没有一丁点像他，纵有万贯家财也换不来一副强壮的身板，早早离世。他最痛恨的辛德雷的儿子却成为他年少时的翻版。

复仇之后，他反倒失去了活着的理由。他阻止不了孩子们的爱情，历经磨难的小凯瑟琳和辛德雷的儿子哈里顿终成眷属，继承祖业，成为山庄的主人，开始了美好的生活。

希斯克里夫貌似得到了一切，却从来没有享受过幸福的滋味。

我永远深信，有些东西，冬天从你身边带走了，春天还会还给你。

呼啸山庄，其实是一个成长与背叛的故事。

有许多读者欣赏希斯克里夫，认为他爱得纯真、质朴、野性、至死不渝；也有读者认为他变态、冷酷、邋遢、猥琐、难以忍受，奇怪凯瑟琳怎么会发自内心地爱着他。

童年的凯瑟琳是一个疯丫头，“她在一天内能让我们所有的人失去耐心不止五十次，从她一下楼起直到上床睡觉为止，她总是在淘气，搅得我们没有一分钟的安宁。她总是兴高采烈，舌头动个不停——唱呀，笑呀，谁不附和着她，就纠缠不休，真是个又野又坏的小姑娘”。

然而这个又野又坏的小姑娘确是善良又漂亮的，纯真的她没有哥哥辛德雷那么重的心思，还不懂得嫉妒希斯克里夫从父亲那里得到的宠爱。她只是一个爱玩的小姑娘，她信任和依赖孤独的希斯克里夫，虽然有着不同的身份和背景，但是对于两个孩子来说，暴虐的辛德雷就是两个人必须一同面对的“敌人”，在“斗争中”，两个孩子是“一伙的”。希斯克里夫天真地以为，他们一辈子都是“一伙的”。

他们俩的裂痕从十二岁的凯瑟琳在画眉山庄待了五个星期后开始出现了。

从林顿家回来后，凯瑟琳变成了一个举止文雅的千金小姐。她看见希斯克里夫依然穿着三个月前的衣服，上面满是泥巴和灰土，厚厚的头发从不梳理，就是他的脸和手也盖了一层黑。

凯瑟琳对这世界是好奇的，反叛的，但从未想反抗和摧毁它。凯瑟琳开始理智地思考自己的命运，她知道自己不可能永远和希斯克里夫在一起，像孩童时那样，她要面对的是未来，而希斯克里夫没有未来。

成长本身，就意味着对纯美童年的背叛和对丑陋成人世界的妥协。凯瑟琳心神不定地跨过了那道少年时代的门，而希斯克里夫却始终执拗地停留在门外。

当凯瑟琳已经认识到身世不明且一无所有的希斯克里夫绝非结婚的对象时，很清醒地说出：“嫁给希斯克里夫就有损我的身份了。”那一刻，她已经暂时脱离了疯野任性的童年时代，变成了理智审慎的成年女人。

那个在所有人眼中都坏得像魔鬼的希斯克里夫，漫长的成长岁月里并没有得到过应该享受到的温暖，他的灵魂深处永远是那个无拘无束的吉卜赛男孩。他的内心拒绝凯瑟琳渐渐认可的成人世界的规则，他心目中的凯瑟琳，永远是那个跟他一起到处闯祸的野丫头。她飞扬的裙裾，她花朵般的脸庞，是他心底的暖阳。

与凯瑟琳在一起，他才找到了人生的意义：爱她，终其一生地爱她。

在希斯克里夫的眼里，如果天堂没有凯瑟琳，那么天堂就是地狱；如果地狱里有了凯瑟琳，地狱就是他的天堂！

可是，能给你天堂的人，也必能给你地狱；能够给你快乐的那个人，也能够给你相同程度的痛苦。

在失去了凯瑟琳之后，心如死灰的希斯克里夫只专注地做一件事：把这个已经没有了凯瑟琳的丑陋世界彻底毁掉。我不觉得支撑希斯克里夫复仇的执念仅仅是爱情，就像每个人都要给自己的人生设置一个终极的目标一样，他的目标就是要跟凯瑟琳在一起，这就是他的信念。

生活中充满着各种错位。爱情，当它最甜蜜的时候，它是阳光，是雨露，是彩虹；当它黯然失色的时候，就是一把刺向爱人的利剑，爱得越深，伤得越重。对于伤过心的人，它会是一副清醒剂，让人面对感情时变得小心翼翼，但即使这样也不一定能阻止爱情的再一次发生，直到所有关于爱情的梦幻被一一击碎。

我不知道为了爱情死去的人有多少，但我相信大多数人活了下来，他们活了下来，直到岁月隐藏了他们所有的伤痛。直到有一天，他们在自己曾经所爱的人的记忆里模糊。

凯瑟琳从画眉山庄回到呼啸山庄后，她与希斯克里夫之间的爱就无处附丽了。“那时希斯克里夫十六岁了，相貌不丑，智力也不差，他却偏要想法表现出里里外外都让人讨厌的形象，他学了一套萎靡不振的走路样子和一种不体面的神气；他天生沉默寡言的性情扩大成为一种几乎是痴呆的、过分不通人情的坏脾气。”

这副德行只能让凯瑟琳离他越来越远。

往日的和谐与快乐没有了，希斯克里夫还有一线希望，那就是凯瑟琳不会放弃他。而凯瑟琳心里却是这样想的：“如果希斯克里夫和我结婚了，我们就得做乞丐。而如果我嫁给林顿，我就能帮助希斯克里夫高升，并且把他安置在我哥哥无权过问的地方。”

终于有一天，他的凯瑟琳成为别人的新娘。

凯瑟琳答应嫁给漂亮、年轻、文雅、富有的林顿，这一切看起来称心如意。可是凯瑟琳说：“在凡是灵魂存在的地方——在我的心里，我感到我是错了！如果我进了天堂，我觉得我一定会非常痛苦。我有一次梦见自己在那儿了。天堂似乎不是我的家，我哭得很伤心要回到尘世上来。天使们大为恼怒，就把我扔到呼啸山庄的草原中间了。我就在那儿醒过来，高兴得直哭！而嫁给埃德加·林顿，就像身处天堂般不自在。”

凯瑟琳知道林顿的好，但他并不能带给她快乐。她在婚姻里是戴着面具的人，在荒野里长大的凯瑟琳不欣赏文弱优雅的林顿，嫁给林顿之后的凯瑟琳郁郁寡欢。她怀念希斯克里夫那种近乎不要命的痴缠，林顿节制温柔的情感实在缺乏摄人心魄的吸引力。

一个原本喜欢享受疾风骤雨的人，一下子沐浴在和风细雨里，便升起了不满足。希斯克里夫的爱情像无边无际的海洋，时而有惊险的风暴掀起，时而有葬身海底的恐惧。而与林顿生活在一起，永远风平浪静没有一点波澜。

她怀念以前的日子，怀念有一个和她并肩站在一起的野小子，他把她当作自己，他们之间没有礼节和规矩，只有野性的释放。

读到这里，忍不住为凯瑟琳叹气。一汤一饭，安然长伴，是多么美好的生活。这也许就是中年与少年的区别吧。假如没有林顿，假如凯瑟琳与希斯克里夫如愿以偿地在一起了，两个人怎么达到和谐，真的会终生不渝？或者，在希斯克里夫回来之后，他顺利地和凯瑟琳有情人终成眷属，他们能否美满？希斯克里夫和凯瑟琳处在两种完全不同的环境中，他们的爱如果够坚定，为什么当初凯瑟琳选了林顿？

人性的深渊

人性的两面都是人性，甚至人性中间所隐含的挣扎都是。人没有办法否定另外一面。实际上，挣扎才是我们真正一直在走的路。

其实，希斯克里夫对待世界的冷酷，源于这世界对他的冷酷，他对待凯瑟琳的一腔真诚是因为凯瑟琳对他的一片真心。由于希斯克里夫得到的太少，所以他就像一个饥饿太久的人，再多的东西也填不饱他。最重要的一点是，在他的成长过程中，没有人教过他，如何爱别人、爱自己以及他应该怎么得到爱。

在《月亮和六便士》中，毛姆说过这样一句话："有人说灾难不幸可以使人性高贵，这句话并不对；叫人做出高尚行动的有时候反而是幸福得意，灾难不幸在大多数情况下只能使人们变得心胸狭小、报复心更强。"

两个孩子对于家庭的各种反叛，对于凯瑟琳来说是游戏，而希斯克里夫却怀揣着背叛和决裂，他对身边的人比这个世界对他更无情。

这就是爱吗？由爱而生的恨？他究竟更爱凯瑟琳，还是更恨这个世界？他是在为凯瑟琳而报复，还是在为自己而报复？他更爱凯瑟琳，还是更爱自己？

凯瑟琳死后，希斯克里夫的疯狂报复无止无休，小林顿、小凯瑟琳、小哈里顿，都因他而备受折磨。

希斯克里夫到死都没有跟仇恨和解，也没有跟命运和解，他就是荒原上疾劲的风，不仅凌厉，还要将生机勃勃的一切连根拔起，直到有一天，对手一无所有，他才失去报复的乐趣。

毛姆曾这样谈到《呼啸山庄》给他留下的印象:“它使我想起埃尔·格里科的那些伟大的绘画中的一幅，在那幅画上是一片乌云下的昏暗的荒寂土地的景色，雷声隆隆拖长了的人影东歪西倒，被一种不是属于尘世间的情绪弄得恍恍惚惚。他们屏息着，铅色的天空掠过一道闪电，给这一情景加上最后一笔，增添了神秘的恐怖之感。”

希斯克里夫走到生命尽头的时候，他的愿望是贿赂教堂的执事，把他葬在凯瑟琳旁边，然后将凯瑟琳和他的棺木各打开一侧，好让他和凯瑟琳永远在一起。

希斯克里夫是这样做祷告的，愿凯瑟琳永远得不到安息，愿她永远像鬼魂一样缠着他，采取任何形式把他逼疯。只是，不要把他一个人扔在这个深渊里。“啊，凯瑟琳，我的眼泪并不爱你，它们诅咒你——诅咒你为什么把我留在这样一个没有你的深渊。”

人生真正的悲剧，是在发现梦想终于可以实现的那一刻，自己却已经没有力气去拥有。

说实话，《呼啸山庄》里没有我特别喜爱的人物，当我重新沉浸在那些对白中，竟然会不由自主地叹息。人在年轻的时候，总是向往轰轰烈烈天塌地陷的爱情。等到风景看遍，才知道平凡、平静、平安的美好。

但只要活着，就有各种各样的欲望，就得应付各种各样的事，直到那些纷杂的记忆慢慢湮没最初的记忆，直到垂垂老矣，直到内心风平浪静，直到对这个世界无欲无求。

重读《呼啸山庄》，我突然明白了凯瑟琳为什么那样放不下希斯克里夫，因为他们是一类人。在希斯克里夫面前，她就是那个随心所欲、无所顾忌的野丫头。可是，在林顿面前，她需要被迫装淑女，尽管林顿没有要求她这样做，但画眉山庄的女主人必须是这个样子的。可是，仪式都是做给别人看的，只有关起门来的日子，才是过给自己的。桀骜不驯的凯瑟琳只有和希斯克里夫在一起时，才不用戴面具，不用转换成大家闺秀的模式，更不用为别人的期待而活着。这一生，他们只为自己活着。

凯瑟琳对仆人耐莉说："我对林顿的爱像是树林里的叶子，我很清楚时光会将它改变，就像冬天改变森林一样。我对希斯克里夫的爱恰如脚下永恒的磐石，虽然看起来它给你的愉快并不多，可是这点愉快却是必不可少的。"

多少人终其一生才明白，活成别人期待的样子有多难。

废弃的呼啸山庄，青草在风里匆匆生长。恐怖的传说依然在村民中代代相传，我看到月光下，小希斯克里夫和小凯瑟琳的灵魂，正在茫茫的旷野中携着手奔跑欢笑。

月亮的味道——读《月亮和六便士》

一直以来，大众对幸福的定义是：圆满。这圆满中包含着房子、车子、票子、孩子，若一个人正拥有这一切，那么在世人眼中，便是一个幸福的人了。但《月亮和六便士》告诉我们，拥有一份收入丰厚的工作、伦敦西区的一栋房子、温柔的太太及一双儿女，做欧洲中产阶级梦寐以求的成功人士，未必幸福。而这种“幸福”生活的代价，就是生命力和创造力的丧失，失去了对自己真正欲望的判断能力。彬彬有礼、将真实想法掩藏在繁复的漂亮话背后，是英国上流社会最让人称道的绅士风范。在这套秩序之下，人们左奔右突，有人削尖脑袋希望爬进上流社会的“客厅”，有人则大笑一声，扬长而去。

在“正确”的轨道上生活了四十年，他厌倦了

一个中年男人，他有着殷实的生活、体面的社会地位、美满的家庭，却在某一天仿佛“被魔鬼附了体”，

突然弃家出走，到巴黎去追求绘画的理想，那之前他从未系统地学过绘画。在留下一张内容为“晚饭准备好了”的纸条之后，他离开了携手十七年的妻子和一双儿女，去了巴黎。

那一年他四十岁，住在全巴黎最破旧的旅馆，身上只有一百块钱。他的名字叫斯特里克兰德，他的行径没有人能够理解。

在他眼里，大多数人所成为的，并非是他们想成为的人，而是不得不成为的人。所谓“责任”是最大的文明，也是最大的虚伪。

他在异国忍受着贫穷和饥饿的双重煎熬，后来贫病交加，躺在小阁楼里奄奄一息，热心的画家戴尔克·施特略夫把他接到家中救护。病愈，他拐走了救命恩人的妻子。短短时间里，又让这个女人在极度失望中自杀。

后来，在与世隔绝的塔希提岛上，他终于找到了灵魂的宁静。他同一个土著女子同居，创作出一幅又一幅令后世震惊的杰作。身患麻风病、双目失明的他，将自己的惊世壁画完成后，坐在满墙的画中，聆听色彩的波涛汹涌，深感满足。他知道死亡临近，临死之前叫默默陪伴他的土著女人将他的巅峰之作付之一炬。

他创造了自己的童话世界，并满足于自己的创造。在骄傲、轻蔑、找不到知音的心情中，又把它毁掉。

他死后，他的每一幅画都成为不朽之作。

·

《月亮和六便士》通过描写这样一个一心追求艺术、不通人情世故的怪才，在文坛轰动一时，引发了人们对“摆脱世俗束缚，逃离世俗社会，寻找心灵家园”这一话题的思考。

读《月亮和六便士》，建议顺便读读高更和凡·高的传记，毛姆是以高更和凡·高的生活经历为参考，创作斯特里克兰德这个角色的。

高更出生于巴黎，早年在海军服役，二十三岁当上股票经纪人，收入优渥，娶了一位美丽的丹麦姑娘为妻。人生顺风顺水时，突然厌倦了一切，回望初心，听到了内心的呼唤，于是，辞去工作，与过往的一切彻底断绝联系，只身前往异国。在南太平洋的塔希提岛安放下那颗驿动的心，娶了当地的土著少女为妻，最终穷困潦倒，客死他乡。

与小说中的斯特里克兰德一样，高更以一种别人无法理解但他自己很快乐的方式，结束了人生。书中，伴随着一个男人和三个女人的故事。第一个是他抛弃在伦敦的前妻；第二个是在巴黎对他有过救命之恩的朋友的妻子施特略夫太太；最后一个是塔希提岛上的土著女子爱塔。

在斯特里克兰德眼中，与他生活了十几年的妻子不理解他，他们的灵魂根本没有契合。他的妻子，根本不爱他的灵魂，她只是把丈夫带给她的良好物质生活当成了爱情。但她的世界没有“月亮”，只能过着“六便士”的生活。

在作者眼中，斯特里克兰德夫人是个伪文青，喜欢在自己的家里设宴招待文人雅士，希望能用文学的气质为自己添染些光环。原本，她的一生会这样衣食无忧一直到老。人人都可以看到女主人悠然自得的幸福，每日只需关照好丈夫孩子，在灯红酒绿的宴会上，表现得尊贵得体。老了，也是一个体面的老太太，儿孙承欢膝下，享受天伦之乐。

可以看出，这个女人十分精明贤惠，世俗观念极强，喜欢附庸风雅。照理说，这样的女人是十分适合妻子这一角色的。如果厌烦夫人那种想混入作家圈子的虚荣心，丈夫可以跟妻子沟通啊，为什么还在每一次宴会中惺惺作态，装着开心的样子？自己喜欢绘画，他跟妻子交流过吗？从来没有。然后有一天突然抛妻弃子，一张纸条就结束了十七年的相濡以沫。毫不在乎妻子和孩子之后的生活，离家像离席那么简单。

妻子托人千辛万苦找到他，这个男人给出的答案是："她不理解我的梦想！"

女人忍着痛将伤口悄悄缝上，前半生安稳富贵的生活烟消云散，后半生只能自食其力养大两个孩子。

小说中，毛姆用第一人称的叙述手法，借"我"之口，叙述整个故事。小说里的"我"问斯特里克兰德："难道你不爱你的孩子们吗？"

他说："我对他们没有特殊感情。"

"我"再问他："难道你连爱情都不需要吗？"

他说："爱情只会干扰我画画。"

斯特里克兰德是喜欢进攻的动物，一旦侵占了，就失去征战的激情和动力，甚至连撤退都是那么地无情。

大约，一切阅读都是在阅读自己

这本书会把一个同样渴望梦想的文艺青年感动得热泪盈眶，也会让许多读者对天才有更多的了解。

如果你是一个想要现世安稳的女人，而他又是一个绝对的理想主义者的话，请真的要睁大眼睛，嫁一个天才是豪赌——你要么侥幸收获一个金灿灿的秋天，满目的"六便士"、满地的繁华，而最有可能陪伴一生的却是漫长冬季的寒冷孤寂。

毛姆对女人是很苛刻的，毛姆借斯特里克兰德夫人与她朋友之间表面各种赞美恭维、背地里羡慕嫉妒恨的虚情假意；借斯特里克兰德走后，她对别人如何看待此事的急切关心，对自食其力办打字所的讳莫如深，生活富裕后又表现出对斯特里克兰德虚假的同情等做派的各种讽刺，来抨击虚伪自私、互相利用的文明社会。

若换一种角度看呢，一个女人，人到中年，丈夫抛家舍业寻梦去了，自己走出温室做生意，养大了两个孩子。这有什么不体面呢？难道说，她也应该在某一天早晨醒来，突然想起小时候特别热爱音乐，于是，抛下一双儿女，寻梦去了。这便高尚了，也与她丈夫的灵魂同步了吗？相较于书中暗含的讥讽，我却感觉斯特里克兰德夫人是个励志的典型，完全担得起心灵鸡汤的功用。

“如果他为了一个女人离开你，你是可以宽恕他的；如果他为了理想离开你，你就不能了，对不对？”这句话是毛姆讥讽斯特里克兰德夫人的。其实，我们都明白，这就是现实。如果斯特里克兰德仅仅是为了一个女人出走，他妻子心里还会抱着他回心转意的期望。可是，当斯特里克兰德夫人意识到，他是为了理想，这才觉得已经到了无法转圜的地步，无论她愿意做什么，能够做什么，都无法挽回他了。这相当于丈夫对她说：“没有办法，相较于你和孩子，在这世上，我更加爱我自己。”

对于一个女人来说，这无疑是比羞辱吵闹更加难堪的自讨没趣。绝望过后，她开始独自拼搏，努力生活。

有的时候，伤痛比呵护更加能够让人成长。

多少年过去了，斯特里克兰德死了，死后得享盛名。他的夫人以知名画家唯一遗孀自居，家里没有斯特里克兰德的真迹，就用赝品代替，还到处跟人说，他们夫妻感情一直很好。这似乎是斯特里克兰德夫人最让作者诟病的一面。

但在读者看来，这位夫人不过是一个一直生活在理想很丰满、现实很骨感的境遇中的可怜女人，只是有点虚荣心和小心机罢了。

突然失踪的丈夫到死都没有露过面，也没有解除过婚姻关系，在丈夫漫长的猎艳寻梦过程中，她恪守妇道、养育儿女，丈夫死后，她只能以遗孀自居，不是吗？

作者嘲讽的是：她和她的儿女一样，承认他不是因为原谅，只是因为虚荣。那么，摊上这样一个丈夫和父亲，他们该怎么做？他们能怎么做？

在书中，一条最深刻的情感线，就是斯特里克兰德诱骗了视他为天才、给予他无私帮助的施特略夫的妻子，而后又毫不珍惜，弃若敝屣，导致朋友之妻自杀身亡。这个情节，构成了这部小说中最强烈的戏剧冲突，也让人性的所有秘密与骚动毫无遮掩地展现出来。

初到巴黎时，斯特里克兰德贫病交加，气息奄奄，好心的荷兰画家施特略夫不顾妻子布兰奇对斯特里克兰德表现出的厌恶，坚持把他带回家中，交由妻子悉心照顾。

布兰奇为报恩嫁给视她如生命的施特略夫。丈夫心地善良，为人厚道，虽然才气平平，却有着超凡的艺术鉴赏力。也正因此，斯特里克兰德的天赋异禀令施特略夫惺惺相惜。布兰奇好不容易说服自己，与施特略夫过上了宁静安稳的生活。

遇见斯特里克兰德，她便预感到了一生的命运将会改写，她一定在下意识里感觉到斯特里克兰德之于她，仿如甜蜜至极的剧毒，是致命的诱惑。于是强烈阻止丈夫把斯特里克兰德带回家，但她那善良的丈夫却一意孤行，将那男人推到她的面前，带给她下意识里早已预见的毁灭。

在朝夕相处中，衰弱潦倒的斯特里克兰德不可思议地俘获了布兰奇的芳心。他身体康复之后，布兰奇铁了心抛弃一切跟着他四处飘零。书中甚至暗示，她不惜出卖自己的肉体来供养他。

布兰奇做着不切实际的美梦，想用女人的柔情与彻彻底底的牺牲，来驯服这个桀骜不驯的天才。

布兰奇的柔情在斯特里克兰德那里，变成了这个样子——“我看出来布兰奇一点一点地把我妻子所有的小伎俩都使了出来。她用无限的耐心，打算把我罩在罗网里，捆得结结实实。她想把我拉下来，和她待在同一水平；她对我毫无关心，只想让我为她所用。”

作者通过斯特里克兰德，阐述了自己对女人及爱情的观点：“因为女人除了谈情说爱不会干别的，所以她们把爱情看得非常重要，简直到了可笑的地步。她们还想说服我们，叫我们也相信人的全部生活就是爱情。实际上爱情是生活中无足轻重的一部分……爱情是一种疾病。”

布兰奇的人生是一个悲剧，正如许多因“爱”而生的悲剧一样，她把自己全部灵魂的渴望寄托在另一个人的身上。

这种看似伟大的爱，换来斯特里克兰德决绝的抛弃。他没有一丝愧疚，竟然还认为：布兰奇离开了自己，还有一个痛哭流涕的丈夫等着她回家呢。

他完全不会站在布兰奇的角度想问题，那个家，但凡有一丝羞耻心的人，还回得去吗？

斯特里克兰德自始至终生活在自私的个人世界里，对他人刻薄，无视别人给予自己的无私帮助，全然没有感激之情，并且，成为所有热爱他的人的噩梦……

他身上天生地散发着一种暴戾、原始、肉欲的成分，这种与现实格格不入的灵魂激情，使得他厌恶一切试图捆绑他的束缚，这种束缚包括工作与家庭。

读小说时，很不理解布兰奇，用脚趾头都能知道跟着斯特里克兰德会过什么样的日子，却被那样一个不可思议的浪子，鬼迷心窍地吸引着。

施特略夫在哀求布兰奇回心转意的时候，受到妻子鄙夷的一巴掌，深刻地反映出女人在横下一条心时与男人相比毫不逊色的残忍与冷酷。斯特里克兰德伤害了布兰奇，而布兰奇则伤害了自己的丈夫。布兰奇与斯特里克兰德的爱情的确够轰轰烈烈，也得到了短暂的快乐，最终收获的却是痛不欲生的人生体验，她的死是她的归宿和解脱。有因才有果，所有这一切，都是平衡的。

在塔希提，穷困潦倒的斯特里克兰德遇到了爱塔。无辜的爱塔“提供给他一个妻子，一个女人所有可以给他的东西”，不求名分，为他打理生活起居，生下孩子，独自支撑生活，供养他和孩子。这个女人死心塌地地服侍了他一辈子，想尽办法为他买颜料画笔。她完全不懂艺术，但支持他画画，从未想要控制他，把他的话当圣旨。但他真正是理直气壮地攀附，更加坚定地认为——女人都是没有灵魂的。

“在得知斯特里克兰德得了麻风病后，爱塔神情坚决地说：‘你是我的男人，我是你的女人。你到哪里去我也到哪儿去。’”有那么一瞬间，斯特里克兰德的铁石心肠似乎被打动了，泪水涌上他的眼睛。

作者此刻也由衷地落笔赞美爱塔：“爱塔才是真正爱他的，尊重他的，包括自由、思想、身体，是灵魂的伴侣。”

是啊，供他住宿，为他做饭，为他生儿育女，不让他为柴米油盐发一点愁，自己想尽办法帮他觅来油彩画笔，充当他的人体模特。不懂纠缠，不谈钱不谈爱不哭泣，最后还和他一起死。这才是天才真正想要的女人，遇到爱塔，斯特里克兰德满意了。

看到这里，我都怀疑，爱塔是上帝为成全斯特里克兰德的天才梦派到人间的天使。

每个人心中都有一轮月亮，只是仰望的成本太高了

毛姆写这本书，是为了告诫女人们吧。天才是一种让人心痛的生物。这样的天才一眼看透所有人，不给任何女人希望。他不要爱，不要责任，不要束缚，表面看，是为了把更多的精力投入天才之作中，实际上，是深入骨髓的自私。

在毛姆的笔下，女人对感情有种天生的直觉，所以斯特里克兰德太太在知道丈夫是为了理想而出走后，选择永不原谅。布兰奇恐惧着斯特里克兰德，用憎恨掩盖自己被吸引的心，最终一如飞蛾扑火。爱塔则像一个忠心耿耿的女仆，只懂奉献。

如果斯特里克兰德最终没有声名显赫呢？除去才华这一项，用现在的话说，算不算是个超级无底线的男人呢？

对斯特里克兰德其人，书中是这样解读的："我把良心看作是一个人心灵中的卫兵，社会为要存在下去制订出的一套礼规全靠它来监督执行。良心是我们每人心头的岗哨，它在那里值勤站岗，监视着我们别做出违法的事情来。它是安插在自我的中心堡垒中的暗探。因为人们过于看重别人对他的意见，过于害怕舆论对他的指责，结果自己把敌人引进大门里来；于是它就在那里监视着，高度

警觉地护卫着它主人的利益，一个人只要有半分逾矩的想法，就马上会受到它的严厉苛责。它逼迫着每一个人把社会利益置于个人之上。”

我们无法理解更无法模仿这样一个眼里只有自己，不屑与“社会”发生任何关系的画家。犹如我们无法模仿所有天才。

那个叫“梦想”的东西，有着偏执的灵魂，每当你安于现状的时候，它都会跑出来捣乱。它永远不满足，永远在路上，永远折磨着你，永远干扰你的判断。它让你看清你自己和你的梦。

但是你不是斯特里克兰德，你不能像他那样任性固执，你没有舍弃一切的决心和勇气，因为你根本不能。你既怕面对众人的议论和眼光，更怕受到自己良心的谴责，尽管你真的想试一试。

多数人还是渴望没有风浪的、安定的生活。

毛姆说得对，斯特里克兰德很像一个终生跋涉的香客，不停地寻找一座可能根本不存在的神庙。也许他寻找的是真理同自由，在一个短暂的时间里他认为或许能在爱情中获得解脱。他疲倦的灵魂可能期望在女人的怀抱里求得休憩，当他在那怀抱里没能找到这些的时候，他就开始恨她了。对她一点也不怜悯，因为他对自己就不怜悯。

如果说斯特里克兰德与别人有什么不同，就是他比别人更不相信宿命。他的命握在自己手中，和上帝没有一丁点儿关系。

梦想那么妖冶，那么美好，如皓月当空，人们却在艳羡中低头赶路，奔向功名，或者利禄，或者求功名利禄而不得的怨恨。但是斯特里克兰德拒绝成为“大众”中的一个。

斯特里克兰德是个决绝、纯粹的天才——他绘画既不为钱财，也不为展示。他可以随便将作品送人，随意将毕生心血销毁，病入膏肓也不吭一声。斯特里克兰德唯一看重的，不过是绘画本身，仅此而已。

所以，满地都是“六便士”，只有他，抬头看见了“月亮”。

有人称“月亮”指艺术，“六便士”指世俗价值观。还有人说，“六便士”是英国币种中最小的，与月亮都是圆形的，两相对比，一个象征着圣洁，一个象征着尘埃。

我觉得在本书中，“月亮与六便士”的关系，更象征着“梦想与生活”的关系。

人世间有太多所谓的责任、义务和道德。有一部分人看了这本书会很羡慕斯特里克兰德。

或许我们每个人心里都住着一个任性妄为的自己，去他的世俗偏见，去他的伦理纲常！斯特里克兰德就是这么一个人，并且对这一切毫无掩饰。“对，我就是这样！你能拿我怎么办？”

这个世界上的确有很多捆绑在一起的虚假事物，比如貌似高贵优雅的上流生活，体面安稳的工作，鸡肋般的婚姻。一个人真正能够看透这一切之后，这世间就再也无法腐蚀他，也根本无法束缚他了。

世界上最难的事情是什么？对于很多人来说，更难的事情是，怎么才能知道自己应该如何生活。我们奔忙的时间久了，有些细微的声音，就再也听不到了。我们有多久没有聆听过自己内心的声音了？

伊索寓言中有一篇兔子与猎狗的故事。猎狗追赶一只兔子，追了很久也没有抓住它。猎人责备猎狗连一只兔子也追不上，猎狗却说：“我是为了一顿饭而奔跑，兔子却是为了逃命。我又怎么可能追得上它呢？”

为了生命而奔跑，把自己做到极致。单从这一点说，斯特里克兰德是以自己喜欢的方式，度过了一生。对自己，他终究没有辜负。

其实，我们每个人心中都有一轮月亮，只是有的人抬头，有的人只能低头走完人生路。

谁不热爱天上那一轮明月，但也明白无误地知道自己永远不可能触摸到，却每天必须要摸着兜里的硬币，才能在这个世界小心翼翼地活着。

浮生梦——读《蝴蝶梦》

这本小说陪我度过了许多雨雾迷蒙的旅途。它让我在雨雾中凝视窗外朦朦胧胧的山谷时，都忍不住会想起那美丽得让人迷乱的曼陀丽庄园。

许多年过去，我依然记得，曼陀丽的石楠是那样的高耸密集，它是火红色的，像血一样。

嫁入豪门的她，被一个素不相识的死人折磨着

跟随着作者神奇的笔触，仿佛进入了“慢镜头”。从第一句话开始，我就置身于一个梦境之中，大段的文字细腻地描述着曼陀丽庄园的广阔幽深，每片树林，每条被浓荫遮住的小路，每种花的颜色和味道，甚至乌云缓缓游走的模样，都勾画出令人目眩神迷的曼陀丽……丛林如缎、灌木茂盛，有花园小径、海滨沙滩，那里陈设豪华、仆人成群，是几乎全英国人都知道的贵族之地。

那么美的曼陀丽，印在明信片上，在每个人的嘴

里、心里。走进了曼陀丽，就如同跟着刘姥姥走进大观园一样，会情不自禁地被作者笔下那个世上唯一的曼陀丽吸引着，记住它满墙艳丽的石楠花，静谧的幸福谷，摇曳的玫瑰园，栗子树下的下午茶……

这座庄园的主人是一个丧妻的中年男子，富有、英俊、忧郁，具备吸引女性读者的一切品质。他邂逅了一位被贵族老太太雇佣做旅途伴侣的年轻姑娘，在贫穷的姑娘眼中，这个男人是发着光的。

姑娘纯洁、顺从、隐忍、谦卑，是一个标准的灰姑娘。当然，灰姑娘必须是一枚文艺女青年，爱文学，爱幻想，喜欢冒险，喜欢画画。他们闪恋闪婚后，女文青被富豪丈夫带回曼陀丽庄园，然而，他们并没有从此过上童话中描述的幸福生活。

步入曼陀丽，这个故事才缓缓展开……

她一头平直的短发，稚嫩而不施粉黛的脸蛋，朴素的衣裙套着自己裁制的短褂，像个羞怯的小妞儿。站在成群的仆人面前，禁不住地快要发抖了。管家丹弗斯太太替她捡起惊慌失措掉落的手套时，眼神中的不屑将她整个人击溃。从此，她每天都战战兢兢、如履薄冰地过着日子。

“吕蓓卡是个风情万种的大美人儿。”

“吕蓓卡总是能将家务料理得井井有条，举办大型舞会，仆人们都对她崇拜得五体投地。”

“吕蓓卡，曼陀丽庄园的女主人，简直是一个美貌、智慧、教养集一身的妻子，德温特先生多么幸福，他们多么恩爱。”

客人们看她时惊讶的眼神与只言片语，丹弗斯太太高傲藐视的神态，甚至丈夫对前妻吕蓓卡保有的一些禁忌，使转变命运的灰姑娘开始怀疑自己。

吕蓓卡美艳得不可方物，又八面玲珑，睿智聪慧。

她的脑海里处处都是这样的声音——你，不如吕蓓卡。

很多事情她都没有能力去处理，连应付都心力交瘁。更为重要的是，灰姑娘坚信丈夫深爱着前妻，那个大家心目中完美的女人。

她没有想到自己会毫无选择地笼罩在一个死人的阴影中。丈夫的前妻已经死了，可是始终有种神秘抑郁的氛围笼罩在庄园上空。吕蓓卡好似从未离开过曼陀丽一般，她卧室里的一切都是她从前的样子，仿佛在等着她回来；信笺上，甚至不经意间从雨衣口袋里掏出的手帕上，都是她名字的大写字母，苍劲有力又任性张狂，仿佛在宣示着主权，让灰姑娘的内心备受煎熬。

进入豪门的灰姑娘等来的不是新婚宴尔的甜蜜与恩爱，也不是出入豪宅的兴奋与好奇，时时刻刻，她都处在被拿来和吕蓓卡相比较的恐惧中。她的存在仿佛就是为了衬托前任夫人的光芒。吕蓓卡成为一个永远无法跨越的高度。

在这里，我甚至无法告诉你这个无助的灰姑娘的名字，因为在书中，这位女主角根本就没有被作者赋予特殊称呼，她只是德温特·迈克西姆的夫人，在已故的、完美的吕蓓卡·德温特夫人之后。

灰姑娘拼命想要得到别人的喜欢和尊重，想要取悦包括仆人在内的任何人，对自己的丈夫也一直是仰视的姿态。

就在灰姑娘日复一日重复着羞愧难当、紧张惶恐的情绪时，故事大反转，真相藏在一艘恰巧打捞上来的沉船中。

灰姑娘长久以来的臆想都是一种错觉。吕蓓卡的死因不是出海发生了意外，而是死于谋杀！

原来，吕蓓卡是个表里不一的荡妇；

原来，吕蓓卡和迈克西姆之间达成过某种肮脏的契约；

原来，迈克西姆所忍耐的一切只是为了维护家族及曼陀丽庄园的名誉，直到他忍受不了屈辱，扣下扳机的那一天！

秘密慢慢揭开，灰姑娘的心结也打开了。“我认识到，我不再害怕吕蓓卡，也不再恨她。”

丈夫不爱吕蓓卡，这让灰姑娘如释重负。自信，哪怕是从悲剧、真相中获得的，也是一种爱的力量。由此可见，幸福是一种心境。

最后，曼陀丽庄园被熊熊烈火吞噬了。灰姑娘和丈夫在一个普通平凡的小镇，告别了奢华热闹，过起安静平淡的生活。

曼陀丽、聚会、舞会，于德温特·迈克西姆而言，遥远得像上辈子的事。毕竟，仪式都是给外人看的，只有关起门来的日子，才是过给自己的。至此，灰姑娘与她的爱人幸福地生活在一起了。

小说中最重要的女性有三位，先说说没有名字的女主角“我”。

那座美得像宫殿似的家，并不能给女主人带来幸福温暖的感觉，反而有种令人窒息的压抑。像是“我”从来就不属于它一样。还有德温特先生也开始让“我”感到陌生，“我”需要察言观色、百依百顺，否则他会随时变脸，咆哮或愤怒……

初读时总是替女主人着急，但是读着读着，却觉得她是那样地真实。她承认自己自卑、低微、失败、恐惧，她一紧张就咬手指甲，对陌生人恐惧，对爱情猜疑，这样一个弱势的“我”，藏在很多人心底，我们都不陌生。

进入婚姻之后，她需要的是一份关怀，一份依靠，可是她却不由自主地开始与自己的假想敌较劲，她想要效仿，又频频失败。所以她经常处于惶恐不安的状态下。总觉得自己的一举一动都会受到别人的取笑，不小心摔坏了一件名贵的物品都像是做错事的仆人一样提心吊胆，慌忙藏起来。

用作者的话说就是："一个人如果过于敏感和涉世不深，有许多话其实并没有恶意，而她听起来就像含沙射影、指桑骂槐。"

我们不得不承认，很多时候我们感受到世界与他人的恶意，缘于自卑作祟，自卑可以激发嫉妒、狭隘等不良情绪，也会使人对外在环境与他人做出错误的解读。

有些感情，注定是用来交学费的

根据这本书改编的电影是非常好的，琼·芳登就是活生生的灰姑娘，她把那份紧张演绎得逼真极了。那战战兢兢的、勉强的、感伤的、不自信的，拼命在强颜欢笑的样子，让人不由得心痛。就是这样一个不起眼的小女人，要置身在一个神秘无助的环境，而且要拯救一个忧悒的男人，她真正是有着无尽的惶恐。整个片子看下来，她的肩膀几乎都是耸着的，有点稍稍的驼背。我觉得相当经典的一个镜头是，仆人打电话来找她，问夫人在不在，接电话的她在紧张之际居然回答："德温特夫人已经过世了。"

这一段心理历程向读者展示了灰姑娘自身的局限性。

灰姑娘只能做别人喜欢的自己。

这种局限需要通过后天的学习与成长一点一滴去瓦解。

灰头土脸的姑娘，望着高高在上的完美镜像，无比地羡慕，忽略了自己的美好。

一个活人被一个素不相识的死人折磨着，多么可笑，却那么真实。因为这是别人的故事，我们可以尽情地笑话女主人的无知，甚至鄙视她不自信，不能坚持本色。可细想想，我们有谁不是女主人的翻版，为了种种原因，在各种不得已中变成了别人。

真相浮出水面后，灰姑娘陷入了“情与法的选择”。“我”选择和迈克西姆封存真相追求幸福，迈克西姆和灰姑娘心意相通，在天意、庄园总理事、当地行政官、医生等人的帮助下，迈克西姆获得了法庭上的胜利。虽然庄园最后被付之一炬，但迈克西姆和灰姑娘终究收获了爱情与自由。

“自信是我十分珍视的品格，当然在这一生中，我的自信心来得未免太晚一点。”

曼陀丽不存在了，富豪丈夫没落了，身体也开始走下坡路了，而这一切却成了灰姑娘“一扫怯懦的因素，是他毕竟依靠着我了”。爱，什么时候变成了靠着对方的没落来成全的呢？

一个人要经历多少磨难才能明白：好的婚姻就是可以非常舒服地做自己。

透过书籍，我看见那个胆怯却有着可贵品质的灰姑娘在慢慢成长，最后在曼陀丽的大火中得到重生。如同所有拥有善良真诚品格的女子那样，即使容颜、繁华都逝去，生命中最珍贵的品质也会带着我们通向幸福美好。

年少时很喜欢看女主角认识男主角后嫁入豪门的那一幕，因为太单纯了，以为那就是幸福生活的开端，完美人生的意义所在。

现在我会用另一种角度去读这部小说，我觉得灰姑娘最幸福的一幕就是和丈夫离开曼陀丽庄园，过着属于他们两个人的新生活，一种可以令两个人都感到轻松的生活。

“执子之手，与子偕老”，是对于这对患难与共的夫妻最好的馈赠。

书中已经去世的吕蓓卡，是一个聪明、美丽、能干、懂艺术、擅长交际的极具魅力的女人，见过她的男人几乎都会为之着迷，还有管家丹弗妮太太对她变态的崇拜，可见她的魅力非同一般。

这个叫吕蓓卡的女人，受过良好的教育。她高贵优雅，能够轻易地征服所有人的心。德温特·迈克西姆娶她的时候，人们都说他是世上最幸运的男人。奶奶对他说：“一个妻子得有三种美德：教养、头脑和姿色。她三样皆备。”

在别人眼中，吕蓓卡是一个完美无缺的女人，将作为她的“继任”的女主人比得一无是处。庄园里到处是她留下的痕迹，人们的口中总是谈论着她，甚至于整个故事的走向也围绕着她展开。

吕蓓卡从小便能降服最暴戾的马，将其鞭打得伤痕累累，烈马自那以后再不敢不听话。读到这一段时，相信很多人都会脑补武则天的画面；她酷爱航海，常常一个人深夜出海，从未出过事故；她拥有绝世的容貌，颠倒众生；她聪慧能干，有着卓越的艺术鉴赏力，使曼陀丽庄园在短时间里声名鹊起，远近闻名。

就是这样一个尤物，在丈夫眼中却是个十足的恶魔！新婚蜜月期间，在悬崖的边沿，她无比随意地与丈夫做交易：“我替你治家，只要你愿意，我可以使这所宅子成为全国首屈一指的闻名去处，人们会跑来做客，羡慕我们，议论说我们是全英国最幸运、最美满的郎才女貌的一对。”她要交换的，是放荡不羁的自由。她坐在山腰狂笑，把一朵鲜花撕成碎片。

她知道以绅士闻名的迈克西姆不会也不敢抛弃她、拆穿她，他太在乎自己的名誉了。所以只能愤怒而无奈地遵守她定下的规则。她用这个规则嘲讽这个世界原本的规则。

她无所畏惧，玩弄算计着一切。从刻板的庄园管家、大姑姐的丈夫，到她那个粗鄙无赖的表哥，她都可以不费力地征服，然后笑话般地讲给忠心的丹弗妮太太听。

她享受各种男人，甚至在海边有一间只属于自己的小屋。任何她想得到的男人都可以在这里过夜，却没有居住权。天一亮，就得走人。

她肆意践踏着世俗规矩和道德标准，一边藐视婚姻，淫乱不堪；一边又在众人面前扮演才貌双全、甜美聪慧的贤内助形象。最讽刺的是她的名字在英文中居然是“忠实的妻子”之意。

小说中，吕蓓卡像一块美玉由作者小心翼翼地捧着出场，享受各种赞美之后，却原来是一件赝品。

这是一个梦想征服大海的女人，这样的女人，都有一颗拴不住的心。她太自信，旁人的吹捧不过是为她美丽的光环锦上添花。她不在乎丈夫是爱自己还是厌恶自己，因为她不需要依靠别人的肯定来增添信心、增添快乐。

她或许只是希望，可以一直这样放荡下去，她讥笑着那些伏倒在她石榴裙下的、自高自大的男人，她瞧不起所有对她俯首称臣的男人。她向往的是属于她自己的、绝对的自由。

然而，她得了绝症。

知道真相的她应该是绝望的，然后顺着自然规律，慢慢地病倒在床，再慢慢地耗尽生命。

可是她从来没有想过要遵守规则。

在海边的小屋，她对丈夫说：“假如我有个孩子，不管是你本人还是世上随便哪一个人的，都将无法证明孩子不是你生的。小家伙将在曼陀丽长大成人，姓你的姓，等你死了，曼陀丽将归这孩子所有，你根本没法防止这样的事情发生。看着我的儿子躺在栗子树下的童车里，在草坪上玩跳蛙游戏，在幸福谷抓蝴蝶，你不高兴吗？看着我的儿子一天天长大，你心里明白一旦你死了，这一切将归他所有，这难道不是你一生中最大的幸福吗？”

如她所愿，暴怒的丈夫开枪杀死了她。子弹正中心脏，她盯着丈夫，脸上慢慢绽开笑容……

这个女人，就是死，也要搭上迈克西姆。

读到这里的时候，几乎所有人都会暗暗希望迈克西姆最后逃脱法律的惩罚，并为这个男人的未来悬着一颗心。

吕蓓卡对整个循规蹈矩的社会尽情嘲弄，她知道放浪不忠不会成为真正刺激丈夫的导火索，只有当她用并不是丈夫血脉的子嗣威胁到他将来的继承权时，才会让他不顾一切痛下杀手。

吕蓓卡这个形象，有人认为她邪恶，有人认为她出色，有人认为她虚伪冷血，有人认为她是天才，有人认为她是生活的勇者。她虽然死了，但强大到让人窒息，她无处不在。死后仍可以使她的气息笼罩在曼陀丽庄园和认识她的所有人心中。

如果吕蓓卡从小所受的教养不是成为一个贵妇，掌握治家的能力，也许会是完全不一样的故事。吕蓓卡真正致命的弱点，并不是因为她颠覆了传统的女性道德，而是因为她冰冷的心缺乏人性的光辉。她可以在公共场合自如交际、博得他人的青睐，但她的内心却是荒凉的。到死为止，她都没有一个真正的爱人与朋友。

“人间对她而言不过是一场游戏。”这盛大的戏台，也终是她的祭台。

明明可以活成一个传奇，为什么要选择这样一种生活方式？小说没有给出答案。吕蓓卡始终是个谜一样的女人，她的喜怒哀乐，她的心路历程，从不曾向任何人打开过。

《蝴蝶梦》的原名是《吕蓓卡》。读完小说的人，看着封面上那个斜体的大大的名字，或许都会如书中女主角第一次在某本书的扉页看到的一挥而就的签名那样，感到一种淡淡的残留的暗影，藏在这个看似普通的名字后面，久久不散。

相比而言，我更喜欢《蝴蝶梦》这个名字，女主角所经历的一切何尝不像是场梦呢，如蝴蝶般美丽，而这美丽也如同蝴蝶般短暂，却幽灵般栖息在每个人的心里。

我原本期待在电影中可以看到吕蓓卡的出镜，即使只是转瞬即逝的一个倩影，我希望可以看到希区柯克这样的大师会选择怎样一个人去诠释这样一个风情万种的女人，但最终没有，吕蓓卡永远只停留在读者和观影者的想象中。大师毕竟是大师，他不会破坏这份想象——她只能留在想象中，每个读者脑中都有一个美到极致的吕蓓卡，但一定各有风姿。

整本书中，还有一个女人，是让人无法遗忘的，她就是吕蓓卡忠实的仆人——终日一袭黑色长裙，不苟言笑的丹弗斯太太。

不幸福的人，脸上是挂着相的，没有笑容，没有宽容。

吕蓓卡去世后，她每天依然会亲自打理吕蓓卡的卧房，经常去那里换上芬芳的鲜花。按照吕蓓卡平日的样子归置着她的梳妆台，精心叠放着她的睡衣、拖鞋，仿佛她只是出门了，晚饭后就要回来就寝。不仅如此，整个曼陀丽庄园，丹弗斯太太都为她的女主人保留着生前的习惯。

这样忠心耿耿的仆人，当然憎恨新的女主人，新夫人的到来破坏了丹弗斯太太悉心维持的旧梦。在她眼里，曼陀丽是吕蓓卡亲自绘制的，石楠花是吕蓓卡亲自挑选的，那么曼陀丽就应该属于吕蓓卡。丹弗斯太太不能容忍任何人占据吕蓓卡的位置，因此全然不把新夫人视为庄园的女主人，更何况新夫人是个真正的灰姑娘。于是，她在新夫人面前盛气凌人，对她百般刁难，暗中算计，处处设置障碍。

她强迫灰姑娘按照吕蓓卡的习惯摆放玫瑰花的位置；向灰姑娘炫耀吕蓓卡的闺房、首饰、缎面拖鞋和耀眼的晚礼服；怂恿灰姑娘在舞会时定制与吕蓓卡一模一样的礼服，成功激怒了迈克西姆；还故意告诉灰姑娘，你住的房间是东厢，吕蓓卡住西厢，而西厢，面朝大海，是最好的位置；她每次与灰姑娘对话必有“从前的德温特夫人……”这样的句式。

她像维护女神一样维护着她的吕蓓卡，不容他人一点点的冒犯。她要让吕蓓卡活在曼陀丽庄园中写着“R”的每个角落里。

“你妄想占有德温特夫人的位置。”这是她一直在敌视、轻视女主人的原因所在。

的确，在丹弗斯太太心中，吕蓓卡就是一个能驯服一切、不害怕一切的神。她不是为了男女情爱而生的。

丹弗斯太太最大的享受就是为吕蓓卡奉献，她的幸福就是服侍吕蓓卡，永远陪伴在她身后，以一个奴仆和记录者的身份，伴随并记录吕蓓卡的“丰功伟绩”。记得她谈起吕蓓卡幼年如何残忍地征服一匹烈马时，那骄傲的神情，有着如同母亲对女儿一般的自豪。吕蓓卡不在了，她的幸福也被葬送了。

所以，丹弗斯太太似乎比吕蓓卡更加担心女主人的形象被遗忘，在丹弗斯太太心中，吕蓓卡没有死，她一直逃避着吕蓓卡的死亡，她几乎疯狂地留存吕蓓卡的痕迹，想用这种方式让吕蓓卡永远活着。

丹弗斯太太很明白吕蓓卡根本不在乎丈夫的感情，然而她依旧要帮着吕蓓卡来折磨迈克西姆。

丹弗斯太太对主人的忠诚到了极致，她唯一的寄托和骄傲都是吕蓓卡。这一切，吕蓓卡真的理解吗？或者，她真的在意吗？书中没有交代。

丹弗斯太太一生没有恋爱过，吕蓓卡就是她活着的意义和信仰，是她的一切。她是吕蓓卡最好的代言人，她是最了解吕蓓卡的人，也是最崇拜吕蓓卡的人。丹弗斯太太很可恶，但同时也很可怜，对吕蓓卡这种近乎变态的崇拜，使她对世界没有任何留恋。

这样深刻的爱，超越了男女之爱。

在明白自己心心念念的女主人终将会被人替代，吕蓓卡的生活痕迹只会一点点地消逝，丹弗斯太太教唆灰姑娘跳楼自杀，那孤注一掷的狠毒令人齿寒。

整个故事的高潮，是丹弗斯太太得知吕蓓卡死于迈克西姆枪下，绝望的她一把火烧掉了曼陀丽，在黑夜里将曼陀丽送入了火焰，她亲手毁了这幢没有吕蓓卡的豪苑。她所做的，是用自己的生命来烙下吕蓓卡的灵魂。

小说的结尾，是迈克西姆在解决完所有问题之后，带着妻子一路开车回家，看到火光冲天的曼陀丽庄园，傻眼了！

电影里，是迈克西姆匆匆赶回庄园，看到平安无事的妻子后松了口气，然后透过窗子，瞥见丹弗斯太太在大火之中疯狂的、变形的脸，丹弗斯太太是想带着整个庄园去地下陪伴吕蓓卡吧。

然后，镜头定格在绣着“R”的枕头慢慢被烧掉。

好的婚姻就是可以非常舒服地做自己

达芙妮·杜穆里埃作为著名的英国女作家，被誉为“打破通俗小说与纯文学界限”的大师级作家，她的成名作《蝴蝶梦》获赞颇多，甚至影响了一个时代情感小说的走向。

这部小说曾获得“20世纪最佳小说”——悬疑小说最高殊荣安东尼奖。

作者驾驭文字的能力着实让读者叹服。以惊人的不动声色的把控力，写出一颗颗滚烫灵魂在苍茫人世中的哭泣。无论是写曼陀丽庄园的景致，男女主人公在英国小镇的“邂逅”，梦幻般的大海，一个个形态各异的人物，都能使人体会到人性的无知无助无解。这样的文字终会触动、打动和感动每一个读它的人。

可以看出来，作者深受《简·爱》的影响，在这本书里，她送给女文青们的鸡汤是这样的：你们要努力让自己变得更好、更优秀，这样，在将来遇到喜欢的人时，才可以有机会平等地站在他的身旁，让他看到自己，不因自己的不优秀而错失机会，错失爱情。

一直以来，读者对灰姑娘有着各种各样的质疑，许多人认为，迈克西姆那样一个内心骄傲又心如死灰的男人，如何看得上楚楚可怜的灰姑娘？我却深信，越是一个千帆过尽、风景看透的男人越是会被简单的灵魂吸引。

年轻的迈克西姆和大多数男人一样，喜欢美女，于是，娶了个美艳聪明的老婆回家，结果她控制了曼陀丽的一切，控制了财务，控制了家人仆人，以跟各种男人私会为乐。他眼睁睁地看着却无能为力。强大的吕蓓卡让男人喘不过气，让男人动了杀机。所以他再次选择时，自然会抛开那种令人目眩神迷的美人。

他喜欢灰姑娘单纯幼稚、年轻迷惘的美好。她不会算计，她很直接、很善良。

灰姑娘心思简单，而他的阅历足以一眼看穿她。最重要的，在经历了吕蓓卡这样的女人之后，他需要的是一个随遇而安、任人摆布的女人，和这样的女人在一起，既轻松又舒服。

最可贵的是，在灰姑娘眼中，丈夫便是她的天和全部的世界。

所以，只想一心一意得到丈夫疼爱的灰姑娘，当然是伤痕累累的迈克西姆最中意的人选了。由此，他才会在结识短短几周之后就娶灰姑娘为妻。

记得灰姑娘嫁给迈克西姆后，憧憬着有一天穿一袭黑缎子裙、戴着满身耀眼的珠宝，像个真正的贵妇人那样映衬着丈夫。迈克西姆听了后对她说："永远不要打扮成那个样子。"但她是听不懂的，她以为这是丈夫对她的品味缺乏自信。

每次看到迈克西姆一言不发的时候，她总是会低头认错，苦苦央求，这和吕蓓卡截然相反，迈克西姆喜欢这样的女人，乖巧听话，把自己的男人视为神，他完全有能力驾驭这样的女人。但灰姑娘却一直想让自己努力靠近吕蓓卡。

卡夫卡曾经说过："不是所有人都能看见真相，但所有人都能成为真相。"

我们看到的都是自己愿意相信的，迈克西姆一听到吕蓓卡的名字就会沉下脸来，大家都认为这是他又陷入思念之苦了，却不知他的憎恨有多深多浓。

曼陀丽的那场化装舞会，迈克西姆看到灰姑娘穿着和吕蓓卡同款的裙子袅袅站在他面前，那震怒的样子使灰姑娘以为他念念不忘吕蓓卡，却不知这副模样又让他想起吕蓓卡的斑斑劣迹。还有便是她第一次违背了他的意愿：没有打扮成他希望的——小仙女爱丽丝的样子吧。

吕蓓卡漂亮，却像披了一层画皮，她纵情释放自己的欲望、贪念。大多数人以貌取人的天性，于她们最合适不过。所以，漂亮，永远是男人对女人最高的赞美，而温柔和善良，其实是男人对普通女人无可奈何的恭维。

年轻时，美丽妖娆的女人是男人的梦。迈克西姆年轻时痴迷吕蓓卡，那个充满诱惑又性格不羁的妻子却背叛了他，让他无法得到爱与尊重，又因为世俗的舆论和家族的声望，他深深掩藏、压抑着自己。

有了吕蓓卡这杯酒垫底，他才明白，光环其实是一种表演。表面太完美的人都是虚假的，一眼能看出瑕疵的人，才是真实的、活生生的人，因此他才会对灰姑娘的单纯更加欣赏看重。

“你知道我爱你胜于世上的一切。除了你，我什么亲人也没有。你是我的父亲，我的兄长，我的儿子，你是我的一切。”这是灰姑娘小女人式的告白。能被人这样爱着，真是一件奢侈而幸福的事。

男人大概要在经历过“精得像魔鬼一样”的吕蓓卡之后，才懂得青藤样的小女子的美好。吕蓓卡是迷药，灰姑娘是解药。往往都是这样，猜不透的人最后都变成了回忆，陪我们到最后的都是那些能够温暖我们的人。

灰姑娘的爱情也许是盲目的，但也是坚定的。片头和片尾的她简直判若两人，正如迈克西姆所说：“初见她时青涩稚嫩的样子已经再也不会回来了。”

每一个懂事的淡定的现在，都有一个很傻很天真的过去；每一个温暖而淡然的如今，都有一个悲伤而不安的曾经。

如果说人人都喜欢吕蓓卡的耀眼夺目，我更喜欢的是灰姑娘的细腻和深情。

有一句话说得真好：迟些遇见吧，你刚好成熟，我刚好温柔。

合上书页，我也在午夜梦回之时到了曼陀丽庄园：月光下的曼陀丽幽深神秘，精心修剪过的树枝在窗棂下投下细碎的剪影；繁复华丽的窗帷掀开一角，月光轻巧地透过去，一切都是静谧的，飘荡着古老年代的气息：东厢房外芳菲的玫瑰园，华丽而富贵的起居室，冬暖夏凉的藏书室。哦，曼陀丽还有独具特色的茶点，滴着油汁的烤面包，小块尖角吐司，塞满了果皮蜜饯和葡萄干的蛋糕……还有色彩、芬芳、声音、雨水、浪涛的拍击……

《蝴蝶梦》是裹着毯子，揣着热水袋，捧着一杯热茶时的标配；是下雨天的窗台上陪伴你的老友；是一盏彻夜长明的台灯；还是一股直蹿脊髓的阴冷。它就是这样一本独特的书。

前半生拥有的，后半生都得放下。

前半生不甘心的，后半生都得妥协。

一场大火结束了《蝴蝶梦》。从《蝴蝶梦》中醒来，每个人都从奢华中走出来了，真正是“荣华花间露，富贵草上霜”，到头来，落了个“白茫茫大地真干净”。

烟花——读《包法利夫人》

这是一个女人从怨妇变成荡妇，最后自取灭亡的故事。

这个故事看似很简单，一个有夫之妇的偷情史。而我想说的是，那些葬身于爱情的女人们告诉我们的真理。

她过着三流的日子，却做着一流的美梦

故事发生在十九世纪中期法国的一个小镇。女主人公爱玛是富裕的田庄主鲁奥老爹的独生女。父亲铆足了劲儿要富养女儿。她从小被送到修道院，学习贵族子弟应具备的仪态举止。少女时代的爱玛充满幻想，喜欢看带有浪漫主义色彩的言情小说，那些王子公主的故事塑造了她的爱情观。比如书中这样的句子：“发不完的誓言，剪不断的呜咽，流不尽的泪，亲不完的吻，月下的小船，林中的夜莺，情郎勇敢得像狮子，温柔得像羔羊，人品好得不能再好，衣着总是无懈可击，

哭起来却又热泪盈眶……”这就是十五岁的爱玛心中爱情的模样。

一个小姑娘借由这些浪漫故事，生出一颗浪漫的心，在一个又一个的爱情故事中安放着自己的梦想。

从修道院回到农庄的爱玛整天幻想着，自己能像书里的女人一样，住在一座古老的城堡里，整天在三叶形的屋顶下，胳膊肘支在石桌上，双手托住下巴，引颈企望着一个头盔上有白羽毛的骑士，骑着一匹黑马，从遥远的田野奔驰而来……

终于，那个人来了，他叫夏尔·包法利，一个乡村医生。包法利医生的母亲从小家庭优渥，嫁给不成器的丈夫之后，只能将全部希望寄托在儿子身上，替儿子规划未来，并为他找了一个“多金”的妻子，一个四十五岁的寡妇。虽然她满脸的疙瘩像春天发了芽的树枝一般，但还是有很多人抢着娶她，因为她一年有一千二百法郎的收入。从来不会跟母亲说“不”的包法利医生，默默地接受了母亲的安排，算是摆脱了母亲的束缚。没有想到的是，他娶的这个女人，对包法利医生有着超强的控制欲，甚至比他的母亲更为苛刻。包法利医生对妻子厌恶至极，又无可奈何。

就在日子过得浑浑噩噩之时，一个精灵般的人儿出现了。包法利医生第一次给爱玛的父亲看病时，就偷偷爱上了这个美貌的姑娘，何况她还喜欢看书、弹琴、绘画……包法利医生对爱玛迷恋极了，书中许多描写都直接地表达了他炙热的感情：“指甲的白净使夏尔惊讶，亮晶晶的，尖头细细的，剪成杏仁样式，比厄普的象牙还洁净……她美在眼睛：由于睫毛的缘故，棕颜色仿佛是黑颜色。眼睛朝你望来，毫无顾忌，有一种天真无邪的胆大神情。”

包法利医生心猿意马之际，他的妻子居然在丈夫最渴望她消失的时候，真的病死了。

欣喜若狂的包法利医生去爱玛家求婚。在那个村子里，医生已经是爱玛能够嫁的最有身份的人了。于是，十九岁的爱玛嫁给了夏尔·包法利医生。

终于抱得美人归，包法利医生对爱玛极尽宠爱。

成为包法利夫人之后，爱玛发现，婚姻生活和她想象中的爱情相差太远。她满怀憧憬地嫁给包法利医生，却发现他的“谈吐像人行道一样呆板，见解庸俗，如同来往行人一般，衣着寻常，激不起情绪，也激不起笑或梦想”。

她的丈夫木讷、平庸、不善言谈、安于现状，并没有什么上进心。他很爱她，但不是以她希望的方式在爱。要知道她的生活中除了爱情，就没有其他了。没有工作，没有朋友，没有圈子，她什么都没有。她唯一拥有的就是对爱情的幻想。

她的欲望和落寞，吞噬着她的快乐，她开始郁郁寡欢……

包法利医生为缓解妻子抑郁的心情，举家搬移到一个小镇。新的环境并没有令爱玛振作，因为日子依然照旧。

爱玛多么希望丈夫脚踏长筒靴，身着燕尾服，头戴尖顶帽，手戴长筒手套，那样衣冠楚楚地走在大街上令男人们嫉妒、女人们倾心；她多么希望丈夫谈吐优雅、口吐莲花，一开口就能赢得满堂彩，让所有人都羡慕她找了个出色的丈夫；她多么希望他是个有心人，会察言观色，能读懂她所有的心思。

包法利医生早出晚归忙着给病人诊病，挣钱养家，可没有闲工夫去猜妻子的心思以及她憧憬着什么样的浪漫生活。爱玛并不知道自己理解的浪漫从空中的五彩云霞落到日常生活中，是一种什么样子，她只知道不是现在的样子。

包法利医生对妻子却是一百个满意。她做的许多小事都能得到丈夫的欣赏：有时在蜡烛托盘上放一张新花样的剪纸，有时给他的袍子换一道镶边，有时给女仆烧坏的菜取一个好听的名字，包法利医生就津津有味地把它吃光。

爱玛在卢昂见过一些贵妇，表链上挂了一串小巧玲珑的装饰品，她也买了一串。她在壁炉上摆了两个碧琉璃大花瓶，不久之后，又摆上一个象牙针线盒和一个镀银的顶针。她心底里的那些浪漫情调，包法利医生想不出来也看不懂，但越是不懂这些名堂，越是觉得雅致美好。爱玛做的一切都使他感官愉快，美人做什么他都觉得美。

但在爱玛的灵魂深处，每一天的日子仿佛都是煎熬。她特别忍受不了的是吃晚餐的时候，楼下的餐厅那么小。火炉冒着烟，门嘎吱嘎吱响，墙壁渗着水，地面当然潮湿了。在这样的环境中进餐，人生的辛酸仿佛都盛在她的盘子里了。闻到肉汤的气味，她灵魂的深处却泛起了一阵阵的恶心。包法利医生吃得时间太长，她就一点一点地啃榛子，或者支着胳膊肘，用刀尖在漆布上划着一道道条纹。

她想去旅行，或者直接去巴黎。

坏的爱情，总是抽掉女人的脊骨

包法利医生医好了一位侯爵，侯爵邀请医生夫妇参加宴会。爱玛算是彻底开了眼，这次宴会完全激发了爱玛心底的欲望，尤其与子爵的相遇，使她终生难忘，那颗心，一经上流社会的熏染再也不肯褪色。

每每想起宴会上见过的几个侯爵夫人，模样没她漂亮，腰身比她粗，举手投足也比她俗气，可她们居然过着那么优渥的生活。她只有怨恨上帝太不公道了。想到这些，她就泪如泉涌……她被她的理想，或者说是她的幻梦，深深地折磨着，不得安生。

她只能用看书化解痛苦，转移注意力。可她选择的还是少女时代的情感读物，非但没有给她正确的引导，书中的情节越发增加了她编织梦想的能力。她希望她的爱人能时时刻刻关注她，用温热的嘴唇亲吻她的脸颊，他一定是风度翩翩、举止有礼的，会写热情洋溢的信，会说些俏皮话来逗她开心，他知道她内心的温柔与寂寞，他会和她一起骑马打猎，看星星，赏雪花，给她读抒情的诗句来宣誓对她的忠贞……

爱玛将寂寞和愤怒发泄在无穷无尽的物欲上。包法利医生却丝毫没有察觉到妻子的不满。

恰在这时，一个年轻人像彩虹一样照进爱玛心中。那个叫莱昂的少年朝气蓬勃，举手投足都像阳光温暖着爱玛绝望的内心。用现在的话说，莱昂是小鲜肉一枚，也是个文青，多才多艺，会画水彩画，能辨识五线谱，星期天会去森林边缘的山坡顶上看书，眺望远处的日落……并且，他对爱玛一见钟情。

这一切太合爱玛的胃口了。

一来二去，爱玛便把小说中的男主人公的职责交给了莱昂，他们一起谈心，一起读小说，互诉衷肠，很是柔情蜜意了一阵子。

文青莱昂也有自己的梦想，世界那么大，他想去看看。最重要的一点是，他不想让这份美好的恋情发展到收拾不住。

离开小镇前，他鼓起勇气去找爱玛。但见面时，话到嘴边却什么也说不出来，只得黯然离开，去了巴黎读法律……

莱昂走后，爱玛品味着伤感，她又回到了情感苍白的空窗期，她的举止衣着都反映着她的空虚寂寞，这个信号成功地引来了虎视眈眈的偷猎者。

爱玛被一个情场老手鲁道尔夫盯上了。鲁道尔夫多情多金，拈花无数，是个情场老江湖。他像一个猎手，一眼就看出爱玛是那种在婚姻中得不到满足的少妇，便暗暗设计勾引她。在她毫无防备之时猝不及防地向她求爱。

对于一个孤寂而不安分的女人，那干柴，只需要一点火星，就可以燃起！

鲁道尔夫深谙女人心思。他满嘴甜言蜜语，哄得爱玛意乱情迷。爱玛觉得，她期盼的那个人终于出现了：说不完的情话和难分难舍的亲密，有爱情的温度，有甜言蜜语滋养的生活……鲁道尔夫几乎诠释了爱玛对浪漫的幻想。她才不要委屈自己去做什么贞洁、顺从的妻子，她要过她想要的日子。

“她的后颈窝挽了一个螺髻，头发随随便便盘成一团，可以根据翻云覆雨的需要把发髻解开。她的声音现在更加温柔，听来有如微波荡漾。她的腰身看来好似细浪起伏，甚至她裙子的衬裙，她弓形的脚背，也能引人入胜，使人想入非非。”

鲁道尔夫给了她浪漫，她便给鲁道尔夫一个上流女人的派头。她向服装店的老板打借条买各种衣服布料，她送鲁道尔夫各种奢侈品，为了情人她不断打借条。她的排场越来越大，需求的物品也越来越多，她像滚雪球一般赊着账。

偷猎者的好奇心和新鲜感总是有限的，那么快将她征服后，鲁道尔夫失去了挑战的乐趣，倦了，想要离开。

“她像春天的早晨一样来到他的房间。他们的伟大爱情，从前仿佛长江大河，她在里面悠然自得，现在一天枯似一天，河床少水，她看见了污泥。她不肯相信，加倍温存。鲁道尔夫却越来越不掩饰他的冷漠。”

可爱玛依然有源源不断的情话要诉说，有源源不断的享乐要实现，被爱情冲昏头脑的爱玛决定孤注一掷。她做好了一切准备，打算和鲁道尔夫私奔。这可把鲁道尔夫吓了一跳，这女人恋爱起来智商完全为零，鞋底抹油，得赶快溜啊。鲁道尔夫的游戏规则不是这样玩的。

于是，鲁道尔夫写了一封情真意切的告别信，让我们读读福楼拜描写鲁道尔夫打发爱玛的那一段文字：

“好了，”他自言自语，“动手写信吧！”

“假如我告诉她我破产了……啊！不行，再说，这也不能叫她不来。那一切又得重新开始，没完没了。怎么能和这种女人讲理呢！”

他考虑后，又接着写：“我不会忘记你的，相信我的话，我会继续对你无限忠诚，不过，或迟或早，总有一天，这种热情（世上的事都是这样），不消说，会减少的！我们会感到厌倦。等到你后悔了，我也会后悔，因为是我使你后悔的，那时，我会多么痛苦呵！只要想到你会痛苦，爱玛，我就好像在受严刑拷打！忘了我吧！为什么我会认识你呢？为什么你是这样美呢？难道这是我的错吗？我的上帝！不是，不是，要怪只能怪命了！”

“这个‘命’字总会起作用的。”他自言自语。

“她也许会以为我是舍不得花钱才不出走的……啊！没关系！随她去，反正这事该了结了！”

“世界是冷酷无情的，爱玛。无论我们躲到哪里，人家都会追到那里。你会受到不合分寸的盘问，诽谤，蔑视，甚至侮辱。什么！侮辱！……我只想把你捧上宝座啊！我只把你当作护身的法宝啊！我要惩罚我对你犯下的罪过，我要出走。到哪里去？我不知道，我真疯了！祝愿你好！记住失去了你的可怜人。把我的名字告诉你的孩子，让他为我祷告。”

两支蜡烛的芯子在摇曳不定。鲁道尔夫起来把窗子关上，又回来坐下。

“我看，这也够了。啊！再加两句，免得她再来‘纠缠’。”

“当你读到这几句伤心话的时候，我已经走远了，因为我想尽快离开你，免得我想去再见你一面。不要软弱！我会回来的。说不定将来我们的心冷下来了之后，我们还会再在一起谈我们的旧情呢。别了！”

“可怜的小女人！”他带着怜悯的心情想。“她要以为我的心肠比石头还硬了，应该在信上留几滴眼泪。但我哭不出来，这能怪我吗？”

于是，鲁道尔夫在杯子里倒了一点水，沾湿了他的手指头，让一大滴水从手指头滴到信纸上，使墨水字变得模糊。

真是不得不佩服福楼拜，短短的描写就把这个男人的内心世界表达得淋漓尽致。

收到信的爱玛几乎崩溃。曾几何时，她挽着鲁道尔夫的臂弯，送给他贵重的礼物，换回一句又一句的甜言蜜语及天长地久的誓言，梦醒时刻，才发现原来所谓爱情的舞台上，竟一直是自己一个人在自导自演！

爱玛一病不起，一度以为自己要死了。榆木脑袋的包法利医生仍不知道妻子怎么了，只觉得她病得蹊跷，所以让他老妈来看看。老包法利太太阅人无数，一眼便看出儿媳妇的病因——太闲了！她开的药方是：让儿媳忙起来，找点事情做。老太太的办法是接地气的。

可包法利医生怎么舍得让爱玛做任何事情，他的爱玛只要每天漂漂亮亮地坐在家里等他回来就好了，钱他来挣，家务女佣来做，他的爱玛就得十指不沾阳春水。为了讨妻子欢心，包法利医生决定带她去剧院看戏。

一场戏，爱玛邂逅了莱昂。一别三年的莱昂已经脱去稚气，举止言谈像个贵族绅士。在经历了巴黎的灯红酒绿、狂蜂浪蝶之后，对于和爱玛尚有余温的感情，他游刃有余，很快和爱玛你侬我侬如胶似漆了。

新欢足以抵消旧伤。爱玛再一次义无反顾地沉入爱情。说不尽的甜言蜜语，享不完的肌肤之亲……为了约会，她每个月进城一次，借口去学钢琴。她住着最好的宾馆，她穿着各种华丽的衣服，她像贵妇人一样，一切物品都要精美别致。她一如既往地为爱情投入，豪迈地支付各种费用。

莱昂回报爱玛的当然是浪漫，且花样别致。他会叫一辆马车，两人坐进去，拉上帘子，马车沿着一条一条街不停歇地跑着，帘子后面时不时露出两只裸露的手……这一次相遇，和当初谈理想谈人生的柏拉图恋情不同，他们爱得热烈而放荡，爱玛又变回了那个汁液饱满的女人。

他们度过了一段疯狂又美好的时光。

随着对莱昂愈来愈深的迷恋和无法遏制的控制欲，爱玛随时会去莱昂工作的地方，甚至不再顾忌别人会发现。她想他的时候就非要见到他，爱玛的任性、狂热、毫无底线让莱昂感到害怕。他预见到了与爱玛的暧昧关系会损害自己的前程。

于是，莱昂和鲁道尔夫一样，开始后退。

莱昂这种人我们实在太熟悉了，不是吗？他们常常在一无所有时，爱上年纪比自己大很多的“姐姐”，从“姐姐”那里感受温柔、母性、成熟的风韵……甚至得到物质上的帮助，一旦自己翅膀长硬了，就会迷恋“妹妹”的娇俏可爱，也越来越明白选择符合世俗规范的人生伴侣，是最正确的路。然后就理性了，决绝了，头也不回地飞走了，并且将自己爱过“姐姐”的事实抹得一干二净。

爱玛不知道，那个羞涩腼腆的小男孩，已经不在了。如今的他心中有着同爱玛一样的梦想，他代替了爱玛的梦想飞奔巴黎，接触上流社会，已经是成长中的鲁道尔夫。而这种男人的野心永远高于爱情。

爱玛还在自己的幻梦里表演时，莱昂已经匆匆走下了舞台，留下爱玛一个人收拾散场后的结局。

爱玛为她的爱情欠下了巨款。她将自己和整个家都带入了绝境。走投无路的她硬着头皮去找旧情人鲁道尔夫借钱。

摧残爱情的方式很多，不过连根拔起的狂风暴雨，却是借钱。人性就是这样的真实。

当鲁道尔夫得知爱玛不是来与他欢好，而是来借钱的，他体内立刻翻涌起一股厌恶，他冷面对她，目光里有一种浓浓的嫌弃、鄙视。爱玛最后的那一点点尊严也没了，所有的精气神也消耗殆尽，她踉踉跄跄地返回，内心的悲凉只有自己知道。

几近疯狂的爱玛去找公证人借钱，公证人垂涎爱玛的美貌，提出以肉体为交换条件，爱玛毫不犹豫地拒绝了。她最后一次证明了自己的单纯。虽然她在情人鲁道尔夫和莱昂面前风情万种，但她认为那是出于爱。

绝望的爱玛选择了服毒。

爱玛死后，包法利医生完全没有责怪她。在考虑她下葬的相关事宜时，福楼拜这么写道："夏尔把自己关在诊室里，拿起笔来，还啜泣了好一阵子，这才写着：'我要她下葬时穿结婚的礼服、白缎鞋，戴花冠。头发披在两肩。要三副棺木：橡木的，桃花心木的，铅的。不要对我讲了，我会挺得住的。她身上要盖一条绿色丝绒毯子，请照办吧。'"

大家都十分惊奇他哪来的这么多浪漫想法，当药剂师劝他不要花那么多开销买丝绒毯子时，他立马喊了起来："不要管我的事！你不爱她！"

可这些，爱玛再也看不到了。

爱玛出殡那天，鲁道尔夫出门打了一天猎，莱昂与上流阶层的女儿在订婚。

没有去见爱玛最后一面，这两个她曾深爱过的男人都能够酣然入梦，不为所动，就像她不曾存在过。

万念俱灰的包法利医生无意间打开爱玛的书柜，发现一堆信件后才知道她出轨已久的事实，他被彻底击垮了，孤零零地死在了长椅上。

父母双亡，留下可怜的孤女小白尔特。白尔特这个名字还是爱玛参加侯爵府的舞会时听到的一个小姐的名字，便给自己的女儿取了这个名字。白尔特后来被姨妈送到了纺纱厂做女工。爱玛带给家庭的巨大创伤远远没有平息，她毁掉的都是爱自己最深的人。

包法利夫人死了，但太阳照常升起，她生命里曾经浓墨重彩或轻描淡写的人们继续着自己的欲望。

公证人的佣人在爱玛死后带着她的佣人远走他乡，鲁道尔夫不敢做的事情他做了，爱玛没有离开的地方她的佣人离开了。

人生在世几十年，谁能有一双火眼金睛辨得清魑魅魍魉，谁能在出生时洞悉“他年葬侬知是谁”？

这跌宕起伏，这刻骨铭心，于她是梦一场，于他们是戏一场。

她计较过在乎过孜孜追求过的，都将她弃如敝屣。她唾弃过鄙夷过置若罔闻过的，却为她陪葬地狱。

当浪漫变成虚空的奢欲，女人的一生注定了悲剧

拜伦曾说过，男人的爱情是男人生命的一部分，而女人的爱情是女人生命的全部。

爱玛理想中的爱情，福楼拜有精彩的描述：“爱情对她来说，应该突然而来，光彩夺目，好像从天而降的暴风骤雨，横扫人生，震撼人心，像狂风扫落叶一般，把人的意志连根拔起，把心灵投入万丈深渊。”

爱玛幻想的，是完美的男人，带着她领略激情的魅力。这样的男人，存在于光鲜华丽的上流社会，多金多才多情，对世事洞若观火，她只需把手交给他，就能在鲜花高脚杯和十四行诗的滋养中，沐浴爱河……

爱玛渴望的这些，包法利医生都无法给予，他给她的安稳日子，爱玛觉得不值一提。对于爱玛来说，和包法利医生一起生活是她对命运的屈从，是她做出的最大的牺牲。

可包法利医生绝对是暖男一枚。爱老婆，有体面的工作，没有恶习，对妻子渴求浪漫的激情和附庸风雅的虚荣，还十分欣赏。爱

玛有如此爱她的丈夫，有可爱的女儿，有贴身仆人操持家务，还有花园、钢琴、书籍，不用为了生活疲于奔命，不用看别人的眉眼高低。可是，她仍然很痛苦。居然为了与情人幽会，让包法利医生继承的财产顷刻间消失，为了自己的一条丝绸带，而让女儿穿着有破洞的袜子。

与莱昂幽会的花费全都是包法利医生的财产，为了给鲁道尔夫买皮鞭，她可以垫付丈夫全部的诊金。而这些情夫，躺坐在安乐椅上，抱着别人的老婆，述说着自己的拮据与无奈。

爱玛追求爱情，首先应该尊重爱情。一边享受丈夫稳定的生活保障，一边厌恶丈夫追求婚外真爱。用时下流行的话来说："很多不幸都是自找的。"

如若用天真来形容她，那便是她的爱情观和看世界的方式，永远都停留在少女时代。爱玛的天真就在于，以为爱情可以改变一切。

她对每一场鱼水之欢都全身心投入，自以为这才是轰轰烈烈的爱情，殊不知从始至终，都是自己在唱独角戏。

她向往远方，憧憬多姿多彩的生活，希望丈夫出人头地令自己骄傲体面；希望情人为自己带来生活的热情，带她去更广阔的世界。她将一切希望倾注在别人身上，最终得到的只能是失望。

"浪漫"这个词在书中，像是犯了错的小媳妇。其实浪漫本没有错，就像一束玫瑰是心意，上百便是奢侈和炫耀了。浪漫从来不会与幸福相悖，它也可以是生活里的细细碎碎、点点滴滴。

真正的浪漫不会害人，害人的都是虚空的奢欲。

当浪漫成为一种臆想，女人的一生注定了悲剧。

我总是不厚道地想，爱玛遇见的第一个男人不应该是她的丈夫，若是鲁道尔夫呢，这便精彩了，伤痕累累后再遇见包法利医生，该会多么地珍惜。

没有梦想吧，生活不值得过；有一点小梦想，生活还算有情趣；但是梦想一过剩，以及梦想太大无法实现，又造成无穷的痛苦。

那些想要逃离他们既定命运的人，有着强烈的不甘。越是努力挣扎，毁灭来得越是快。

有时候，努力的方向比努力本身更重要。

现实像极了包法利医生，平庸、无趣、缺乏激情，日日陪伴在我们身边却只有忍受冷落和讥讽，但他是善良的，忠诚的，愿意宽恕的。

爱玛一开始便遇到了医生这杯温暾水，她没尝过烈酒，不知道销魂沉醉后还有无法收拾的一地狼藉。在什么都没有经历之前，她不甘心。

她抱着心中的绮丽梦幻，向上攀爬，却在云端跌进鸿沟，被时代的滚滚车轮碾没，烟消云散。

她的梦想如烟花般绚烂，却又瞬间冷寂，换回的，不是宿醉之后的清醒，而是深入骨髓的悲凉。

书中有两次都说："错在命运！"不知道命运可愿意背这个黑锅。

司马迁说，以色侍人者，色衰而爱弛。

茨威格说，虚荣的人，总是轻易相信别人爱你。

书中写苦闷的爱玛想找神父告解，神父说："有好多女人吃不上面包，没有取暖的火，你拥有这些东西，还想什么？"爱玛愣住了，流下了绝望的泪水。她认为，世人都不懂自己！可神父说得没错啊，作为一个医生的妻子，不用每天浆洗衣物让双手又糙又粗，不用早起费心操持家人的吃食。多少人是先活着，再生活啊。

一个幸福的人，不一定拥有很多，而一定懂得知足。

试问：谁生来甘于平庸？谁又不曾心怀那些不切实际的梦想？曾几何时，我们都对爱情抱有无限幻想。在漫漫成长过程中，我们经历了柴米油盐酱醋茶的烟火气，历经了社会和现实的磨砺，明白了婚姻的内涵，我们渐渐背离心中那些不切实际的梦幻，成长着。

所有好奇都有满足的一天，所有不平凡都有平凡的一天。

歌词中说："等待着别人给幸福的人往往过得都不怎么幸福。"

男女之间，如果从一开始就不是两情相悦，日后便很难做到惺惺相惜。爱玛嫁给包法利医生，是借这场婚姻离开农庄，至少从农村到了小镇，但没有感情基础，这场婚姻就像一座没有打好地基的高楼，崩塌只是时间问题。与其说这是包法利夫人的悲剧，还不如说这是他们夫妻俩共同的悲剧。

对于爱情，无数的人讨论过，究竟是应该嫁给爱情，还是应该嫁给生活。

书中，包法利医生带着爱玛去戏院看歌剧，先是像无头苍蝇般找剧场，好不容易进了包厢，当包法利夫人沉浸剧情为之感动的时候，他一会儿一个问题，张冠李戴完全没有听懂，包法利夫人耐着性子解释了两次之后，要求他闭嘴。中场休息时，他去给她买杏仁露，路上摩肩接踵，杏仁露洒了旁人一身，被人臭骂一通。等他终于开始入戏的时候，她又要求别看了。

如果不是为了讨好妻子，包法利医生还会这么做吗？会去看一场自己根本不懂的戏剧吗？会不辞辛苦地出去买一杯杏仁露吗？会在看得正起劲时说走就走吗?

不会。他之所以会去做自己不感兴趣的事情，全是因为他爱她，因为他生活的中心，就是竭力满足她。

爱一个人，很容易卑微，很容易将自己的不完美展露出来。

包法利医生的爱如此伟大，但是支撑不了摇摇欲坠的感情。

女文青和乡村医生，一个耽于幻想，一个不懂浪漫，简直是灾难。

谁都认为包法利医生付出了很多，对爱玛已经好到不能再好了，可爱玛对丈夫却充满怨恨。所以，懂其实比爱更重要。

不能说医生不体贴爱玛，只能说他给不了爱玛想要的生活，连他这个人，也不是爱玛想要的。

他们两人，一方热衷于付出，另一方营养过剩。

爱玛心比天高，她欲望的沟壑，深不见底。她爱的是鲜衣怒马，是公子王孙，而现实是，只有她眼中俗不可耐的丈夫对她是一心一意的。包法利医生是书中唯一真正爱着爱玛，肯为她付出一切的人。

最后，包法利医生对濒临死亡的爱玛喊出:“你不幸福吗?是我不好吗?可是所有我能做到的，我都尽力做了啊!”闻之让人心酸。

向往爱与自由，无可非议，但爱与自由不是我们厌恶当下的理由，任何得到都需要付出。

以前常听人说，要谈一场轰轰烈烈的恋爱，可生活中哪有那么多轰轰烈烈。人大都平凡，平凡的人们相遇相知相爱因而不再平庸，激情过后终会归于平淡，而平淡中的相濡以沫，才是婚姻的底色。

多少女人不知道自己就是她，甚至还不如她

我们永远无法拔着自己的脚离开我们的生活，却又不能不踮脚眺望那些视线之内生活之外的东西。

捧着书一路看一路想着，即便是现在，包法利夫人仍然存在，无数个爱玛存活在你我心中。

我们都是包法利夫人。

有些人天生比另一些人更容易感受到痛苦。因为他们天生不满足，总想寻求更高的意义，所以在不断折腾。人生是选择，但遗憾的是，有些天性，只能完善，不能选择。

悲剧性格决定悲剧命运。与其说爱玛的悲剧缘于她对美好的执着，不如说她对所谓“美好”的认知过于狭隘。在她所能接触到的狭小的井底世界里，她只能望着井口的微光，幻想心底的纸醉金迷。

王尔德曾经说过，人生有两种悲剧：一种是得不到自己想要的东西，另一种是得到。我们都应该明白，婚姻除了爱情，还需要理性和克制。

包法利夫人自私、愚蠢、虚荣、狠心、庸俗、势利，可又天真到让人不忍心，她兜兜转转在一票男人间，爱情是她的春药，可她最缺乏的，就是理性，永远不知道自己要得到什么。

她入戏太深，扮成贵妇人自己也当真了。她的身份和思想与现实环境格格不入。一直错误地追求着对于她来说难以企及或者根本就不属于她的东西。

所以福楼拜说：“爱玛在那个时代必须得死。”

像鲁道尔夫这种爱情骗子，就会用星星啊，诗啊，眼泪啊……这些没用的东西来哄女人，每次看到爱玛把甜言蜜语当饭吃，就恨铁不成钢！爱玛在鲁道尔夫这里，交了昂贵的学费后，依然没有清醒。

爱玛对自己的容貌是很自信的，美貌无疑是上天馈赠给女人最有价值的礼物之一，但是，女人并不是越美丽，就离幸福越近。如果女人以为拥有美貌，就能拥有幸福，那可太高估美貌的力量了。

美貌的优势是更容易获得关注，更容易成为焦点，能不能让这种关注持续下去，依然要靠才华、修养以及内心深处那些能打动人的品质。

多数中年成功男人明白，自己需要的是生活被丰富而不是被颠覆。男人从来都是理性的，他们算得明白，想得更明白。

很多人明明只有五分，却装成自己有八分，然后还想找一个十分的人结婚。

男如于连，女如爱玛，追求超越自己社会阶层和现实处境的欲望，是注定要为之付出代价的，而我，终究是渺小的。

书中最让人跌眼镜的莫过于商人勒乐和药剂师郝麦了，他们的共同点在于：很会看穿人心，很清楚自己是什么人，能得到什么以及如何得到。故事的结尾是他们都走了大运发家致富了，与爱玛和包法利医生的死形成鲜明对比。不得不赞叹一下作者的用心。他耗时四年努力建构的便是这样一个社会——小人当道。

我们总是在向往着远方，那里承载着我们所有的幸福和美好，可很多情况下，不是物质追求到了一定程度便有同样的幸福感做标配。

人世间虽有千千万万个偶然，但决定悲剧命运的却是那些偶然中的必然。

所以，学会爱，学会坚强，摆脱自我中心，远离戾气，享受孤独，拥有把平凡过得有意义的本领，是女人最重要的一课。当你缺了这一课，岁月会不惜代价给你补回来，让你直面人生的残酷和现实。

爱玛，应该是一个假文青。她更多的是追求物质上的享受，以求让自己看起来更像上流社会的贵妇；精神上她并不倾心艺术，看书和戏剧也仅止步于取悦自己。空有一颗上流的心，却没有与之匹配的素养。更可悲的是，她一辈子都不曾明白，上流社会并非只有钱、只有聚会、只有吃喝玩乐。

爱玛人生观的形成，缘于修道院中的半贵族式教育和浪漫言情小说的熏陶。这种知识体系将她的世界观锁定在了半空之中，且再无可能回到地上。

这种启智造成了爱玛形成一种肤浅的清醒，让她对生活充满了不甘与怨恨，而侯爵的家宴则给她开了一扇天窗，像一束光打下，点燃爱玛眼中的火花，而她却没有抵达的途径。

很多年前，琼瑶的小说满足了一代少女所有的爱情幻想。英俊小生，浪漫儒雅，多金专情。读这种小说，只能是特定的那个年龄段。时至今日，依然有许多人处于爱玛的困境，而没有跌入深渊的人，一定是分清了现实和幻想的界限。

喜欢读书是好事。书籍只是一个载体，它所承载的思想是否有价值，是需要人去分辨，去筛选，去思考的。只可惜爱玛从书中只读到了女性追求爱情的自由权利，却忽视了自由背后对等的责任，不但是婚姻中的“寄生虫”，还是家庭中的“吸血鬼”。

虽然现代女性变得更独立了，但对于爱情依旧充满美好的想象，从浪漫韩剧、玛丽苏大行其道可以看出来。有些网络文学造就了一批喜欢看总裁文的少女，也和爱玛一样心心念念着完美总裁的出现。不撞南墙不明白，自己不优秀，邂逅谁都没有用。

爱玛代表了一类人，书读得不多却想得太多，实力永远配不上自己的野心。

幻想的欲望，认知的局限，信仰的羸弱，叛逆的本能，不知足的心态……每个人心中或多或少有包法利夫人的影子，如何救赎自己心灵深处那个"包法利夫人"，是所有人共同的课题。

耶稣看见一个妓女正在受审判，便对众人说："你们中谁是没有罪的，就可以拿石头砸她。"

这句话流传很广，因为谁也没有在道德上审判另外一个人的权利，哪怕你贵为天子，哪怕他贱如草芥。

很可惜，这个道理到了十九世纪福楼拜写包法利夫人时，甚至到了今天，很多人也不懂。

福楼拜曾说过："包法利夫人，就是我。"

福楼拜十五岁就和女仆发生了关系，十五岁开始暗恋大他十岁的少妇爱丽莎，二十五岁时又爱上大他十岁的已婚诗人高莱。他狂热地给高莱写着一封封激情四溢的情书。但高莱的丈夫去世后，她向福楼拜提出结婚的要求时，福楼拜拒绝了，给出的理由是："假使我每天看到你，恐怕我爱你的热情就会降低了。"

《包法利夫人》引起文坛一片哗然，还吃上官司差点成为禁书。而当初被指为淫秽之作的原因是——"居然没有一个正派人物出来阻止这场悲剧的发生。"

爱玛没有得到拯救，因为福楼拜并没有打算创作什么正派人物。正如他年轻时候说的："我一旦参与人世间的生活，我将以一个思想者和道德败坏者的面貌出现。我只道出真相，但这种真相可怕、残忍而赤裸。"

福楼拜的父亲是一位非常有名望的大夫。童年的福楼拜常和妹妹玩耍的花园墙后就是尸体解剖室，他们经常爬到窗户上偷看停放在医院里的尸体。外科医生家庭熏陶出来的科学、严谨、客观的思维，使他在写作时仿佛拿着的是手术刀而不是笔。

他写《包法利夫人》，宛如挥舞着手术刀，让我们目睹了一个女人如何被欲望和疯狂肢解掉。他像一个冷血的杀手，在叙述中不动声色，站在高处冷冷地嘲讽，以一个智者的姿态俯视着人间的男欢女爱。直到爱玛咽下砒霜的那一刻，他满意地完成了这场"谋杀"。

合上书，不禁感叹，时光荏苒，改变的是时代，不变的是人类在爱情面前的形态。似乎书中的人物也可以在现实社会找到原型。我想，这就是经典之所在吧。

如何面对人生的虚无，福楼拜并没有给出直接的答案。经典文学的意义，不是解题，而是让读者能有属于自己的深度思考。"倘若人生可以重来，你会怎么生活？"这便是福楼拜让我们每个人思考的问题。好的小说家，只如实地把世界呈现给读者评析，不负责回答。

读完《包法利夫人》，许多人也许都会有如释重负的感觉："幸亏我没有像她那样，我也不会像她那样。"

在我看来，这种俯视爱玛的优越感，是不存在的。

我们所有人，都无法摆脱媚俗的阴影。

一本好书，是多层次的。书中许多故事情节似曾相识，人物的心理活动让读者感同身受，倏然警醒。

我的一位朋友，漂亮聪慧，童年时穿戴都是姥姥、姥爷从上海寄来的时髦货。在学校一直是班长，是老师最喜欢的学生，是家长们口中“别人家的孩子”。可惜，情路上遇人不淑。据说，她也是怀揣着梦想，抛家弃女辞职，和心仪的男人私奔了。心高气傲的父母气不过，短短几年时间相继离世。等她一无所有地回到曾义无反顾离开的那个家时，那个家已经没有她的位置了，她的丈夫不是包法利医生。

再见她，是在飘扬的雪花中，她穿着单鞋推着一大笼包子在菜市场叫卖，到了饭点，面无表情地啃着冰冷的大馒头，就着咸菜，和着浩荡的委屈和辛酸一起缓缓咽下。这一个“爱玛”，梦醒时分，选择了与现实妥协。

眼前还出现了另一个“爱玛”，也是怀揣着梦想，孤身一人到了北京。后来，一场车祸让她从天上回到了人间。多少年过去，尽管那座城市对她无情，可这个“爱玛”依然对它深情款款。

这本书对我影响很深，感谢我那么早就能遇见它，遇见包法利夫人，遇见自己。

何为高贵——读《羊脂球》

她年轻、漂亮，懂得看淡和体谅，虽然身在风尘中，却有着善良的底子。她永远在被别人伤害，也永远在自我愈合。她这一生，都不会忘记那辆马车上发生的一切。对于她来说，那是一场噩梦。

她有一颗善良的心

原本，她是不相信世人会这样对待她的。在姐妹花中间，她不算最美的那一个，却是最特别的。在莫泊桑的眼中，她是这样的形象："她个头矮胖，浑身圆滚滚的，肥得油脂流溢，连一根根手指也是肉鼓鼓的，只有每个骨节周围才细一圈，皮肤紧绷而发亮，像一串短香肠。她的胸脯丰满挺拔，在连衣裙里高高耸起。她皮肤细嫩，明艳照人，叫人看着就怦然心动。她的脸蛋像一只红苹果，又像一朵含苞欲放的牡丹花，脸蛋上部，两只美丽而乌黑的眼睛闪闪发亮，四周围着一圈又长又浓的睫毛，而睫毛又倒映在眼波里；她的脸蛋下部则是一张媚人的小嘴，两排细牙洁白明亮，嘴唇柔美湿润，简直就是专为接吻而造设的。”客人们都喜欢她，喜欢她生机勃勃又肥美的模样。这成了她与众不同的招牌。

因为胖，她被姐妹们戏称为“羊脂球”，还在鲁昂城给叫响了。她也不晓得，那么贫寒的家，怎么会养育出她这样一个胖姑娘。

尽管生活在社会最底层，吃过那么多的苦，干着那样令人不齿的职业，可到底，她能够养活自己了。她接待过无数的客人，无论是高贵的州长还是赶脚的车夫，她都会接待。她没有家，没有亲人，没有朋友，她知道，自己吃的是青春饭，又不认得多少字，所以，要趁年轻多攒一些体己钱。

她们这样的人，最怕乱世，可还是不幸赶上了。

德军入侵鲁昂，她所在的城市成了敌占区，为了逃生，她找到了从前的客人，终于得到了一张出境证，好不容易订到了出城的马车。她想，自己是在逃命啊，必须备足食物，可别没被敌人打死，反而给饿死了。因此，她准备了足够路上吃三天的食物。

马车很宽敞，加上她，正好坐十个人。上了车，借着黎明时凄冷的光亮，人们好奇地相互打量着。

面对另外九个人，她有一点点惶恐。

在战争中，生命太卑微。活着既难又屈辱，但无关世间安稳和动乱。不论什么年代，她都是边缘人，战争年代，同样不会逃脱边缘。

车厢尽头最好的位子上，坐着葡萄酒批发商卢瓦佐夫妇，男的被称为鸟先生，他诡计多端、臭名昭著，被人看作是一个狡猾的坏坯子，他做的买卖是以很低的价格把很坏的葡萄酒批发给乡间的小贩。

坐在鸟先生夫妇身旁的是卡雷·拉玛东先生，开有三座纺织厂，得过四级荣誉勋章，是省议会的议员，友好的反对派的首领；拉玛东对面坐着他的夫人，年纪比丈夫小很多，一个娇小玲珑、姿色出众的女人。据说，那些被派到鲁昂来驻扎的高层军官经常能在她身上找到安慰。挨着她旁边的是于贝尔·德·布雷维尔伯爵夫妇，他们出身于诺曼底最古老又最高贵的一个世家。有一个传说使他的家族备感荣耀——亨利四世曾使得布雷维尔家族中的一位女子怀孕了，这位女子的丈夫因此晋封伯爵并荣任了省长。

这些人都是有权有势有钱之人。他们有的是为了躲避战争出城，有的是为了发战争财，有的是为了将财产转移出去，各有各的心思。但他们的目标是一样的——逃出鲁昂城。

伯爵夫人旁边坐着两位修女，手握长串念珠，嘴里还嘟哝着圣经。她的座位刚好挨着两位修女，坐在她对面的是“民主党”高尼岱，一个糖果商人的儿子，但他已经败光了那份相当可观的产业。他还自诩有爱国之心，热心于防御工事，如今却临阵脱逃。

环视一圈，她知道，在这辆马车上有形形色色的社会人物。按等级来分，她是最没有地位的。

当她一下被人认出来之后，那几个贵妇人窃窃私语起来，有了她在场，一个卖笑为生的女子做参照物，她们一个个都觉得自己陡然纯洁高贵起来，并且突然间变成了无比亲密的朋友，用各种眼神和表情提醒这个令人不齿的女人，她与她们不一样，即使她从来没有伤害过她们。

马车在沉寂中前行。夫人们眼神里的不屑和嘴角边的冷笑一波又一波地向她射来，她一直低头忍受着。

后来，脖子实在酸了，她抬起了脑袋，用很有挑战意味的眼光望了一遍同车的人，所有人沉寂了，大家的目光转向了别处，或假寐或冥思。不时地有人打呵欠，并且像得了传染病似的，一个人打了之后，另一个几乎马上跟着打，于是一车人都轮着打起来，根据各自的性格、教养和社会地位，有的张开嘴巴大声打，有的微微张嘴随即用手挡着冒出的热气轻轻地打。

车子走得很慢，并且因为下雪，车轮陷进雪窝中，大家不得不下来步行了三次。这些非富即贵的人物原本都打算在路边的饭店里解决午餐，没想到所有店家都被战事吓跑了。

直到下午三点，所有人饥肠辘辘时，她变戏法般从座椅下拉出一个篮子，当她独自享用美食时，一车人恨不得把她“千刀万剐”。鸟老板忍不住对夫人说，自己愿意出一千金法郎去买一只肘子吃。

看着他们的神态，她心里犹豫起来，要不要让让他们呢？可是，这一车人那样地轻视她，即使自己主动邀请，他们也不会接受吧。别再自取其辱了。她一边想着一边默默地吃着，不久香味散开了，它增强了人的嗅觉，使得人的嘴里浸出大量的口水，而同时腮骨的耳朵底下发生一阵疼痛的收缩。

当一车人吞咽口水的声音大过了她的咀嚼，在饥饿的对抗下，陆陆续续有人妥协。鸟先生主动搭讪恭维她想得周到，她立即真诚地请他们一起分享美味的食物，连伯爵都显出他那种世家子弟的雍容大度向她说道：“我们用感恩的态度来接受，夫人。”

最后，一车人吃光了她带的所有食物。他们吃饱喝足后，车厢里的气氛融洽极了，彼此热烈地交谈着，她已经被所有人礼貌地称为“夫人”。

在集体面前，个人最重，也最轻

途经多忒镇时，普鲁士军官要求大家下车接受检查，一车人面面相觑都不敢出声。在旅店里吃晚餐时，只有她被普鲁士军官叫去房间问话。军官要求同她过夜，马车才可以放行。

她虽然地位卑贱，可这怎么可能呢？她涨红了脸，冲出房门，她无论如何不能委身于一个攻打她的祖国、侵占她的城市、屠杀她的同胞的入侵者。

她再卑贱也不能！

一群人听到普鲁士军官提出这样无耻的条件，都怒不可遏，骂军官是混蛋。

时间慢慢地流逝，大家的愤怒也在渐渐变淡，一天、两天、三天、四天、五天，他们在那个乡村旅店待得越久，心里越恐惧。大家现在几乎怨恨起她了——恨她没有在夜深人静时偷偷地去找普鲁士军官，如果她去了，既避免了尴尬，又可以使同伴们一起床都得到一个意外的惊喜。

众人约定温言劝她以大局为重。鸟太太赤裸裸地表达出来的想法，更是得到所有人的同意。她说："既然干这种事是这个婊子的本行，她有什么理由跟别人干而不跟这个干？"那位小鸟依人美貌的卡雷·拉玛东太太甚至在想，如果是她处在羊脂球的地位，她倒宁愿拒绝别人而不会拒绝这个德国军官。

他们一群人像要去攻克一个被围困的要寨，对围攻的办法讨论了很长时间。大家都商定了各自要扮演的角色、谈话时要依据的论点和要采用的手段。他们共同制定了谈话策略，要晓之以理动之以情，迫使她丢掉自己所有的防御和顾虑。

每个人都准备好了自己发言的理论要点，以个人牺牲成全大义的高尚借口，不遗余力地劝说她。这时候，他们无比抱团地出卖她。

她与他们发生了激烈争论。她觉得自己再卑贱也代表着国家形象，她不能让国家受辱。她仍然坚持自己的想法，不为众人的言语所动，说自己宁愿死在普鲁士军官的枪下，也不妥协。

无计可施的众人搬出两个修女。为了能赶紧从这鬼地方脱身，修道院的嬷嬷也以救人性命为借口，说自己到远方是为了救助受伤的法国士兵，如今被困在这多忒镇，因为她们的耽搁，不知受伤的法国士兵因此而死去多少。

听到这里，她落泪了。她这样一个人，怎么能够和那些为国杀敌的士兵相比呢？她又怎么能忍心让那些为祖国而战的士兵白白牺牲？

修女在胸前画着十字虔诚地对她说："只要目的是好的，上帝是会原谅的。"

谁是真正高贵的人

第五天的夜里，她屈辱地走进了普鲁士军官的房间。

第六天的早上，所有人都喜笑颜开，匆匆忙忙让人包好在剩下的路程中需要享用的食品。一车人都在等候她来了就赶路。

她终于出现了。难为情地，胆怯地向她的旅伴们走过来。旅伴们却如同接受了训练似的，整齐地把身子扭向另一面，仿佛谁都没有看见她似的。

她难堪极了，没有想到她用身体换来大家的安全离开，这伙人居然无动于衷，好像她是一团空气，先前的那种热情荡然无存。

伯爵用高傲的神气搀着他妻子的胳膊，仿佛这样就可以使她远远地避开那种不清洁的接触。

坐在车上，她惊愕地发现，每个人都对她冷若冰霜。

几位夫人只是轻蔑地看了她一眼，然后背过身，嘴里嘟哝着：“反正平时她就是婊子，不过就是多干一回！”

“婊子就是婊子，不值得感激。”

这时候，那鄙视的眼光又齐齐地向她射来。

她一直低着头，内心茫然起来，这还是前一天各种哀求请求她的那些人吗？她拯救了众人，不期待众人对她感恩戴德，不曾想，高贵的人们如此健忘，比起第一天初见时，还更鄙夷她了，仿佛她的呼吸都是肮脏污浊的。

马车走了三小时后，众人纷纷拿出自己准备的丰盛食物，大快朵颐起来。他们津津有味地吃着，谁也没有朝她看一眼，谁也没有请她尝一口。

而她在慌忙中起床后，什么也没有来得及准备。她想起她那只满是美味的提篮，那里面本来盛着两只胶冻的仔鸡，好些点心，好些梨子和四瓶波尔多的名产红葡萄酒，第一天就通通被他们吃喝得干干净净。

现在，没有一个人提及这事，没有一个人惦记她。她觉得自己被这些貌似笃爱名誉的混账东西的轻视淹没了，他们牺牲了她，又把她当作一块肮脏的抹布扔掉。

她含着眼泪看着高尼岱，高尼岱却用鄙视的眼光回敬了她。她简直不能理解，就是这个人，在旅店的第一个晚上，半夜摸到自己房门前，那样哀求着她给自己开门，而她是不肯在敌人近旁做这种事的，坚决拒绝了他。

此刻，连他也没有一点点的同情和怜惜，和大家一样选择了唾弃和鄙夷，并以正人君子的模样俯视着肮脏的她。

她忍着饥饿、忍着眼泪、忍着屈辱，一切都咬牙忍住。

夜幕中，吃饱喝足的绅士们唱起了《马赛曲》，她拼命憋着的泪水再也忍不住了，轻轻地呜咽起来，马车在歌声与呜咽声中驶向无边的暗夜……

世界三大短篇小说巨匠之一的莫泊桑，在这本《羊脂球》里为我们展现的是法国社会十九世纪的整体风貌。小说中的每一个人物都代表着一种身份，有伯爵、商人、圣女等，然而这些所谓的“贵族”“绅士”“淑女”“圣女”的人品，却不如一个妓女。

谁是真正高贵的人？

一位艺人曾经说过这样一句话：我脱光衣服躺在镜头前，是为了生存；而你衣冠楚楚地出现在镜头前，却只是为了私欲和欺骗。

人生而平等，在大自然面前，本不该被分为三六九等，可总有如那辆马车上的人们，自以为是，自认为高贵，总觉得比别人优越。《羊脂球》告诉读者，真正高贵的人，都有一个干净的心灵。

《羊脂球》使莫泊桑一夜之间蜚声巴黎文坛。有人认为，读一篇《羊脂球》，可以抵上百十篇巨幅长篇。

所以留名青史，仅需一篇《羊脂球》。

忍住你的孤独——读《法国中尉的女人》

1997年，在鲁迅文学院学习，经常去蹭影视文学班的课。苏牧老师是北京电影学院的教授，他的电影分析课是我最喜欢的，《邮差》《罗生门》《法国中尉的女人》……每一堂分析课都仿佛为我打开了一扇窗。

感谢那些发着光的、诗意的日子，让我觉得所有暗淡的生活因为书、电影、回忆而变得可以忍受。

《法国中尉的女人》是先听了苏牧老师一个镜头一个镜头讲解后，看完电影又回头去读小说的。

我们爱上的必定是自己没有的

这是英国作家约翰·福尔斯的代表作。小说出版后引起各界的热烈反响，学术界对其中女主角、多种结局和写作手法进行了广泛讨论。被誉为二十世纪世界文学最优秀的作品之一。

小说一开卷，读者就被那浓烈的浪漫、神秘的气氛带入书中了。

维多利亚时代，英国的一个叫莱姆的小镇，一位披着黑斗篷的神秘女人，每天都出现在海堤上眺望大海，不管是风吹雨打，还是惊涛骇浪。

黑衣女郎名叫萨拉，在那个小镇声名狼藉。据说她的祖先出身高贵，到她父亲这一代衰落下来。因此她父亲坚持送女儿到寄宿学校接受良好的教育，希望她能够“离开自己原来的阶级”，可她父亲“却没有能力把她提升到更高的一个阶级”，于是，“在她已经离开的那个阶级中的男青年眼里，她变得过于挑剔而不可娶，而她渴望进入的那个阶级的青年男子则认为她仍然过于平庸”。因此，“她成了阶级社会的地道受害者”。

萨拉的父亲去世后，在她当家庭教师谋生期间，一艘法国轮船沉没，幸存的法国中尉在懂法语的萨拉的照顾下康复，并与她情投意合，传闻她被中尉引诱失身，有关她的流言蜚语传遍了莱姆镇。

伤愈回国的中尉像忘记伤痛一样，忘了说给萨拉的海誓山盟，从此杳无音信。而被抛弃的萨拉却没有如大家想象中的那样，把自己关在家中流着眼泪默默舔舐伤口，而是坚持每天在海边眺望，那样明目张胆地彰显着自己那段不光彩的恋情。萨拉这种期待的姿态，强烈刺激着所有“正派人”的神经。

不仅如此，她还喜欢去山上，去任何一个僻静的地方，一个人游荡。要知道在那个时代，深锁闺阁，足不出户，才是本分的女人。

没有人愿意接近她，怕坏了自己的名声。而她似乎也很“享受”这种孤独，我行我素，独来独往，游离于小镇的凡尘琐事。

年轻的绅士查尔斯与未婚妻来到小镇度假，他有贵族的身份，有颜有钱有闲有趣，对古生物学和地质学颇有兴趣；他的未婚妻欧内斯蒂娜是一个富商的女儿，纯情漂亮高雅。

他们这样一对，有着看得见的美好未来。

那天，风急浪大，查尔斯与未婚妻正在堤岸边散步，突然发现堤岸的尽头有一个女人。她站在那儿，仿佛享受着冷风，对几乎要刮倒她的大风和打湿了她裙摆的海浪，毫不在意。

未婚妻告诉查尔斯她是法国中尉的女人，是个疯子。

查尔斯心想，她要是继续站在堤岸上，可就太危险了。他善意地走向前去提醒黑衣女人注意安全——水雾弥漫中，萨拉闻声回头，一瞬间的眼神交汇，惊鸿一瞥的电光火击，她的目光与芸芸众生中的其他女子太不同了，那么坦然、直接、凄清，一瞬间穿透了查尔斯，那一转身的回眸直接戳入了他的心底。

不久，查尔斯又和她在断崖上相逢，好奇心驱使查尔斯靠近萨拉。那天，她是这样进入他的眼帘的："姑娘仰卧，姿态颇为放浪，睡得正香。靛蓝色连衣裙外面的上衣敞开着……一些银莲花散落在手臂周围的草地上。她的卧姿极为柔美，不乏性感……"

这种不经意的相遇最能牵动人心，查尔斯心动了。

萨拉的遗世独立，深深地吸引着查尔斯，她像个谜，查尔斯不由自主地想探寻谜底。

等他们再次相逢的时候，他着迷于她的眼睛，"那里凝聚着智慧与独立的精神；流露出对一切的怜悯的反抗，掩盖不住一种自重自爱的决心"。他向她表达了关注和关心。

几天后，他再次来到断崖的时候，他的目的已经不是寻找什么古化石了，他期望的是碰到那个与众不同的女人。

她似乎隐藏着巨大的谜底，查尔斯被她浑身的不确定性与危险性所吸引。而她处境的艰难，更引发了查尔斯想保护她与帮助她的冲动。查尔斯建议她离开小镇，远离那些流言蜚语。

一点一点，查尔斯的宽厚与同情成为萨拉的救命稻草。

这一天，随雇主来访的萨拉竟然大胆地在查尔斯未婚妻在场的情况下将一张小纸条偷偷交给查尔斯，约他夜晚见面。查尔斯慌张而纠结，他即将成婚，不想让自己卷入绯闻之中，但思虑再三还是忍不住去赴约。

于是他听到了她的秘密。

“我是法国中尉的女人。”

这句话震惊了查尔斯，查尔斯虽然有着那个时代少有的前卫和绅士的宽厚。然而，他的前卫比起萨拉却逊色多了。

而萨拉早已摒弃了世俗的那些规矩，始终在追求自我，完全依靠直觉生活。

她生活在“法国中尉的女人”的设定里，毫不抗拒，不做解释，对他人的诽谤无惧无畏，甘心成为被人唾弃的对象。她甚至有些刻意地在败坏自己的名声。

然而偏偏是这样的执拗，更显得与众不同，这也同时使她具有很大的魅力，这种魅力就在于她敢犯禁忌。

这是一种对过去生活的全面否定和彻底抛弃，既然没法往上走，那么就像自由落体一样从高处往下掉，破罐子破摔，至少可以获得另一种形式的自由吧。

这个孤注一掷、剑走偏锋的神秘女人，给整日在上层社会打交道的查尔斯带来前所未有的体验，那些彬彬有礼的名媛，他见得太多了，有点审美疲劳。而萨拉的眼神仿佛能把他看穿，他向往激情，又顾惜名声。他憧憬自由，又惧怕阶层。他一直在徘徊，在决断。

面对萨拉的引诱，面对那独特、大胆、深沉、忧郁的美以及野性的热情，查尔斯从最初的同情渐渐陷入爱慕。

理性的他清楚地知道这样做是错的，感性的他半推半就地将错就错。

于是，一场猎物与猎人的追逐开始了。萨拉的若即若离、欲说还休，渐渐俘获了查尔斯的心。可见，物极必反，越是不被待见的人反而越有可能蓄势待发。

她时时在海堤上眺望，不过是在等待像查尔斯这样的男人出现。美景向来只为懂得欣赏的人而存在。

她以守望爱情的痴傻的、悲剧的姿态，开始了另一场爱情。

查尔斯不能让可怜的萨拉再留在这个容不下她的地方继续受伤害了，一心想要送她离开，她却失踪了。萨拉的医生警告查尔斯这是萨拉的计谋，是欲擒故纵，为了让查尔斯放不下她。医生建议，最应该送萨拉去的地方是精神病院。

在密林里，查尔斯找到了“失踪”的萨拉。看到在干草堆上熟睡的萨拉，他控制不住自己，吻了她。表面上是查尔斯找到了萨拉，可实际上萨拉像极了一个经验丰富的猎人，她逃避的方式正是一种追逐。

萨拉答应前往埃赛特，查尔斯马上动身到了伦敦，请他的律师送给萨拉所需的生活费。

我们看到，于查尔斯而言，每一次的困难和障碍，都是下一次不计后果的动力。

萨拉无异于在查尔斯心中开启了一扇小窗，让他看到自己圈子里精致内敛的淑女们，如一潭静水，生活得苍白平静，而萨拉这样的女人沧桑神秘，如深不可测的大海，暗礁密布、浩瀚无边。那汹涌澎湃的巨浪，让人有探秘和征服的欲望。因此，堤岸上的邂逅才会让查尔斯和萨拉如同两块磁铁一般靠近，大海比平静的水潭更让他动情。

查尔斯那颗向往自由的心原本沉睡着，萨拉用她那不羁的灵魂唤醒了他。

查尔斯收到萨拉的来信，说她摔伤了脚。从伦敦返回途中，查尔斯赶到萨拉居住的旅馆，她那楚楚可怜的模样，激发了长期积蓄在查尔斯心中的情感。缠绵之后，查尔斯发现萨拉并没有受伤，而且他发现了萨拉编织的巨大谎言。

查尔斯问萨拉："我是你第一个男人？"

"对。"

"你为什么骗我说和那个法国中尉发生过关系？"

"我不知道。"

这时候的查尔斯已经不在乎什么欺骗和谎言了，他真的爱上了这个女人。萨拉点燃了他。

这个被称为"荡妇"的女人，不同寻常又令人窒息，她把所有的"浪荡"都写在脸上，却在心底坚定地守护着自己的情感，她能够让男人在冰火之间煎熬，被深深吸引。

她用忧郁的眼神、罕见的主动、悲惨的境遇和独特的魅力，把已经有了未婚妻的查尔斯搞得神魂颠倒。至此，一直摇摆不定的查尔斯为萨拉冲破了所有束缚。他要不惜一切代价与这个女人一起生活。他义无反顾地与未婚妻解除婚约，失去了唾手可得的金钱和地位，从一个享有良好声誉的贵族青年成为受人诟骂的花花公子。

一个生活在泥潭里的平凡女子，就这样一手颠覆了贵族青年的价值观，使之毅然背叛了传统。她步步为营，让查尔斯对自己从好奇、同情，到潜意识中的牵肠挂肚，到一夜春宵，再到为她毁弃婚约，众叛亲离。

让人无比意外的是，查尔斯所做的这一切，并没有换来萨拉的感激与爱恋，当他做完这些再次来到旅馆接萨拉的时候，萨拉居然走了，就此消失。

双重打击笼罩了他，他已经身败名裂。但是让他更伤心的则是萨拉的离去。她为什么在引诱了他之后又悄然而去呢?

萨拉的失踪为查尔斯留下了一串不解之谜和无尽的痛苦。他在街头、车站、码头，在茫茫人海中疯狂寻找。相似装扮的人，他都怀疑是她，他期望与她相逢，期望与她不期而遇。

热恋的人，当一方突然不辞而别，思念的力量可以如巨浪一般摧枯拉朽。他觉得自己此生不会再爱上其他人了。

查尔斯带着希望在报刊上刊登寻人启事，请侦探去寻找萨拉的踪迹，收获的一直是绝望。

两年后，他终于有了她的消息。两年时光，消磨掉了他对她的爱，如今，他对她行为的疑问多过对她的爱恋。他去找她，本以为自己会像骑士拯救落难公主一样出现在萨拉面前，但萨拉再次让他吃惊了。

再度邂逅的萨拉与以前判若两人，那沉郁压抑的一袭黑衣不见了，出现在他眼前的萨拉光彩明亮，衣着入时，仪态高雅，已成为独立自由的女艺术家。体面自由的生活使萨拉不仅活得更自信，也更年轻了。而且，她一直都知道查尔斯在找她，却一直避而不见。

这个女人的所作所为都不是查尔斯能够预料的，她从来不按规矩出牌。

作者给出的结局尤为大胆，居然是三种！一个基于现实，一个符合大众渴望，最后一个实现了这本书的文学价值。

第一个结局：查尔斯抵挡住了萨拉的“勾引”，从伦敦返程路过埃赛特时，并没有停留，而是直接返回了莱姆镇。后来他虽然失去了继承权，但最终依旧和富有的未婚妻结为夫妇，生了七个儿女，过着那个时代大众心中美满的生活。

至于萨拉，不管她后来如何，她再也没有去麻烦过查尔斯，尽管她可能在查尔斯的脑海里停留过很长时间。

这个结局其实很符合人设，作为旁观者的我们可以轻易地说出“自私”这个词，但这肯定是那个时代和这个时代大多数男人的选择。

第二个结局在书的末尾：查尔斯终于见到居住在画家家里并成为他助手的萨拉，更意外的是萨拉还给查尔斯生了个女儿，既然这样了，只好有情人终成眷属。在脱去了身份、道德、阶级与情欲的喧嚣后，爱情似乎被还原到了最纯净的境界。一家三口幸福相拥。这结局虽温暖人心却难免落入俗套。

第三个结局很残忍，却很符合萨拉的性格：再次相见，萨拉表示，她决心终身不嫁，因为婚姻将剥夺她的自由，使她失去独立意识和艺术家必需的孤独感。

查尔斯的心碎了，恼怒自己的感情被玩弄、被欺骗，他对萨拉说：“你不仅将匕首插进了我的胸膛，你的‘自由’还给你权力来搅动它。总有一天，你会因对我的所作所为得到报应。如果苍天有眼，你万世也难赎清你的罪过。”

而萨拉是这样回答的：“你不理解我为什么不愿意同你结婚，

这不是你的过错。你是个很善良的人。谁也不可能理解我。”

自始至终，萨拉追求的都是毫无牵绊的自由，爱情是她生命中的附属品，不是必需品。

这样的萨拉当然是自己的主人，谁都不能左右她的命运，哪怕是深爱着她的男人。

几年过去，她成熟了，自由了，有了自己的事业。她可以与查尔斯平等对话，再也不需要他的怜悯，不需要他的同情和帮助，当初她利用了这些东西，现在这些东西对她已经没有任何意义。

查尔斯从来都没有真正弄懂过萨拉。萨拉永远是神秘的，爱让她自由，不爱同样让她自由。

《法国中尉的女人》表现了自由的主题，一个女人真正的觉醒，并不是从一个男人的怀抱投入另一个男人的怀抱，而是找到了可以激发自己的生命力，并能够给予自己自尊和自信的力量。

查尔斯原以为可以拯救这个可怜的女人，相反却被获得拯救的女人抛弃。我以为，查尔斯之所以陷入萨拉编织的情网，是因为他还保留着一份不受世俗污染的情怀。他之所以愿意无条件帮助还是女仆的萨拉，因为他的心灵没有受规则支配，当他抛弃拥有的一切的时候，他显然没有做好面对这个冰冷世界的准备。

最终他明白萨拉根本不在乎他的感情时，万念俱灰。他独自一人走向街头，就像萨拉曾经那样，久久地凝视着远方。山河寥落，他成为一个“法国中尉的女人的男人”。

去爱吧，就像从来没有受过伤害一样

萨拉这个人物，喜欢她的读者，欣赏她内心的强大，像一枚顽强的鸡蛋跟时代固有的观念硬拼，居然还赢了。厌恶她的人对她深藏不露的心机和绝情感到齿寒。这个备受争议的女人，其实根本不适合做妻子，她是个有心计有手段的女人，活好不粘人，散场比男人还潇洒，绝不拖泥带水。

假如查尔斯没有去小镇未婚妻的姨妈家度假；假如那天早上，欧内斯蒂娜心情很好，愉快地和来访的查尔斯一起去散步；假如查尔斯那天不去捡石头，便不会在落日的余晖中，在人迹罕至的山上第一次单独和萨拉相遇……

假如没有萨拉，这一对青年也许会毫无芥蒂地过上一生，美满富足，无风无浪。

记得影片中，查尔斯向欧内斯蒂娜求婚的玻璃房里，一片绿色掩映下的身着粉红色衣裙的女孩美得像个洋娃娃，令每位观众心动。在她眼中，查尔斯要比其他的追求者都优秀。她克制自己的爱情，觉得月经、爱、性都是不洁的。她是传统意义上的好女孩，颜值高、家境好，性格温存，和查尔斯绝对是郎才女貌、天生的一对。

在所有人眼中，他俩是那样地般配。

门当户对是有道理的，这里除了世俗意义上的经济条件外，还有男女双方的成长环境、教育教养、信仰等重要因素。一对能够长久走下去的恋人，一个可以和你“琴瑟和鸣”的另一半，必定是你的灵魂伴侣，一个和你在世界观、人生观、价值观方面高度一致的人。很难想象，三观不同的人在一个屋檐下能够岁月静好。

但欧内斯蒂娜这样一个大家闺秀却被一个出身低微、声名狼藉的女人在不知不觉中把未婚夫抢走。查尔斯的解释是：我配不上你。欧内斯蒂娜说，我有什么做得不好的地方，我可以改啊。整本书里只有她是最无辜的人。面对查尔斯的沉默和冷漠，欧内斯蒂娜终于明白了，她问了一句她是谁，查尔斯只说，你不认识她。但欧内斯蒂娜做梦也想不到败给了那个她深深鄙视的“法国中尉的女人”。

萨拉一直将世俗的道德视若无物。所以她会冒着巨大的代价突破常规，做内心想做的事情。哪怕这件事情，仅仅是可以一个人外出或者是自由恋爱。

萨拉对男人的魅力和诱惑不在于美貌与身姿，而在于她的“不可知”。

那个时代的女人，有个多金的父亲，再嫁个绅士，当个美丽的花瓶已经算是很不错的人生了。假使丈夫被一个下流阶层的“疯女人”诱惑，那是天大的羞辱。

欧内斯蒂娜掩饰自己对肉欲的渴望，独自一人在卧室里脱掉衣服欣赏自己的身体，期待着查尔斯的爱抚。她坚持每天写日记是为了将来的某一天查尔斯逼着她拿出来给他看。她所有的小心思都如一汪池水，清澈见底。

而萨拉，贫穷执拗，颇有心机。她极好地利用了时代和社会加诸其身的“荡妇”谴责，毫不顾忌任何人的感受，以柔弱无助的境遇向“来自伦敦开明又有学识的”查尔斯伸出了求援的手，一句“你给了我活下去的理由”便使他心怀不忍；接着又使用了“欲擒故纵”“苦肉计”等方法，成功地让查尔斯深深迷上了她，一步步从牛棚的干草堆走进艺术家的沙龙。

她会离去，我知道。在经过法国中尉这个也许并不存在的男人之后，这个女人不愿再被任何男人的爱所主宰。或者说，不让自己被自己的爱所主宰。

萨拉是个戴着面具的女人，她似乎只有在假面之下才能真实地安置自身。她一直很清楚自己要什么，豪赌一把，赢了，便是新生，输了，不过是了却残生。两样，她都能接受，都无惧。

一个从不畏任何失去的女人，任谁拿她都没有办法。

不知道循规蹈矩的欧内斯蒂娜从此以后会不会步萨拉后尘，成为名声不洁的女人。可以这样说，萨拉与查尔斯联手毁掉了纯情的欧内斯蒂娜。

人生如戏，戏如人生

在电影《法国中尉的女人》中，梅丽尔·斯特里普一身黑衣，独自伫立在堤上，萧索地凝视远方的形象，烙印在我的心底，这部电影堪称文艺片中的经典之作。

影片剧情不同于小说中的单线索，而是以两条线索共同推进的叙事方式展开，一个是小说中的故事，一个是摄制组的故事，一条在明一条在暗。萨拉与查尔斯的故事是明线。

安娜是饰演萨拉的女演员，迈克是饰演查尔斯的男演员，安娜和迈克有各自的家庭，在拍摄过程中，两人成为情人关系。随着影片拍摄的进展，他们之间的情感变得更加微妙。在影片杀青的时候，安娜决定离开迈克。安娜和迈克的情缘是影片的暗线。

由于梅姑和杰瑞米·艾恩斯各自一人分饰两个角色，会把人看得云山雾罩一团乱麻。时而过去，时而现在，交织成了一部时空交错的“片中片”，给人一种“戏里戏外两种人生”的感觉。

戏中戏，使整个故事既遵循经典原著，又能利用新的故事模式脱胎出更深的主题，这无疑是电影改编的神来之笔。

因为先经历了最权威的电影解析而后观看，因而对本片的表现手法佩服至极。

女演员安娜在曲终人散的时候平静地转身离去，回到原有的生活轨道。

或许我们都曾经爱过一个人，爱到如生如死如火如荼，但是，世事一场梦，早晚会放下。激情总有散去之时，欢爱总有腻味之日。于是兜兜转转，继续遇见各种人，告别各种人，这是成长的代价。安娜的离去是放手也是成全。她用远去的背影成全了千疮百孔的爱，成全了迈克为人夫为人父的责任，也成全了自己。

不同时空的两段故事中，女性都是主导并清醒的角色，萨拉的离去是一场豪赌，安娜的离去是理智，是觉醒。

安娜和迈克偷偷摸摸的电话传情，各怀心思的家庭聚餐，带给安娜的只是疲倦和辛酸，看着迈克太太精心布置的花园，可爱的孩子，安娜嫉妒了。一向自信的安娜在迈克太太凌厉的眼神下尴尬极了。

真正能够读懂女人的永远只有女人，我们常常会看到两个互为情敌的女人彼此眼里流露出惺惺相惜的眼神，这是可悲的但又是真实的。

电影改变了小说的结构，创作了一个与原著有相当差异的剧本。然而，它忠实地抓住了原著情感上和理性上的实质。

影片结尾，萨拉与查尔斯共乘一叶扁舟，悠然地穿过幽暗、狭小的桥洞，驶向平静明亮而又阳光灿烂的湖面，预示着萨拉迎来了属于自己的春天。

而戏外的人则没那么美好，要各自承担责任，要应付许许多多的人和事，再不是戏里的一意孤行。

爱情中的永恒不变就在于，没有什么是能够确定的。

男人总以为得到了女人的身体就是得到了她的心，可是片中两个时代的男人都在某一个瞬间得到了女人的身体，但永远得不到全部。这才是最大的现实。

同是出轨，两个故事的结局却有天壤之别，究竟一段感情能不能被复制？

最后一场戏，心碎的迈克对着安娜的背影情不自禁地喊了一句“萨拉”。这一声呼唤，是对这段感情画下的最悲情却也是最合适的句号。

这一刻，观众知道了看似轻而易举得到的安娜，其实也可以像萨拉一样决绝地离开。

而迈克，即使相隔了几个世纪，他的追求也和查尔斯没有本质的区别，他渴望拥有的是“萨拉”。

为了爱情奋不顾身的人，往往对结果有更高的预期。

萨拉的爱情和现实一样，都是残酷的。

至此，故事结束。未结束的，是男人女人不一样的思考。

“任何一种解放，都是把人的世界和人的关系还给自己。”作者把马克思的这句名言作为扉页题记。而这，也正是这部作品的灵魂所在。

少年对中年的仰视——读《挪威的森林》

许多年以前，一本书在大学校园、在文青堆里流行起来，书名为《挪威的森林》。据说在日本，每十五人中就有一个人读过《挪威的森林》。这本书写于1987年，在村上春树正迈向四十岁时，给了他意想不到的巨大成功。

他用轻盈的笔触描绘着淡淡的忧郁、丝丝的辛酸，娓娓讲述无法掌控的人生。

这是一个中年男人站在青春的门槛上进行的一次回望，它还表达了少年对中年的仰视。

我们承受青春如承受一场重病

村上春树的文字隐忍清冷，散发出淡淡颓靡的气息。这种感受源于作者字里行间对世界清醒的绝望，以及终将面临殊途同归的清醒。

在《挪威的森林》里，我看到了孤独和寂寞，看到了悲哀和无奈，看到了被压抑被扭曲的感情和欲望，看到了成长的痛苦。

一代人老了，会有新的一代，周而复始，但青春的气息，却是相同的。一代又一代人在青春里迷惘，在青春里成长。青春中的他们看不懂自己也看不懂世界，随着时间的流逝，以前看不懂的都慢慢看懂了。而一旦参透了这一切，便已不复青春。

一转眼，村上春树过了六十岁，激情四溢的青年们依然在他的森林中寻找着青春的影子，寻找未来的答案。

村上春树描述的故事虽然离我们很遥远，但终究是人的世界，总是有很多共同点的。

我们都会老去，可渡边、直子、绿子，却成为永恒的存在，停留在青葱岁月里。这本书写爱情，写青春，写美景，写离弃和疏远的情感；写性，写同性，写死亡。村上春树用舒缓的笔调，使整个故事充盈着无法言说的寂寞。

随着那淡淡的厌世气息一点点地浸染人心，书中的每一个人物似乎都神经质地出现在你眼前，漫无目的地却又无可奈何地被生活裹挟。

“死并非生的对立面，而作为生的一部分永存。”

书中一共提到四个人的自杀，木月、直子、直子的姐姐和初美。当这些莫名其妙但又沉闷的自杀摆到读者面前时，确实有着不能承受之重。读完后忽而满心悲凉，忽而扼腕叹息。

随着年龄的增长，我开始不断地参加白事。当身边的亲友撒手人寰时，每一次的葬礼都会让人思考，活着的人该如何更好地活着。

我从来都没有这么慢地读完一本书，开始时是耐着性子往下读的。记得有人说过，一本书如果前几页还不能吸引你的话，那就不要浪费时间了。这本书恰恰是前半部分色彩比较黯淡，文字冷硬，情节缓慢，而我自己的心境又常常游离于小说的氛围之外，很难与之相融合，所以读得很艰难，而且中断了很久。

尽管它一直在我的眼前，我一伸手就能触及的地方，可是一直对它进行着自动隔离，安静地享受着时光中的彼此封存。直到某一天，我在人潮汹涌的街头缓缓前行，被人潮裹挟着像一粒微尘，内心一片荒凉。进了家门什么也不想做，随手拿了之前看了几页的书，心思沉沉地读下去，就像是做了一个冗长繁乱的梦，心情难以明媚。

寒冷的时候有谁陪你？所有难以忍受的冰冷孤独，村上春树在书中都有深刻体验并娓娓道来。

有些书会在莫名其妙但是恰恰好的那个时间点蹦到你眼前，然后你翻开它，讶异于它与你当下心情的契合。

当我怀着一颗中年人的心，重新再返回这个故事时，又收获了新的感动。

村上春树告诉我们：爱是存在的，但爱中有忧伤，还有厌倦。

最终，他告诉我们：再慌乱的世界也要好好地洗澡，好好地喝酒，好好地吃东西，好好地和想见面的人见面啊。

我们为什么喜欢读书？我想真正的好书，应该是人人心中有，却是人人笔下无的。无论人物的性格如何怪癖如何迥异于常人，我们总能从中找到一点自己的影子。每个灵魂都是孤独的，而书中的人物也都有着孤独的时刻；每个人都经历过迷惘，书中的人物亦然。就是这样，读者慢慢地被书中的故事吸引着，随着人物的悲欢离合而悲喜交加，从而寻找一种内心的救赎。

我们经历的一切苦难，都是为了今后更好的生活。

有人说过，这本书适合所有年龄段的人读，青春期的接触性，青年人感受爱情，成年人学着努力工作，中年人感慨人生，再老一点的参悟生死。

人生兜兜转转，青春时光如白驹过隙。青春和回顾青春都是极哀伤的事。青春意味着对童年的告别，意味着不自知，如同一个美女不知道自己很美，而回顾青春则是经历了严酷的生活后，对青春的眷恋与不舍。我很庆幸自己在最适合的年龄读了它。

渡边的第一个恋人直子，是他高中同学木月的女友，三个人经常一起约会聊天而丝毫不会觉得有人多余，虽然那时候，渡边与直子的交流微乎其微。变故发生在他们十七岁那一年，一天，渡边与木月打完桌球后，木月没有留下任何的话语就在家中自杀了。一年后，远离家乡读大学的渡边同直子邂逅，此时的直子变得美丽而忧郁。两人见面时总是在落叶飘零的东京街头漫无目的地走个不停。

直子二十岁生日的晚上两人发生了关系，不料第二天直子便不知去向。很久以后，直子来信说，她住进一家远在深山里的精神疗养院。渡边前去探望时发现直子已经有了成熟女性的丰腴与娇美。短暂的相聚之后，渡边同直子道别，表示永远会等着直子。

返校不久，由于一次偶然相遇，渡边开始与同学绿子交往。绿子的性格与内向的直子截然相反，渡边内心十分苦闷彷徨，一方面念念不忘直子缠绵的病情与柔情，一方面又难以抗拒绿子大胆的表白和迷人的活力。找不到方向的他给直子一封封写信，总没有回音，不久却传来直子自杀的噩耗。渡边失魂落魄了一段时间后，在直子同房病友玲子的鼓励下，去找绿子，开始新的生活。

《挪威的森林》里有太多太多的男女之情，就像森林里有各种各样的树木一样，它们播种，发芽，长大，抽枝，却没有开花结果，如同直子、绿子、玲子和初美。

那些花儿

直子：直子作为一个精神障碍病人出现，注定了她只能是一个寄托，成为纯情年代的情结，她太过纯粹。很多人对她只有同情没有喜爱。因为她总是向后看，她忘不了姐姐的死，也忘不了木月的死，而他们的死纠结成一张网，将她牢牢捆住，让她喘不过气来，她的神思总在游离，连微笑也是惨淡的。

直子非常依赖木月，直子对木月的爱情，实际上更像是一种依恋，以至于木月死了，直子就不知道该如何生活了。直子和木月青梅竹马，从小一起长大，互相抚慰，互相支撑，他们有自己的语言，自己的世界。但是，他们不可能永远在一个乌托邦中不长大。他们总有一天要离开熟悉的一切，到一个他们不熟悉的、完全陌生的环境里生存。

直子没有什么朋友，男性朋友基本上就木月和渡边两个。直子的生理年龄和心理年龄是不对等的，尽管已经成人，但是心理上还是很不成熟，她用孩子的逻辑去看待这个世界，去对待别人，并且拒绝长大。

木月死了，直子内心渴望着有另外一个人来代替木月。

直子是一个谦卑到有些自卑的人，认为自己没有权利去要求别人什么，没有权利要别人来爱自己，没有权利去爱另外一个人。直子太压抑，和渡边在一起的时候，大部分时间都在走路，不停地走啊走，都不说话。让人仿佛听得见他们脚下被踩得咔咔响的落叶。

直子二十岁生日的那个夜晚，窗外下着暴雨，渡边与直子有了第一次的亲密接触。随后，渡边问了直子一句："你没有和木月做过爱吗？"是啊，为什么不对青梅竹马的恋人打开身体，却对恋人的朋友渡边打开身体？

这句话极大地惩罚了直子。她心中的"不应该"压垮了她。

其实，身体的诚实，远胜于我们的理智。

直子去了精神疗养院后，与渡边通过书信交流。

信息时代消失的美好里面，最令人惋惜的莫过于书信这一温情脉脉的交流方式。对于主人公来说，书信是两人之间最重要的交流方式。逝去的书信，逝去的时光，我们感同身受。那样的时光，慢得只能以写信这一种方式与人谈心，可以三四个月都在期待与不安中等待一封回信。

木月和直子是走到极端的人，从小生活在自己以及爱人设定的桃花源中，不愿面对现实，不愿在生活中接受任何的不完美，于是一个在高中毕业前夕自杀，一个在失去对方后进了精神病院，最后依然选择了自杀。

直子本质上是属于木月的。他们在内心建立了与正常世界不相容的生存模式，两个心意相通的人彼此间连一个眼神都是懂得的，而周围的一切与他们的世界格格不入，既不能进行消除或重置，也不能与之共存。

木月去世后，直子就失去了与其他男性相处的能力，她艰难地寻找着"没有木月的我"的生活方式，最终也没有找到。木月已成为她的一部分，而她没能做到将这一部分从自身剥离出来。不能摆脱童年，不能独立成长，不能有完整的自我，也无法接纳别人。一个走了，一个必须追随而去，在另一个世界里互相依偎、取暖。

渡边尽力将她拉回到现实世界中来，她感受到了，积极配合，同时也深深意识到自己努力的徒劳。于是清醒地选择了自己的归宿。

渡边去疗养院看望直子的那个夜晚，直子在窗前脱光衣服，展现月光下的身体，那些活色生香的文字让读者眼前真的出现了那样一个美得发光的直子。

她过于完美的身体只适于欣赏，她“黑暗中的裸体”是纯粹自我的象征，并不适合在每个悲欢冷暖的夜晚紧紧相拥。

无法挽救直子，渡边充满了深深的自责。

直子死后，渡边独自背上行囊，从一个地方到另一个地方漫无目的地走，困了就倒在公园或者马路边睡觉，就这样一直持续了两个月，形容枯槁。

人性本质是孤独。孤独是能致命的，多少自杀都缘于孤独。那些挣扎在孤独中的人，渐渐适应了只剩下自己的日子，而另外一些人，给自己制造了期待和幻想，寄希望于有余温可以取暖。

绿子：绿子是很多读者喜爱的女孩，她真实、率真，不矫揉造作。对她来说，口红是比纸巾更重要的东西。能用汗水解决的问题，她不会用泪水。

绿子进入不合群的贵族女校，母亲的早逝与父亲的久病没有夺去她乐观的个性，她会省下买胸罩的钱去买厨具，练一手好厨艺，只为了取悦自己，会大胆地向渡边性暗示，她讨厌一切规则。一个男人，若不能令她折服，还是趁早远离她。因为如若不是她的最爱，那就要有足够的宽容和心胸，才能头顶各种绿帽子。这样的一个绿子，让渡边既无奈又依恋。

绿子是一个有些恋父情结的女子。从小“刚一撒娇，就被（父母）抡到一边去”。

她对渡边说：“我总是感到饥渴，真想拼着劲儿得到一次爱，哪怕仅仅一次也好——直到让我说可以了，肚子饱饱的了，多谢您的款待。一次就行，只消一次。然而他们竟一次都没满足过我。”

绿子是透明的，把内心所想的一切，毫不犹豫地全部表现出来。

绿子很简单，全书只有她一个人很阳光地活在《挪威的森林》中。

绿子和直子，一个明艳一个素淡，一个喜欢繁华一个离群索居，是两种截然不同的人，抑或说她们是一个人的矛盾两面。

也许渡边心中对直子与绿子的摇摆不定，也暗示了日本民族对待自己古典压抑的传统和奔放现代的西方摇滚的态度。

绿子和渡边在天台谈话，畅饮啤酒，共享下雨时光……在一切一切再细微不过的日常琐事中发现点滴的美好，发现值得让人为之珍惜的幸福。

辛苦操练厨艺的绿子，喝了薄酒的绿子，对着渡边自弹自唱的绿子，在医院里比护工更娴熟地照料父亲的绿子，忍住寂寞不给渡边回信的绿子，坐在长凳上写绝交信的绿子，通通那么鲜活。

渡边大概是绿子遇到的对她最好的人了。她可以和渡边谈任何自己没法跟古板的前男友谈的事情且毫无禁忌，可以一道看色情电影，对其内容还津津乐道地一起讨论。他俩在一起自在而轻松，完全是一种开放、坦诚的相处方式，他俩的对话甚至用一些粗俗的言语，他们自己却觉得非常开心解压。

绿子挨过苦难，也受过冷漠。但这些都奇妙地转为回报自己、好好生活的动力。因此在遇到渡边的时候，她才会勇敢地一个劲儿咚咚咚敲开他的心门，才会大喇喇地对渡边说：“我信赖你，喜欢你，不愿放弃你。”

绿子能够从现世中寻找滋养自己的养分。在医院照顾身患绝症的父亲时，亲戚偶尔来探望，饭吃了一半就仿佛很难过地放下筷子，见她吃得干干净净，便说：“绿子这么有胃口，我可难受得根本吃不下东西。”绿子的回答很坦率：“问题是，看护的人是我呀。别人偶尔来一趟，充其量不过是同情！接屎接尿接痰擦身子都是我一个人干。要是光同情就能解决屎尿，我可以比他们多同情五十倍。”

当然，绿子也有很多缺点，尤其是穿衣的品位让人诟病，喜欢穿短得让人侧目的裙子，喜欢爆粗口，像她说的，她就是个小民。父母双亡后的绿子打电话给渡边，哭求他带自己去看A片——“要最肮脏的那种”。她无疑是俗的，自我愈合能力极强。任何一个人的离开，都不会让她长久陷入苦海。

如同直子一样，绿子也看出了渡边的问题所在。“你总是蜷缩在你自己的世界里，而我却一个劲儿咚咚敲门，一个劲儿叫你，于是你悄悄抬一下眼皮，又立刻恢复原状。”对这莫名的冷淡，绿子只好离开。

直子死后，渡边阴郁了一段日子，玲子出院与他聊天，短暂的陪伴让他终于放下了过去。

后来，渡边去找绿子，在车水马龙的闹市给绿子打电话。

而绿子，一直在等他。

绿子是一个很热闹很家常的人，她永远被“渡边们”在心中与直子做比较，争夺着他们的内心。

渡边这类男人心中总有那么两个女人，一个白玫瑰一个红玫瑰。他与红玫瑰的爱情是纯纯粹粹的，这个女人的形象是完美的、高贵的、迷人的，只是这段爱情终是镜花水月。而白玫瑰属于现实生活，她是有烟火气的，会让身边的男人听见她熟睡时的呼噜声，会执着于几角钱的菜价，男人更多地看到的是她满头的发卷和宽大的睡衣，就像一个关掉滤镜和美颜的摄像头，她是具体的琐碎的真实的。而很多男人最终的归宿，只可能是这样的女人。

曾经读过这样一句话："当你先后爱上两个人不知如何选择时，选择后者吧。因为你已经不够爱前者了。"

玲子：玲子是直子在疗养院的病友。她从四岁开始弹钢琴，几乎把钢琴视为生命中唯一的目标。学了十几年的钢琴，玲子不仅在音乐会上拿过名次，在大学里的成绩也一直名列前茅，毕业后还准备去德国留学。然而，在即将毕业展开锦绣前程时，她的小指突然不会动了，却检查不出病因。

玲子迅速崩溃，勉强大学毕业，也只能在家里收学生授课。理想与现实的巨大落差让她的精神出了问题，还好，她出院以后收了一个学生，这个前来学琴的男子真心实意地爱上了玲子，并且顶住各方压力跟玲子结了婚。

在失去了钢琴这个梦想之后，玲子摇摇欲坠的人生终于觅得了可以信赖的伴侣，她结婚生子，一心一意在家里做家务、照看孩子，在生活的琐碎中体味幸福的味道。

玲子一生的祸福都是音乐所赐。她后来又收了一个学生，那个长得像画一样的少女是个同性恋，她一心想与玲子成为长期的性伴侣，遭到拒绝后，心机深沉的女学生怀恨在心，对玲子恶意陷害。玲子的情感大厦轰然倒塌，自杀未遂，不顾丈夫的一再挽留，强行离了婚。

玲子说："我不愿意拖累任何人，不愿意把自己这种整天为脑袋断弦而心惊胆战的生活强加到任何人头上。"

玲子爱丈夫，但她不愿意成为他的包袱，在她意识还清醒的时候，选择了远离家园，将自己关进山区的精神疗养院。

玲子的女学生是现世规则的化身。她的自我已经完全异化到现世的规则里，她自如地运用这些规则，将周围的人玩弄在股掌之上。

玲子因为这个美得如画上剪下来般的女孩而精神失常。

"我从四岁就开始弹钢琴，但想起来，却连一次都没有为自己弹过。"疗养院的八年生涯，尤其是遇到直子和渡边后，她最终在现世和自我之间达成了微弱而和谐的平衡。

玲子说，我们知道自己的不正常，这就是我们跟正常人不同的地方，所以才会住进给精神病人准备的场所。

玲子不同于直子的秀丽妩媚，也不同于绿子的活泼大胆。她虽然已经人到中年，却依然与她那"坚挺的头发"一样精神十足，与从未谋面的渡边第一次见面就熟稔地聊天。

玲子从钱包里拿出女儿的照片给渡边看，开始回忆过去。

对于直子与渡边的恋爱，玲子也是洞悉所有的见证者。

知道自己是"不正常"的人，可以说是不愿对自己的灵魂撒谎的人。很多所谓的正常人，早就习惯了戴着面具自欺欺人，但对灵魂来说，他们又能算得上正常吗？

《挪威的森林》中，那些死去的人，仿佛冥冥中一直活在某个维度里。

玲子受直子的影响很深。直子死后，玲子穿着直子留下来的衣服，和渡边一起用音乐和歌声为直子办葬礼，他们一首接一首唱着歌、弹着琴，心有灵犀地相互拥抱、做爱，了却了对生者和死者形式上也是灵魂上的安慰。这是本书最令人难忘的片段之一。

借着玲子的友情和陪伴，也随着时间的流逝，渡边终于告别了过去。

没有人能够拒绝成长的疼痛。

所谓成长，最终不过是学会如何内心平静地活在这个世界上。没有人能够帮助一个人去成长，成长是各自的朝圣路，每个人有每个人无法逃避的挑战。

初美：初美是一个光彩照人的女性，书中对她的描写不多，只在和渡边最后打桌球那晚有了浓重一笔，就这一晚，使渡边永远不能忘怀。

她娴静、理智、幽默、善良，她深爱着永泽，并给予他无限的宽容。她穿着午夜蓝的漂亮洋装，化着精致的妆容，涂着淡色口红的嘴唇形状美好，带着金色的小耳环，穿着形状高雅的红色高跟鞋。

人和人的磁场是不一样的。

渡边用出租车送初美回宿舍途中，目睹初美的风姿，强烈感到她身上有一股尽管柔弱却能打动人心的魔力。直到十二三年后才在异国那气势逼人的暮色中，恍然领悟到“她给我带来的心灵震颤究竟是什么东西——它类似一种少年时代的憧憬，一种从来不曾实现也永远不可能实现的憧憬”。

对渡边来说，“东大也罢外务省也罢，唯一羡慕的，就是你有一位初美小姐那样完美的恋人”。

然而这样的女子也自杀了，多么美丽的风景啊，她应该享受到同样匹配的幸福啊！

初美的梦想是：“结了婚，每晚被心上人抱在怀里，生儿育女，就足够了，别无他求。我所追求的只是这个。”

但初美选择了一个错误的爱人，却又不肯放手。离不开一个人的感觉，大概就像在冬天的早晨不想离开被窝。初美对永泽的爱正如火红的夕阳那样，温暖而又凄美。如果她后来结婚遇到一个她爱的人就好了，如果她少爱永泽一点，少执着一点，少迂腐一点就好了。

永泽是一个自顾自往前走的人，任何人都无法阻止他达到目的，任何人都无法减缓他的脚步。也许因为偶尔的机缘他会与人同行一段，但是，该抛下任何人的时候，他都会毫不犹豫地抛下，而且心里不会有任何的不安。

他是令人绝望的，冷得让人望而生畏。这样的人，可能会错过普通人最平凡的幸福，却可以取得普通人望尘莫及的成就。

这个世界上，的确有这样一个群体，他们充满力量，看似生机勃勃，骨子里却是冰冷无情的。

美丽的初美走了，永泽给渡边来信写道：“由于初美的死，某种东西消失了，这委实是令人不胜悲哀和难过的事，甚至对我来说。”渡边把这封信撕得粉碎，此后与永泽绝交。

初美象征着少年一生中都在仰望的难以企及的美好，成为他们心中一个温柔的梦。

佛家有云，怨憎会，爱别离，求不得。

木月死了，死在最年轻的岁月。选择死去的人有他们的权利。选择继续活下去的人也有自己的权利去争取幸福。

直子也死了。寂静山林中，山风吹遍山谷，她和我们必然消失的青春一样，逝去是必然的结局。

还有玲子，在疗养院里逃避纷繁人世。他们身体里都有小小的一块残缺，是残缺的人。人间有太多的残缺需要修补，有太多的凉薄、有太多的不公得不到慰藉。

挪威的森林，是直子脚下的潮湿孤独，是绿子头顶跳跃穿梭的光阴，是玲子手中流出的忧伤音符，是打开窗户后一整片的梦幻森林。

木月、直子、玲子、初美经历的那些伤痛，以绿子的人生经验来看，都是小事吧，在大多数的读者看来也都是些微不足道的事，或者说即使是了不得的重大挫折，喝碗鸡汤，咬咬牙也能挺过去，而遭遇在一帆风顺的人身上，却是永远都无法恢复的创伤。

一路这样辛苦长大的普通人，是没办法不去面对现实的，有了问题只能迎头解决和克服。太过顺利平坦的人，遇到风吹雨打，更容易凋零。相对于不同的生活和现实，经历能救活一个人，也能杀掉一个人。

所以在自己的身心都还健康的日子里，囤积力量对付创伤吧，经历会成为创伤的解药。借用永泽的一句话：不要同情自己。

都说世界很现实，其实打败我们的往往不是现实，是我们自己扛不住。

在《挪威的森林》中，村上春树构造了一个现代寓言：个人如何在自我与现实间达成和解。

一个孤独的人，寻找着另一个孤独的同类，可是就算找到了，即使肉体结合了，却不能真正理解活着的意义。

人们最大的问题，是快乐要么来得太容易，要么迟迟不来。当你看别人时，觉得自己不幸；当别人看你时，却在暗暗地羡慕着。

很多人的孤独只是不愿意将就他人罢了。孤独，在这篇小说中是一个经常出现的字眼，也是给予每个人心灵深处的一份与“孤独”的共鸣。

越是孤独的人越需要听众。

我们永远无法向他人传达自己蔓延无边的绝望，尤其是在那些没有准备的暗夜，可以感同身受的深深的孤独。

一个好作家就是能把自己体验过的感觉写到极致，比如村上春树笔下的孤独。而他所写的青春，是一个中年人跨过时光回望青春的沉淀，是与死亡交织在一起的沉重迷惘的时光。

在小说中不时能读到这些熟悉的字眼：披头士、滚石、列侬、麦卡特尼、沙滩男孩、鲍勃迪伦、西蒙与加芬克尔……难免会感到与村上春树心有灵犀。回想起那些熟悉的乐曲、片段、曾经的往事，仿佛这些不仅仅是渡边的故事，而是一代人的故事。

《挪威的森林》是一部悲伤的小说，但是《挪威的森林》也是一种治愈，而且是一种更深层的治愈，就那样原原本本地展现悲伤，当悲伤被讲述、被完整呈现出来时，它也就得到了治愈。

当然，对于还不曾有足够生活体验的年轻读者来说，触碰到这种悲伤只会觉得困惑、病态，所以包括名著在内的很多书并不是都适合年少时阅读。很多事物都是这样：初闻不识曲中意，再听已是曲中人。

也可以说村上春树是在写一个关于成长的故事——学会坚强，

学会成熟；也许他在讨论爱情的多种可能性；或者，所有的人都不过是一个人内在的不同侧面。

“人活着就是因为：他愿意活着。这就是人生的意义。期望生——这就是生的最大秘密。”

在一个冬天的雪夜读完了这本书的最后一页，抱着膝盖，对着窗外闪烁的霓虹灯发了好一会儿呆，直到桌上的热茶都变冷了才回过神来。青春的路，这段旅程的开始已经变得有点模糊，如同天边遥远的星光。人生这条单行道上，青春不给人任何的参照物。

人生就是这样：尚未佩妥剑，转眼便江湖。

书的结尾是渡边的内心独白：“我在哪里也不是的场所的正中央，不断地呼唤着绿子。”把它与开头的“献给许许多多的祭日”对照来看叫人如梦初醒，不觉心中一颤。每个人都有属于自己的一片森林，迷失的人迷失了，相逢的人会再相逢。所有的青春，终将远去，却从未消失。

“风的气息，光的色调，草丛中点缀的小花，一个音节留下的回响，无不告知我秋天的到来。四季更迭，我与死者之间的距离亦随之渐渐拉开。木月照旧十七，直子依然二十一，永远的。”

挪威的森林，是青春的墓志铭。

最后，我想提一提“敢死队”，只要读到他，我便会忍不住笑出声来。

这一生匆匆，期万物美好。

男人梦——读《了不起的盖茨比》

《了不起的盖茨比》所描述的，是一个“穷小子”爱上女神的故事。

它是男人的童话。一夜暴富，歌舞升平，纸醉金迷，如同那句经典的开场白：“这是最好的时代也是最坏的时代。”

一个出身底层、一穷二白的小伙子，离了家，参了军，拼尽全力，混到了上流社会的圈子，在“女神”黛西家的派对上，被黛西的美貌惊艳，遂绞尽脑汁追求，终两情相悦。当黛西像花儿一样为盖茨比绽放时，催生了“穷小子”一个华丽的梦——拥有财富、地位、教养……把女神娶回家。

女人成就了他，同样也毁了他

为了实现这个梦，一战中他军功显赫，被派去牛津大学学习。战争结束后，他忍住思念不去见她，因为他暂时给不了女神锦衣玉食的生活。

女神这边却一个华丽转身嫁给了门当户对的富二代汤姆。

之后，女神过着豪门贵妇的日子，丈夫当然会在外边鬼混，但是知道回家。

这时的盖茨比利用黑白两道走私等各种手段富甲一方。成为高富帅的盖茨比在女神别墅的对岸买了一栋巨大的豪宅。夜夜举办烧钱至极的豪华派对，数不清的各色人等涌到他家纵情欢歌，享受着令人销魂的免费盛宴，他来者不拒。那一夜又一夜的笙歌艳舞，社会名流，明星大腕，珠光宝气、衣香鬓影，汇集在此、纵情享受。

他们中间大多数人根本不认识主人，却假装和他很熟络。身着华服端着酒杯一边享受一边兴奋地揣测主人财富的来源，还有人掩饰不住羡慕嫉妒恨，对主人进行诽谤:“他是一个杀人犯。”是的，即使他是个杀人犯又如何呢？这丝毫不影响他们趋之若鹜，为分享他的财富慕名而来。

无数狂欢的夜晚，盖茨比独自久久凝视着对岸码头的那盏绿灯。没有人知道，他做的这一切，都是为了吸引黛西——他的女神的光顾。

盖茨比的邻居尼克是个作家，与黛西是远亲。也怀揣逆袭的梦想，离开家乡来到纽约，放弃写作进入证券市场，成为神秘富豪盖茨比的邻居。尼克被邀请参加了盖茨比的豪宅盛宴，知晓了盖茨比一直深爱着黛西。即使黛西已为人妇，盖茨比仍坚信自己才是黛西的挚爱，他认为自己可以让心爱的女人亲口说出从没有爱过丈夫，只要有相见的机会，笃定她会义无反顾地跟自己走。

尽管娇妻在侧，黛西的丈夫汤姆早已厌倦了婚姻生活，他的情人是一个修车店老板的妻子，艳俗而缺乏教养。他俩连欺骗黛西的戏码都觉得多余，汤姆还公开带着尼克去找情妇寻欢，就连吃饭时，情人的电话也一次次响起，就那样明目张胆地挑战着黛西的忍耐力。

在尼克的帮助下，当年的穷小子与心中的女神见面了。

书中最感人的一个情节，是在尼克家的那场相见。盖茨比几乎将尼克家用鲜花珍馐填满，见面前无比期待，相见时又紧张地从窗户逃走，在雨中绕尼克家跑了几圈，再跑回来按门铃，装作刚刚来到的假象。像极了初恋中的大男孩。当黛西感叹他们多久不见了的时候，盖茨比立刻回答，到十一月刚好五年……

婚姻已成鸡肋，天上又意外掉下个金光灿灿、深情款款的盖茨比，黛西怎能不春心荡漾，柔情似水。

一时间，“财子”佳人，儿女情长。

仿佛世界末日来临之前一般，仿佛来不及了一般，他们在酒店进口不停地玩旋转门，在酒店大堂里旁若无人地侧身翻；他们坐在车顶兜风，他们跳进了广场饭店的喷泉，又湿淋淋地站在桌子上跳舞；他们去剧院看喜剧，约定在最不好笑的地方放声大笑……

两个人在那座巨大的宫殿里相拥到很晚，他跟黛西说：“要不是今天的浓雾，你可以看见那对岸码头的绿光。”

盖茨比天真烂漫又纯洁如赤子，他痛恨污泥，却不得不从污泥中寻求机会。他要黛西，如同特洛伊战争中墨涅拉俄斯从帕里斯的手中夺回了妻子海伦。

当盖茨比在海边眺望那盏绿灯时，他设想的结局也是夺回他心爱的女人，他知道会付出很沉重的代价，但是他最终会赢得黛西。他将在余生跟他的“海伦”过上童话般幸福的生活。

可惜，情深不寿。浓情蜜意的转折点出现在两人向汤姆摊牌时。汤姆抓住了盖茨比的弱点——他的出身和他发家的经历，汤姆成功激怒了盖茨比，那一刻，富二代将盖茨比打回原形——你还是那个没有教养的穷小子！

黛西对盖茨比的感情再次急转直下，她几乎是落荒而逃的。盖茨比紧随其后想要挽回一切，心慌意乱的黛西不慎撞死了修车店的老板娘——自己从未见过的情敌。这一切都是各种巧合，如果他们没开汤姆的那辆车，那情妇就不会误以为是汤姆来了，跳出来拦车送死，如果开车的是盖茨比，悲剧也不会发生。

坐在副驾驶的盖茨比为黛西背了黑锅，汤姆却趁机嫁祸盖茨比，告诉修车店老板，盖茨比就是给他戴了绿帽子又撞死他老婆的凶手。这个几近疯狂的男人持枪找上门复仇，枪声响起，盖茨比彻底成为牺牲品，为他的爱情偿了命。

黛西撞死了人，将罪责嫁祸给盖茨比，不仅没有丝毫愧疚，连一句交代都没有便逃之夭夭，而盖茨比直到死都在苦等着她的电话……他愿意为她死，只是他要一句解释。

他真的像一个孩子，会天真地相信“我当然可以重温过去”，会痴痴地等一夜又一天，等待一个根本不值得他如此在乎的人。

盖茨比用尽所有努力造就了一个全新的自己，他甚至给自己改了名字。任何能够让自己获得财富和成就的方法，哪怕是非法的，他都在所不惜。他一路披荆斩棘，飞黄腾达。他成功了。他当然是“传奇”。

可惜，无人能及的自尊心深深地出卖了他。他清楚地知晓，虽然钱可以粉饰一切，让他换上任何崭新的躯壳来重塑自我，但根深蒂固的上流社会从不曾向他表达过善意。

走捷径似乎都有一个共同的结果——梦碎。所有的梦想都如斑斓的肥皂泡一样，绚烂易碎。

所有在他家吃喝玩乐的人、所有朋友，包括黛西都没来参加他的葬礼。曾经的奢华热闹与凄凉惨淡的葬礼形成了残酷的对比。他最好的朋友还落井下石，所有人都唯恐避之不及。

所有人都生怕和这个靠贩卖私酒并与黑势力有牵连的盖茨比扯上丝毫瓜葛，即便不久前他们还在盖茨比的豪宅里饮酒作乐，称兄道弟。

而黛西和丈夫早已在欧洲旅行的路上。

不了情终于有了了结。

尼克作为盖茨比唯一的朋友张罗着他的身后事，同时也看清了上流社会的薄情寡义。之后，他远离一切喧嚣，远离了那群冷漠、虚伪的人上人，回到故乡，重新拿起了手中的笔，让笔锋像一把锋利的刀，一层层剖开现世伪善的外衣。

这一场梦，他一辈子都没有醒

让我们重温盖茨比的那场梦吧。

梦中的他是上帝之子，他有宫殿般华丽的豪宅，他家的草坪“从海滩起步，直奔大门，足足有四分之一英里”；他的乐队“正在演奏黄色鸡尾酒音乐”；他的豪车是“瑰丽的奶油色”，“层层叠叠的挡风玻璃反映出十来个太阳的光辉”。他还有着卓越的战绩！交往的都是富商名流、明星、导演，并且最重要的是他年轻！帅！品性还很好！小说里说，他是那种对别人的老婆不会多看一眼的值得信任的男人。这简直就是个完美的白马王子！

这样的男人能迷住太多女人。她们甚至比黛西更美，更有诱惑力，但她们都有一个缺点：她们不是黛西。他可以在战场上读着黛西的信，把她当成动力去抵挡炮火，他可以在别人面前骄傲自信、意气风发、老谋深算，但在黛西面前，就是个手足无措的大男孩。

黛西是盖茨比梦想的全部模样，他往那梦中加了太多的温情和想象，世界上不会再有任何一个女子符合他的幻想。所以在小说里，盖茨比和黛西时隔五年之后的再聚首是极为尴尬的，只有等到黛西重新和盖茨比耳语说笑时，盖茨比才像一个孩子似的喜笑颜开。

舍此之外，生之为何？

然而时光以另外一种方式打败了他。

其实，他一早就明白黛西只是个庸俗的拜金女郎。因为小说里，尼克回忆盖茨比五年后第一次见黛西的情形时是这样说的："他发觉，黛西那一直让人心驰神往的声音里，其实充满钱的味道。"

这味道就是他追求的一切。如果黛西对他情深意长，说明整个曾排斥他的那个阶层已经臣服于他，接受和忽视他贫穷的过去，这个阶层甘愿做他的女人，这个女人需要他，信任他。而黛西，是跨入这个阶层的入场券。

"奇迹会发生在相信奇迹的人身上。"这句话千真万确。

只可惜促使盖茨比努力奋斗的动力，是赢得黛西的爱情，把黛西娶到手。而黛西家门口的那盏绿灯，便成为他奋斗的象征和他生命的寄托，他努力地将胳膊伸得更长一些，因为那盏灯咫尺可望而永不可即。

盖茨比足够聪明，足够上进。从书中他父亲提到他年轻时的样子和那张计划书，可以看出，他有头脑有想法有办法，所以短短五年便集聚起巨额财富。

他盛大的派对，便是向人们显示他成功的一个窗口。他要告诉黛西，他已经不是当年那个穷小子了，他有足够的金钱和地位满足黛西的生活需要，自己比黛西的丈夫优秀。

可是，沉醉在派对上声色犬马、醉生梦死的人们，谁也没有看出那流光溢彩、鲜花着锦、烈火烹油的繁盛中，即将到来的凄凉预兆。

盖茨比的整个生命，就像是烟花一般，绚丽绽放，瞬间黯淡。

爱情是烟花，盖茨比就是那个烟花绽放之后还抱着烟灰不撒手的孩子。

深情即是一桩悲剧。

了不起的盖茨比，就是站在寒夜中守望梦想，划光了火柴终于冻死的孩子。

回望豪宅，灯灭声消。盖茨比静静地躺在空旷无比的房间里，身边只有一位真心相待的朋友。老父从乡下赶来，白发人送黑发人的悲伤之余，竟也不忘为儿子的财富沾沾自喜，在盖茨比堂皇的豪宅中对尼克说："我为我儿子的成就感到骄傲。"

人情凉薄。文中的人们对名利无不仰首膜拜。

电影的结局，盖茨比中枪之前，电话铃响起，他以为是黛西打来的，满怀希望地从水中站起来想去接电话。枪响了，他在慢镜头中仰跌进碧蓝的泳池里，嘴角含笑。

他和黛西终究是两个世界的人。

短暂的欢愉才是黛西能给予盖茨比的，社会让纯真变得不再单纯，而盖茨比却以赤子之心，等待着黛西以同样的方式给予情感回应。

如果这不是悲剧，不敢想象，当黛西嫁给盖茨比，住进那座豪宅里，盖茨比会觉得幸福吗？会觉得绿光闪耀的灯塔，依然能够照亮内心吗？

爱情不过是年轻的影子，它和年轻一样美好，但也和年轻一样短暂，一样终将逝去。

多少人在小说结尾的泪水蒙眬中，暗道一声：傻瓜。是的，盖茨比是上帝放在人间见证爱与希望的傻瓜。

而这样的傻瓜，再也不会有了。

其实故事的结局早在尼克跟他说“一切都已经过去了，你们不可能再回到过去那样”，就已经注定。只是盖茨比拒绝相信，他攥紧拳头说：“不，我一定能让我们回到过去那样。”

那个时代属于所有抛去诗意与美感的坚硬的心

小说中最令读者难忘的两个女人是黛西和她丈夫的情妇梅特尔。

不论是读过原著还是看过电影的善良的人们，对黛西都是口诛笔伐的。是的，黛西错过了一个多么爱他的男人。在书中，她隐喻着与梦想对立的真相。真相没有立场，眼前利益高于一切。所以当盖茨比为她独担罪责，放弃生路时，这个女人却在卧室里与丈夫密谋逃跑计划。

当出身贫寒身无分文的普通军官盖茨比最初和心中的女神相恋的时候，他把黛西给予自己的那份感情当作了一种恩赐，认定她是世间最浪漫最潇洒最不在乎物质的好姑娘。

一些男人对另一半的理想都是七仙女、海螺姑娘或者狐仙这样，根本不在乎物质的女子。其实，神仙们的爱情没有那么高尚——她们之所以敢为了爱情什么都不要，是因为她们除了爱情，什么都有。

当盖茨比自以为成功逆袭回到黛西身边的时候，对黛西而言，不过是短暂的激情罢了。那份激情远不足以让她彻底放弃汤姆、孩子及已有的生活圈子和习惯。

其实在某种程度上，绝大多数女性随着年龄的增长，在长线关系中都会逐渐向价值型男人靠拢，她们内心深处对安全感的渴望在岁月的流逝中不断飙升，稳定和可预见性最终会压倒一切成为最终的选择。

盖茨比因为曾经首要的困扰是缺钱，这份先天不足导致了思维上的缺陷，总是误以为有了钱一切问题就解决了。而事实并非如此，那些生来就伴随着巨额财富的人早就明白，即使再有钱，生活依然有很多困惑和痛苦。

盖茨比用了五年时间，凭借着不懈的努力和好运气成功暴富。可他面对黛西的言谈举止和所作所为，依然是纯粹的圈外人。和资深富二代汤姆比起来，盖茨比的需求感太强，安全感太缺，情感太真，他掌握不住黛西。

“黛西们”一生都在寻找令自己真正有安全感的男人。当黛西对一个盖茨比不愿回应的时候，会表现得好像对他的感情一无所知。

也有很多女人，面对豪车、名牌各种不屑，没准还会蔑视地说，自己只想要一份心心相印的爱情。是不是觉得这样的女人简直就是天使？可是，你背负得动天使的期待吗？她不提钱不提物质，可她要情商啊，要有趣的灵魂啊，要学贯中西啊，要脾气温柔、谈吐幽默、有见识啊……

盖茨比注定要被埋葬，新的时代只属于黛西和汤姆，只属于一颗颗无视诗意的坚硬的心。

黛西要的永远是锦上添花，她不可能也不会与别人同甘共苦。

她曾看着女儿说："我很高兴是个女儿，我希望她是个傻瓜。对一个女孩儿来说，世界上最好的结果就是变成一个美丽的小傻瓜。"

当盖茨比让她复述她不爱汤姆时，第一次她沉默，第二次她被逼到无路可退，才一句一句鹦鹉学舌，结巴又惶恐地说出："我从来就没有爱过你。"

听到这句话，汤姆甚至没有表情，而是反问："是吗？你真的没有爱过我吗？"汤姆连一点点的失态都没有，他太了解黛西了，太了解他们属于哪个阶层，彼此的结合又如何稳固着这一切。所以他不会失控，不会感到伤心。

接着，汤姆质疑盖茨比牛津大学的学历和贩卖假酒的丑事，她一次次遏止汤姆，她不是怕盖茨比难堪，她是惧怕真相被揭开，怕自己爱上的人真的是一个靠不法生意发迹的无名小卒，尽管她隐隐约约知道盖茨比的种种逸闻，但她却不愿直面这一切。

当盖茨比终于忍不住向汤姆动手，脸上的肌肉因为愤怒僵硬变了形时，他精心编造的身世、名校的文凭霎时被揭穿。当黛西确切地知晓盖茨比不过是靠黑帮势力、靠走私成为暴发户时，她几乎是不假思索地重回了她的阵营。

作为女主角的丈夫，汤姆是上流社会的典型代表，用物质供养着老婆，在外面和情人弥补感情空虚。黛西虽然心如明镜，却揣着明白装糊涂，强颜欢笑地维系着家庭的稳定。汤姆的优越感赤裸而残忍。他只爱自己的出身和财富，恋爱不过是“练爱”而已。

一个只拥有财富的无趣男人，除了用钱，还能有什么方法，去炫耀羽毛呢？

盖茨比虽然同样拥有了财富，却有克服不掉的软肋。他拒绝回望从前，想在潜意识中抹掉曾经的卑微与贫穷，当汤姆点出他卑贱的出身——这于他无法抹去的痛处时，他被彻底击败了。原来，在汤姆、黛西的眼里，他们从来不曾平等过。他不知道，这个世界只有死亡是平等的。

看着他始终对黛西存着一点点渺茫的希望，依然想抓住点什么，就像他每次坐下都会解开西装的纽扣，每次站起来都会习惯性扣好，以及他将手插在裤袋中的那几个动作一样，让人很心酸。我们不知道，为了黛西，他做了多少改变。

真是恨极了黛西，为什么不能好好告个别呢？当然，若真如此，她也不是黛西了。

盖茨比无可救药的乐观，他高度理想主义的爱，都敌不过一句——你曾经是个穷鬼。

同阶层的人抱团，不光是因为钱。黛西和汤姆，无论把对方看得多清楚，无论各自有多么不堪，无论各自的艳遇多么刺激销魂，再怎样的同床异梦，狂欢过后，还是会选择回家，他们要保全的永远是自己的利益。

黛西在为一个群体代言，站在道德高度对黛西不屑一顾的人，就像在盖茨比的聚会上胡吃海喝，但是对贩私酒的盖茨比不屑一顾的人一样。

黛西没有错，她是什么样的女人，她从来没有掩饰过。错的是盖茨比，踩着小板凳、搭着梯子非要去够一个虚幻的梦。

人生中很多真相，早知道，早好。

那浅浅的海湾对面，黛西家码头的绿光，应该是所有在黑夜里拼搏的男人梦。那么近又那么远，似有暗香扑面，仿佛盈盈可握，却又那么遥不可及。

说到汤姆的情人梅特尔，一般人都是从这一段开始记住她的——尼克到黛西家吃晚饭。梅特尔的电话铃不停恼人地响，汤姆只好一次次躲开去接听。黛西的朋友只是淡淡说了一句："她至少应该懂礼貌，至少不要在吃饭的时候打来。"

但是，梅特尔若以为这个男人爱她胜过妻子，就太天真了。

当汤姆和梅特尔在公寓里亲热时，梅特尔连着叫了几声黛西的名字，汤姆就一巴掌扇得她满脸鼻血——"我说过，不允许你叫她的名字！"梅特尔不明白这是为什么。

对汤姆而言，我可以给情人大把地花钱，租公寓，买包包，开派对……甚至，我能在老婆面前接你的电话，但是，我的女人我可以笑话可以谩骂，你不行。这是不能跨越的底线。

梅特尔挨了一巴掌还没长记性，最终丢了命。

所以，当盖茨比跳出来和汤姆摊牌，抢黛西的时候，汤姆说了掏心窝子的话："黛西，我爱你。我在外边只是玩玩，但我会回家。"

当黛西大脑失控地开车撞死了梅特尔时，一边是老婆，一边是情人，汤姆会在梅特尔的尸体前跟警察说："我不认识这个女人。"但他回到家，会安慰黛西，跟她一起善后。

在汤姆心中，老婆是家人，情人是外人。风平浪静的时候，你侬我侬。可一旦有了事儿，他只能跟你说："对不起……我得回家。”

原著中——梅特尔死后，汤姆去退他们的公寓，看着房间里的一切，像孩子一样大哭——是的，他并非对梅特尔无情，他是真心喜欢她，但是这份喜欢，对于天平另一头的家族、社会地位、财产利益，还有与黛西、孩子一起共度的岁月，根本不在一个重量级上。

不执着的，才叫看破。

人生最大的成功，就是接受平凡

《了不起的盖茨比》是部非常好的小说，讲了非常好的故事，它告诉读者——当你还有力气折腾的时候，不要辜负了自己的野心。它还告诉你有些事情不是努力就可以改变的。

整本书中最令我唏嘘不已的段落要数第八章盖茨比重返路易斯维尔的回忆：“他痛苦不堪而又不由自主地用他军饷所余的最后的钱到路易斯维尔去了一趟。他在那里待了一个星期，走遍当年他俩在十一月的夜晚并肩散步的街道，又重访他俩当年开着她那辆白色汽车去过的那些偏僻地方。正如黛西家的房子在他看来一向比别的房子更加神秘和欢乐，现在路易斯维尔这个城市本身，虽然她已一去不回，在他看来还是弥漫着一种忧郁的美。”

一去不回——让我红了眼眶的正是这句。往事如风，世事如烟，时过境迁的追忆皆为枉然。

菲茨杰拉德是个卓越的写作者，他将盖茨比豪宅中开场的闹剧奏成了挽歌。他让笔下的故事停在最绝望的地方，并且毫不留情地，把任何一点希望的火星一一踩灭——我们活着，就是一次又一次地看着美梦破灭。

都说“文章憎命达”，《了不起的盖茨比》可以说是作家人生的写真。

菲茨杰拉德与盖茨比，有着惊人的相似。二十六岁的菲茨杰拉德不是富二代，没有可以倚仗的财富，却靠着巨额版税，把家搬到了长岛——纽约著名的豪宅云集之地。与菲茨杰拉德比邻的，都是社会名流。能够过上如此阔绰的生活，完全靠他那出类拔萃的才情。他的处女作《天堂的这边》首印只有三千册，但三天便售罄，随后一年加印了十一次，总销量达到了近五万册。

功成名就的菲茨杰拉德融入了美国上流社会，与艳惊四座的妻子泽尔达可谓是郎才女貌，被誉为爵士时代的典范。

泽尔达是阿拉巴马最高法院法官的小女儿，精通芭蕾、法语、诗歌，妥妥的一枚大家闺秀。菲茨杰拉德正如盖茨比一样也是个无名小军官，对她一见倾心。在菲茨杰拉德的热烈追求下，泽尔达开出了条件：他必须让自己过上习惯的优渥生活。菲茨杰拉德当然没有小说中盖茨比飞黄腾达的幸运与捷径，唯有埋头靠着一支笔苦写。

直到《天堂的这边》大获成功，菲茨杰拉德名利双收时，泽尔达才答应了菲茨杰拉德的求婚。菲茨杰拉德得到了自己的“黛西”。他们成了社交圈里最登对的一双璧人，葡萄美酒夜光杯，从纽约到巴黎，笙歌达旦。《了不起的盖茨比》中那些纸醉金迷的场景，就是他们生活的记录而已。靠给杂志写稿子，菲茨杰拉德的年收入平均有 25000 美元，当时美国教师的平均年收入是 1299 美元。他们夫妇俩是所有派对的座上宾，高级商店和酒吧的常客，读者都期待着从他的作品中一窥上流社会的风貌。

但是，婚姻只提供婚书，不提供幸福，而始终要对抗的是厌倦。泽尔达与菲茨杰拉德彼此都带着原生家庭的烙印和格格不入的棱角，在共处的岁月里相互折磨，菲茨杰拉德应该早已精疲力竭。他对泽尔达的恨，全部来自于对她情感的失控。

得到心爱的女人又怎样？如果她本质上就不属于你，得不到或许才是幸运。

后来，泽尔达患了精神分裂症。而属于菲茨杰拉德的黄金时代也开始悄然逝去，他开始酗酒、经常拖稿，他的写作风格已经跟不上读者的需求，使得杂志和报社陆续中断了向他约稿。曾经的他，脚底踩云，腋生双翼；破产的他，从云端跌落。

去世时，他年仅四十四岁，因为心脏病突发，猝死在朋友的公寓里。

八年后，泽尔达所在的精神病院发生了火灾。据说，那天忽然起了大风，泽尔达一个人站在楼顶上，直到被火焰吞没。

他们合葬了，墓碑上刻着《了不起的盖茨比》那个隽永的结尾——我们继续奋力向前，逆水行舟，被不断地向后推，直至回到往昔岁月。

这是繁华散去后的冰凉。

重读《了不起的盖茨比》，正是一场大雨过后，觥筹交错之间，忘记了凉意。聚会真是一种治愈，笑看一眼窗外，雨后各种清新翠绿，想起了盖茨比执念的那盏绿灯，故事结束，菲茨杰拉德给我们留了另一盏灯——人生最大的成功，就是接受平凡。

曾经有人问金庸：人生应该如何度过？先生答：大闹一场，悄然离去。

伊人何方——读《日瓦戈医生》

有人说，一生中一定要读一读俄国文学，才不会遗憾。深以为然。

读《日瓦戈医生》时，脑海里一直回荡着电影中的主题曲《伊人何方》。那温暖悠扬的旋律，是与回忆相连的时光隧道。当一个人的听觉被唤醒时，往往与之相关的往昔情景都会慢慢泛起在脑海中，也许会有瞬间无法分清现实与虚幻，过去与当前。每当歌声响起，淡淡的回忆便被唤起……

当寒夜笼罩大地，还有什么能温暖人心

我们这一代人，深受父母的影响，对曾经的苏联——老大哥，对于那片陌生的国土，有着难言的情感。她那广袤的土地，绚丽的风光，以及深厚的文化底蕴，都是我们无法用语言来形容的。童年时，每当冬季来临，都能够在大喇叭里听到：乌拉尔山的强冷空气来袭……幼小的心中便猜测，这乌拉尔山真是神一

样的存在，一股冷空气就能让我们伊犁白雪皑皑，那里一定是个奇冷无比的苦寒之地。

十年前，当我走在深秋的莫斯科街头，萦绕耳边的就是《伊人何方》。那琴弦拨动的声音仿佛从遥远的天边传来，从空旷的西伯利亚传来，从那个动乱的年代里传来……那高贵而令人迷醉的乐曲，流淌出作者对俄罗斯大地的眷恋和刻骨的爱。

这本书，怎么说呢，是在无尽的苦痛之中的一抹亮色，适合一个人在静静的雪夜里读完。屋里最好有炉火，当然暖气也可以，因为读完最后一页，会有一种锥心之痛无法排遣，所以需要一点温暖。

《日瓦戈医生》从死亡开始，在死亡中结束。

开篇。广漠的旷野、呼啸的雪原，一个孩子目睹母亲的棺木被冻土、白雪覆盖，他双手掩面抽泣着，孤零零的身影在裹尸布一样的漫天大雪中瞬间被裹挟不见。

结束。一个闷热的上午，曾经在雪中抽泣的男孩，已是饱经风霜久病缠身的中年人了，他坐在拥挤的电车里，看到街道上一个女子的背影。心中一颤，这背影令他心跳加快，他想要追上她，在离女子几步远的地方，倒地，慢慢闭上双眼。那个前行的背影离他愈来愈远……

《日瓦戈医生》是苏联作家鲍里斯·帕斯捷尔纳克的长篇小说，以俄国医生尤拉·安得列耶维奇·日瓦戈与妻子冬妮娅以及美丽的女性拉拉之间的爱情故事为线索，讲述一个人的幼年到死亡的经历。背景是一个时代的变迁，让文章从书页里渗出丝丝缕缕的厚重感。

日瓦戈的一生，是一个清醒的知识分子的一生。他对社会、职业、战争、革命、爱情、生活都有自己独到的见解。

这部被认为是带有帕斯捷尔纳克自传内容的作品，给他带来了巨大的成功，使他获得了诺贝尔文学奖，却也因此被祖国驱逐，但他恳请祖国留下他，因为他深爱着那片土地。

读这部小说时正好在鲁迅文学院学习。那年北京的冬天特别冷，但读到这部《日瓦戈医生》，好像很多东西一下子变轻了，不知不觉完全融入其中。读罢发现内心绵软酸楚，不能自已。

大的时代，个人命运的飘摇与脆弱，令人怅然辗转。

“窗外看不见道路，也看不到墓地和菜园。风雪在院子里咆哮，空中扬起一片雪尘。可以这样想象，仿佛是暴风雪发现了尤拉，并且也意识到自己的可怕的力量，于是就尽情地欣赏给这孩子造成的印象。风在呼啸、哀号，想尽一切办法引起尤拉的注意。雪仿佛是一匹白色的织锦，从天上接连不断地旋转着飘落下来，犹如一件件尸衣覆盖在大地上。这时，存在的只有一个无与匹敌的暴风雪的世界。”仿佛少年尤拉的梦魇，也是成年的日瓦戈即将面临的人生。

时代的暴风雪，以激进的姿态来临，颠覆了一切；微弱的个体，注定无能为力。

雪，在《日瓦戈医生》里组成了一个特别的世界。

当寒夜笼罩大地，还有什么能温暖人心呢？

在一场场风雪中，我们伴随日瓦戈辗转于西伯利亚、莫斯科、瓦雷金诺、尤里亚金……我们推开文字的门，抵达日瓦戈的内心，触摸他丰富的情感，对爱和美的渴望，以及在“人比狼凶狠”的时代中，残存下来的良善与悲悯。

本书的主人公尤拉·日瓦戈出生于西伯利亚一个非常殷实的大

家族中，日瓦戈家族有过辉煌的历史。如日瓦戈作坊、日瓦戈银行、日瓦戈商号、日瓦戈别针领带夹，甚至有一种酒心甜饼叫日瓦戈甜饼。日瓦戈府在莫斯科就意味着最富有的地方。然而，岁月更迭，日瓦戈的辉煌逐渐成为历史，留下的仅剩日瓦戈医生和他多舛的命运。在日瓦戈很小的时候，他的父亲便抛妻弃子，离家出走。他在国外把钱财花得精光后，从一列奔驰的火车上跳下自杀。留给日瓦戈一个同父异母的弟弟。日瓦戈从童年开始就生活在动荡变化中，不停地变换住所，被陌生人照料，变化带来的不安定成为他生活的一部分。而同时期的俄国也在经历着巨大变化，酝酿着一场翻天覆地的变革。无法左右的命运把书中的每个人带向了不可扭转的道路，少年尤拉从未想过自己有一天会成为直面残酷战争的日瓦戈医生。

《日瓦戈医生》描写的是一个人的苦难、一代人的悲剧。

拥抱是欢悦的，醒来也是必须

日瓦戈的一生，经历了三个女人。

幼年的日瓦戈在舅舅的安排下在格罗梅科教授家生活，岁月流逝，渐渐长大的他已被教授视为家中一员。日瓦戈大学毕业后顺利当上了外科医生，并与教授的女儿冬妮娅结婚，他们是青梅竹马的恋人。如果在和平时期，他和冬妮娅一定是夫唱妇随、白头偕老的恩爱夫妻。

战争使得日瓦戈应征入伍。他目睹了贵族阶层的醉生梦死以及统治阶级的腐败，对于底层大众的贫困潦倒怀有深切的同情，因此，当推翻旧制度的革命以摧枯拉朽之势爆发，日瓦戈热情洋溢地称赞它是“一次绝妙的外科手术！一下子就出色地把发臭的旧脓包全切除了”。但手术的后遗症也暴露出来，物质匮乏、供应紧张，百姓濒临饥饿的边缘。

日瓦戈和大众一样，曾为革命的到来而激动欣喜，他为了革命理想，甚至穿上军装做好了牺牲的准备，但当革命的热情逐渐平静下来，恶劣的生活条件让燃烧的激情冷却。由于食物和日用品奇缺，从战场上回来的日瓦戈不得不举家迁往乌拉尔的瓦雷金诺生活，从前线枪林弹雨的战场到瓦雷金诺广袤的庄园，他们一家在旅途中乘坐的那辆火车简直就是社会不同阶层的缩影，更是这片土地的真实写照。每个人都有一段酸楚坎坷的故事。

车头的白烟似乎都被冻直，西伯利亚寒冷的大地上，这辆孤零零的火车，不知道能够承载多少饥馑和痛苦。

乡下的日子依然贫瘠，但至少一家人可以相互厮守。拿惯手术刀的日瓦戈开始习惯镰刀等各种农具，种庄稼、劈柴火，过着简单淳朴的乡村生活。辛苦劳作之余，还能沉浸于诗和小说的阅读。妻子冬妮娅更像是宁静的港湾，是亲情和温暖，昔日金枝玉叶的名媛在恶劣的环境中很快掌握了一套生存本领，她成为一家人的精神支柱，辛苦劳作之余，始终不忘给爱人、孩子、老父亲一个微笑，窗外尽管冰天雪地，屋内却是其乐融融。在瓦雷金诺宁静的暗夜中，日瓦戈完成了大量诗作。

每天，他都会去附近的尤里亚金镇的图书馆查阅资料。生活似乎一天比一天好起来。

一天，在图书馆里，日瓦戈与寻找丈夫到此的拉拉不期而遇。早在他和冬妮娅订婚前，拉拉就以最深刻的方式让日瓦戈记住了她。少女时代的拉拉在他心中种下了第一颗说不清道不明的种子，深深植入了医生的心中，回旋不去。

大概这就是宿命吧。有些人注定是要重逢的，哪怕经历再多的分手。

日瓦戈频频跑去同拉拉幽会。他的心和身开始在冬妮娅和拉拉之间游走煎熬，三个人都忍受着折磨。这样并不公平，对任何一个爱他的、他爱的女人。日瓦戈必须做出抉择。望着春天的田野上挺着大肚子的冬妮娅，她比任何时候都需要自己的丈夫，她就要分娩了。日瓦戈终于下定决心与拉拉分手。他骑马来到镇上，对拉拉说他再也不会来了。拉拉哭得撕心裂肺，日瓦戈忍痛绝情离去。

颇具讽刺的是，日瓦戈在回家的路上竟被游击队劫去，当了军医。不禁令人感喟，人生很多时候真是阴差阳错啊。

日瓦戈被游击队俘虏后，连一封家书都无法送达，他对冬妮娅满怀深深的愧疚。

战争中的女人却有着顽强的生命力。女人的毅力与坚忍只有在逆境中才有完全激发的机会。家里没有柴火了，这在寒冷的冬天简直不可想象。冬妮娅发现了一处藏木材的地方，一个人偷偷地在雪夜把木材拖回家。她要照顾父亲，照顾孩子，即使丈夫背叛了她，她也依然得顽强地活下去。冬妮娅就像戈壁滩上随处可见的红柳，柔韧、顽强，就算天地一片灰暗，她也要扎下深深的根，抽出希望的芽。在那样的冰天雪地里，冬妮娅让人感到生命的温暖和生生不息的张力。

即使被放逐他乡，冬妮娅仍然执着地爱着日瓦戈，明知丈夫爱上了拉拉。她在写给日瓦戈的信中依然说：“承认我不爱你这件事是比不爱你更罪恶。”

每部俄国小说里都会有一个这样的冬妮娅，坚贞不渝，吃苦耐劳，善解人意。

拉拉是日瓦戈生命中的第二个女人。

拉拉命运多舛，父亲早逝，与母亲相依为命，母亲开了一家小裁缝作坊。父亲的朋友科马罗夫斯基是个律师，名义上担起了保护幼女寡妇的义务，却无耻地占有了朋友的妻子，随后又把魔爪伸向了渐渐长成的少女。母亲柔弱的臂膀护佑不了女儿，眼睁睁地看着还是中学生的拉拉被科马罗夫斯基打造成了“女人”。

拉拉曾经在一场豪华的宴会上去枪杀这个男人，日瓦戈和冬妮娅目睹了她的惊人之举。当然，恶人没有那么容易死，科马罗夫斯基只是受了点轻伤，并且没有为难拉拉。后来，拉拉遇见了安季波夫，他娶了她，给了她生命中一段最安稳的生活。

因为战争，丈夫上了前线。传闻他已战死，拉拉决定亲自去寻找他。那时，日瓦戈是随军医生，拉拉是战地护士，他们在枪林弹雨的战场上相遇了。在朝夕相伴中，彼此强烈地吸引着。但他们深埋着这份情感，一个继续寻夫，一个脱下军装后，和妻儿岳父一起颠沛流离地逃亡。举家迁至冬妮娅的外祖父留下的农庄里避难。在离开莫斯科的火车上，日瓦戈偶遇了拉拉的丈夫，他改名换姓与拉拉断绝了联系。

在瓦雷金诺，日瓦戈一家过着宁静的乡村生活。在去镇里图书馆借书的时候，日瓦戈邂逅了拉拉，两颗心在荒原上相遇，他们不顾一切地哭泣、拥抱，不想也不愿知道将来会发生什么。

动荡的社会往往会改变一个人的命运轨迹。日瓦戈与他生命中的两个女人再次别离。他在游击队里待了一年多后逃回尤里亚金。这时，岳父和妻子冬妮娅已返回莫斯科，并从莫斯科流亡到国外。

日瓦戈尝试着去了拉拉的住处，找到拉拉之前藏钥匙的地方，打开一看居然有拉拉写给他的一封信，还给他留了马铃薯，似乎坚信他还会回来。他们终于生活在一起了。

夜深人静的时候，日瓦戈坐在书桌前，在昏黄的油灯下，洁白的纸张上，写着从心中流淌出来的诗句，这是他极度幸福的时光。日瓦戈在他的文学世界中构筑了一个美好的梦境，来对抗现实的肃杀、苍白和虚无。

拉拉与日瓦戈，两个人都是时代的不幸者，他们有共同的痛苦与幸福，对于时代与革命的理解非常一致，三观相同，所以才爱得如此感天动地。用拉拉的话说就是："日常的一切也都被翻转了、毁掉了。剩下的只有非日常生活能够应用的、被剥得一丝不挂光秃秃的心灵的力量……我们呼吸、哭泣，相互抓住、贴紧。"

他们相依为命。

"战争和动乱把那种人性的生活方式给摧毁了，剩下的只有赤裸的灵魂。而人的灵魂并没有改变，还是那么地寒冷和孤独，于是人本能地在自己身边寻找温暖——但周围的人也是一样寒冷和孤独。我们活着爱着，我们拥抱哭泣。"

"人来到世上是要生活，而不是为生活做准备。"日瓦戈跟拉拉谈到变革的混乱，谈到有些人喜爱变革的混乱局面，他们忙得不可开交，无休无止地准备——本质上是因为他们平庸。"生活本身，生活现象，生活的恩赐，都十分诱人却又非同小可。既然如此，干吗要用幼稚杜撰出来的蹩脚喜剧，去冒充生活呢？"

即使没有面包吃，也不知道明天去哪个荒村，拉拉仍旧会精心穿上浆洗干净的衣服，认真过好每一天的日子。

这段时光，拉拉是日瓦戈的缪斯，是日瓦戈一切灵感的源泉。

厚厚的冰雪似乎挡阻了小屋外的一切，在白雪覆盖的陋室里，日瓦戈沉浸于爱与诗的美好……

好景不长，科马罗夫斯基找到了拉拉。他们不得不躲到瓦雷金诺，他和妻儿曾经住过的地方。

他给她写诗，像坠入情网的少年。即使苦难和恐惧已无数次地拷问他的信仰，那份压抑已久的爱情，如干柴烈火般带着真实奔放的热度；因为爱情，冰雪倾覆的乡间城堡如童话般地存在，尽管暮色来临后，野外是阵阵狼群凄凉的嚎叫，可屋内的炉火静静地映着相守的恋人。

乱世中，还有什么比这个时刻更温馨。

有一天，幽灵般的科马罗夫斯基再次出现，告诉日瓦戈，拉拉做过红军军官的丈夫已自杀，她留在这儿，随时有被捕的危险。

纵然有再多的不舍，为了拉拉的安全，日瓦戈还是让拉拉坐上律师的马车离去。他知道这是永别，马车已经走远，他敲碎楼上窗户的玻璃，只为多看她一眼。他不知道，她怀了他的孩子。

多少有些嘲讽和无奈，真正的革命者活得落魄不堪，始终活得光鲜亮丽、仿佛能救人于水火的人却是那位无耻的、投机的、奸诈的律师科马罗夫斯基。

不禁让人纳闷，为什么罪恶的两面派反而能够借革命之机走得更高，而真正的革命者无一不是悲壮的。那些经过血与火的洗礼后，依然苟活的人们，这样的人生，是他们的初衷，是他们心底的革命成果吗？

在时代的滔天巨浪面前，人与人的命运就如一叶叶孤舟，被浪花卷到了一起，又被下一个巨浪彻底打散。无助的民众在街头怒吼，势利的权贵永远在轻歌曼舞。革命的胜利只不过是使一部分压迫者和被压迫者的身份进行了交换，那一幕幕的悲喜剧依然在不断发生。

科马罗夫斯基在影片中有段经典的台词："世界上有两种男人——只有两种。那个年轻人（拉拉的丈夫）是第一种。他高尚，他纯洁，好像整个世界都在仰视，实际上，这个世界对他根本不屑一顾。他是那种会带来苦恼的人，尤其会带给女人。你明白吗？还有一种人，并不高尚，也不纯洁，但是充满活力。现在，在你这个年龄会喜爱那种年轻人，这是可以理解的，但是对于你来说，嫁给那个男孩绝对是一场灾难。因为世界上有两种女人，而你，据我所知，并不属于前者，你，我亲爱的，是一个荡妇。"

日瓦戈视拉拉为"我唯一的爱人"。他对爱情有自己的理论。他对拉拉说："我不爱没有过失，未曾失足或跌过跤的人，她们的美德没有生气，价值不高，生命从未向她们展现过美。"

拥抱是欢悦的，醒来也是必须。

有一种告别是爱。为了爱人能够更好地生活，他放开了拉拉的手。他不懂女人，没有爱人的生活，她不可能过得更好。

拉拉远去的马车拖着冬日的太阳下了山，再没有可能升起来。他的臂弯留着拉拉的气息，他的怀中，他的唇上都是属于拉拉的记忆。

拉拉走后，日瓦戈"打开伏特加，加了些水和雪，然后就着热泪把这一切喝了下去"。拉拉离去后，他万念俱灰，只是机械地活着，他在雪夜偷过木材，在烂泥地里做苦工修铁路。在杜普良卡的暴风雪、狼嚎、枪声中活过来的他，带着一副摇摇欲坠的骨架，一颗千疮百孔的心，回到了莫斯科，还是为了生存，与曾经门房的女儿马琳娜成婚。

马琳娜在日瓦戈最艰难窘迫的阶段给了他满腔的爱，她爱着一个并不爱她的男人，崇拜着他，呵护着他。虽然马琳娜是那么爱他，但这个男人已经无法再承受一个女人的爱了。

他的生活以至于生命都在拉拉走后迅速凋零。直到他心脏病突发去世之前，他写的诗，他回忆的爱，他为正常生活做出的努力，都没能填补失去挚爱之后的空白。

就像我们所有人一样，刻骨铭心的爱都无法被成全，掌握在手中的幸福也会轻易被剥夺，最后只有得过且过的苟活。

冬妮娅、拉拉、马琳娜这三个女人，陪伴日瓦戈度过人生的三个阶段，冬妮娅陪伴的日子是日瓦戈平静、幸福的成长阶段，那时的日瓦戈对人生、信仰、死亡都有自己的看法，从一个少年成长为一个成熟的男人。拉拉和日瓦戈共度的是一段饱受磨难、颠沛流离的动荡阶段。虽然生活不尽如人意，但是他仍能保持一颗知识分子的良心，即使不能反抗外界，至少他还有能力逃避，去爱他所爱的人。

日瓦戈不爱马琳娜，仅为生存与她结合在一起。马琳娜于医生，更像是收容所，他对她没有感情投入，却可以与她一起混沌度日。人生就是这么有戏剧性，你心心念念想和一个人在一起，总是求而不得，却总有一个人，会被命运安排进你的生命里，坐在你一直为别人保留的那个位置上。

生活的磨难，爱情的磨难，让日瓦戈走向生命的衰竭。

作为一个人，就是去成为一个人

一个人，在大时代里清醒又无奈地活着是怎样一种状态！

在那样兵荒马乱的年代里，人人挣扎在苦难的泥淖，无数的小人物被命运碾压而颠沛流离；日瓦戈所代表的知识分子，能够坚持客观思考而不随波逐流，在巨大的困惑、痛苦中，并未放弃心底的人道主义，没有做人云亦云的势利庸徒，非常难得。全书最打动我的，也在于此。

在弟弟的帮助下，日瓦戈重新回到医院，准备重操旧业。但在上班的第一天，在人流涌动的莫斯科街头，他捂着胸口倒下了。永远地离开了这个世界，他蜷缩在地上，并没有影响到身边车水马龙中匆匆而过的脚步，仿佛他从不曾在这世上来过一遭。

重读《日瓦戈医生》，依然感慨万千。帕斯捷尔纳克笔下的日瓦戈和拉拉的爱情，是那么地深沉——“咱们俩好像是在天国时就被教会了相互亲吻，然后让我们同时降生为婴儿，仿佛为了互相试探亲吻的本事。我们像是最完美的结合，分不出你一方我一方，分不出等级差别，没有高也没有低，整个人是平等的，一切都构成欢快，一切都化为灵魂。”

我想，真心相爱过的人应该都懂得吧。

“我的无法忘怀的美妙的人呀！只要我的双臂还没有忘记你，只要你还在我的拥抱和亲吻中，我就继续同你依偎相处。我要把相思的热泪，留在配得上你的传世之作里。我要把对你的思念，融在柔肠寸断的描绘之中。我要留着这人，直到把这件事做完，以后我自己也离开这里。我要这样描绘你。我要把你的姿容印到纸上，就像可怖的暴风雨把海底掀起之后，力量最大溅得最远的浪头，在沙滩上留下的遗迹。大海把浮石、软木、贝壳、水藻，以及它能从水底搅起的最轻的东西，全抛到岸上，连成一条断断续续的曲线。这便是最高的潮汐横扫海岸达到的绵绵无尽的边际。你就是这样被生活的暴风雨冲到我的身旁，我的值得骄傲的人啊！”

——可见在日瓦戈的心里，是如何深情地爱着拉拉！

他出版了一本以拉拉名字命名的诗集。

太多的磨难使他迅速衰老，他死得很悲凉，没有一个熟人在身边，他爱的人和爱他的人都远在天边。

是夜，合上《日瓦戈医生》这本书，脑海里不停地闪现着幼小的日瓦戈在母亲的葬礼上小声抽泣的样子。

日瓦戈实际上是幸运的，他有冬妮娅、拉拉那样的爱人，有马琳娜的陪伴。有几个男人死后，会有像拉拉一样的女人伏在他的尸首边上说“永别了，我最伟大的爱人，我的亲人，永别了，我自豪的人，永别了，我水深流速的小河，我多爱你流动不息的水花，我多爱浸入你冰冷的浪头”这样充满深情的话语？

在动荡的社会大格局中，每个人的喜怒哀乐、爱恨情仇都显得极其微小，一个人有再多的爱、再多的恨，都是洪流中的杯水波澜，不管愿不愿意，都要被惊涛骇浪推着前行。

日瓦戈的整个生命经历，在死亡的那一刻汇成一曲时代的哀歌。

作者写的是悲欢离合，怀的是怜悯慈悲。

坚守知识分子的良知比坚守一块阵地付出的代价更大。从莫斯科到乌拉尔，从乌拉尔回到莫斯科。没有人比日瓦戈更爱俄罗斯。帕斯捷尔纳克为小说设计的所有情节都是在为这个主题做铺垫。爱这个国家，所以才会去批评。

帕斯捷尔纳克于 1960 年孤独病逝于莫斯科的郊外。诺贝尔文学奖的殊荣只给他带来了短暂的快乐，作者与笔下的主人公日瓦戈一样，从小就受到文学的熏陶，热爱诗歌，在时代浪涛中颠簸前行，始终不改对于写作的热爱与初衷。

帕斯捷尔纳克也有一位红颜知己，属于他的“拉拉”。

奥莉加·伊文斯卡娅不仅是帕斯捷尔纳克温柔的情人，还是他事业的坚定支持者。帕斯捷尔纳克曾深情地对伊文斯卡娅说：“帕斯捷尔纳克没有伊文斯卡娅，便不是帕斯捷尔纳克。”而帕斯捷尔纳克于伊文斯卡娅，是幸运亦是不幸。这段爱情，让伊文斯卡娅两度遭受无妄之灾。据说，审讯员对她连轴审讯，让耀眼的灯通宵对着她的眼睛，不让她睡觉，一直折磨了她三天三夜，逼她交代“犹太佬”的反苏言行。帕斯捷尔纳克是犹太人，审讯员都管他叫“犹太佬”。为了使她屈服，审讯员把她关进太平间，暗示帕斯捷尔纳克已死，再强硬已经没有意义了。伊文斯卡娅在几十具尸体间一一揭开白布辨认，发现没有自己的爱人，反而勇气倍增。因为怀有身孕，她被送入波季马劳改营。伊文斯卡娅为帕斯捷尔纳克前后进过两次监狱，在狱中度过了九年时间，两人的孩子也在第一次入狱时流产。

《日瓦戈医生》进入创作后，伊文斯卡娅读后认为，拉拉的某些气质和自己颇为相似。帕斯捷尔纳克受到启发，便以伊文斯卡娅为原型，完成了对拉拉这个人物的塑造。伊文斯卡娅的亲身经历更加丰富了拉拉的形象。她出狱后，帕斯捷尔纳克把一切出版事宜都交给了伊文斯卡娅承担。伊文斯卡娅做过他的编辑和秘书，这些是帕斯捷尔纳克的妻子无法胜任的。帕斯捷尔纳克对妻子和伊文斯卡娅的态度同日瓦戈医生对妻子冬妮娅和拉拉的态度一样，对妻子深感内疚，下不了决心离开她，同时也割舍不下伊文斯卡娅。

1995 年，伊文斯卡娅过世，享年 83 岁，同帕斯捷尔纳克及他的妻子葬在同一片墓地，继续着他们三人的恩恩怨怨。

俄罗斯知识分子迷恋于理想，并不惜为理想去坐牢、服苦役，乃至被处死。到了二十世纪初，在他们开创的人文背景传统下思考和写作的帕斯捷尔纳克，重蹈了他们的命运之辙。

“作为人，作为个人，俄国作家是这样的人物：他们至今还是屹立在爱的灿烂光辉中，忘我地热爱伟大的生活，热爱文学，热爱困乏的人民，热爱自己凄凉的国土。他们是诚实的战士，为真理而死的伟大殉道者，在劳动中是勇士，在对人民的态度上是稚子，他们有着一颗像泪珠一般晶莹、像俄罗斯苍穹上的群星一般灿烂的童心。”这是高尔基的话，在这里，我把它献给帕斯捷尔纳克。

作为一个人，就是去成为一个人。生活的理想就是为了理想地生活。即使人微言轻，也要践行正义、保持良知，时代并不是个人作恶的借口。这份卑微而伟大的真诚，不论任何时代、任何国度都闪耀着，亘古不息。